Harry Potter
11

Harry Potter and
the Order of the Phoenix

ハリー・ポッターと
不死鳥の騎士団

5-2

J.K.ローリング

松岡佑子＝訳

WIZARDING WORLD

静山社

To Neil, Jessica and David,
who make my world magical

Original Title: HARRY POTTER AND THE ORDER OF THE PHOENIX

First published in Great Britain in 2003
by Bloomsbury Publishing Plc, 50 Bedford Square, London WC1B 3DP

Japanese edition first published in 2004

This book is published in Japan by arrangement with
the author through The Blair Partnership

ハリー・ポッターと不死鳥の騎士団　5-2　目次

ハリー・ポッターと不死鳥の騎士団　5-1　目次

ハリー・ポッターと不死鳥の騎士団　5-3

ハリー・ポッターと不死鳥の騎士団　5-4

ハリー・ポッターと不死鳥の騎士団
主要登場人物

ドローレス・アンブリッジ
魔法省上級次官。「闇の魔術に対する防衛術」の先生

ミネルバ・マクゴナガル
ホグワーツ魔法魔術学校の副校長

シビル・トレローニー
「占い学」の先生

パーシー・ウィーズリー
ロンの兄。魔法省に勤める

ドラコ・マルフォイ
スリザリン寮の生徒。ハリーの宿敵

ネビル・ロングボトム
ハリーのクラスメート。失敗が多い

チョウ・チャン
レイブンクロー寮の生徒。シーカー

アンジェリーナ・ジョンソン
クィディッチ・チームのキャプテン

ドビー
ハリーに自由を与えられた屋敷しもべ妖精

シリウス・ブラック
ハリーの名付け親。別名パッドフット＝スナッフルズ

第11章　組分け帽子の新しい歌

ルーナと自分が同じ幻覚を見た――そう、幻覚だったかもしれない……そんなことを、ほかのだれにも言いたくない。馬車に乗り込みドアをピシャリと閉めたあとは、もうそれ以上一言も馬のことには触れなかった。にもかかわらず、窓の外を動く馬のシルエットに、ハリーはどうしても目が行ってしまう。

「みんな、グラブリー‐プランクばあさんを見た？」ジニーが聞いた。「いったいなにしにもどってきたのかしら？　ハグリッドが辞《や》めるはずないわよね？」

「辞めたんならあたしはうれしいけど」ルーナが言った。「あんまりいい先生じゃないもン」

「いい先生だ！」ハリー、ロン、ジニーが怒ったように言った。

ハリーがハーマイオニーを睨《にら》んだ。ハーマイオニーは咳《せき》ばらいをして急いで言った。

「えーっと……そう……とってもいいわ」

「ふーん。レイブンクローでは、あの人はちょっとお笑い種《ぐさ》だって思ってるよ」

ルーナは気後《きおく》れしたふうもない。

「なら、君のユーモアのセンスがおかしいってことさ」ロンが決めつけるように言った。そのとき、馬車の車輪が軋《きし》みながら動き出した。

ルーナはロンの失礼な言葉を気にする様子もなく、かえってちょっとおもしろいテレビ番組でも見るかのように、しばらくロンを見つめていた。

ガラガラガタガタと、馬車は隊列を組んで進んだ。校門の高い二本の石柱には羽の生えたイノシシが載っている。馬車が門をくぐり校庭に入ったとき、ハリーは身を乗り出して禁じられた森の端《はた》にあるハグリッドの小屋に灯《あか》りが見えはしないかと目を凝らした。校庭は真っ暗だった。しかしホグワーツ城が近づき、夜空に黒々とそびえる尖塔《せんとう》の群れが迫ってくると、あちこちの窓のまばゆい明かりが頭上に広がった。

正面玄関の樫《かし》の扉に続く石段の近くで、馬車はシャンシャンと止まった。ハリーは最初に馬車から降り、もう一度振り返って禁じられた森のそばの窓明かりを探したが、どう見てもハグリッドの小屋に人の気配はなかった。内心、姿が見えなければいいと願いながら、ハリーは骸骨《がいこつ》のような不気味な生き物に目を向けた。冷え冷えとした夜気《やき》の中に白一色の目を光らせ、生き物は静かに立っていた。

以前に一度だけ、ロンの見えないものが自分にだけ見えたことがある。しかし、あれは鏡に映る姿で、今回ほど実体のある物ではなかった。ここにいるのは、馬車の隊列を引くだけの力がある百頭余りの、ちゃんと形のある生き物だ。ルーナを信用するなら、この生き物はずっと存在していた。見えなかっただけだ。それなら、なぜ、ハリーは急に見えるようになり、ロンには見えないのだろう？

「くるのかこないのか？」ロンがそばで言った。

「あ……うん」

ハリーは急いで返事をし、石段を上って城内へと急ぐ群れに加わった。

玄関ホールには松明《たいまつ》が明々と燃え、石畳を横切って右の両開き扉へと進む生徒たちの足音が反響していた。扉の向こうに、新学期の宴が行われる大広間がある。

大広間の四つの寮の長テーブルに、生徒たちが次々と着席していた。高窓から垣間見える空を模した天井は、星もなく真っ暗だった。テーブルに沿って浮かぶ蠟燭《ろうそく》は、大広間に点在する真珠色のゴーストと、生徒たちの顔を照らしている。生徒たちは夏休みの話に夢中で、他の寮の友達に大声で挨拶したり、新しい髪型やローブをちらちら眺めたりしている。ここでも自分が通る際に、みなが額《ひたい》を寄せ合いひそひそ話をすることに気づいた。ハリーは歯を食いしばり、なにも気づかずなにも気にしないふりをした。

レイブンクローのテーブルのところで、ルーナがふらりと離れていく。グリフィンドールのテーブルに着くやいなや、ジニーは四年生たちに呼びかけられ、同級生と一緒に座るために別れていった。ハリー、ロン、ハーマイオニー、ネビルは、テーブルの中ほどに、一緒に座れる席を見つけた。隣にグリフィンドールのゴースト、「ほとんど首無しニック」が、反対隣にはパーバティ・パチルとラベンダー・ブラウンが座っていた。この二人がハリーに、なんだかふわふわした、親しみを込めすぎる挨拶を投げかけた。二人も直前まで自分の噂《うわさ》話をしていたにちがいない。しかしハリーには、もっと大切で気がかりなことがあった。生徒の頭越しに、ハリーは、広間の一番奥の壁際に置かれている教職員テーブルを眺めた。

「あそこにはいない」

ロンとハーマイオニーも教職員テーブルを隅から隅まで眺めた。もっともそんな必要はなかった。ハグリッドの大きさでは、どんな列の中でもすぐに見つかる。

「辞《や》めたはずはないし」ロンは少し心配そうだった。

「そんなこと、絶対ない」ハリーがきっぱり言った。

「もしかして……けがしているとか、そうじゃない？」ハーマイオニーが不安そうに言った。

「ちがう」ハリーが即座に答えた。

「だって、それじゃ、どこにいるの」

一瞬間を置いて、ハリーが、ネビルやパーバティ、ラベンダーに聞こえないように、ささやくような声で言った。

「まだもどってきてないのかも。ほら——任務から——ダンブルドアのために、この夏にやっていたことから」

「そうか……うん、きっとそうだ」

ロンが納得したようにつぶやいた。しかしハーマイオニーは唇を噛《か》んで、教職員テーブルを端から端まで眺め、ハグリッドの不在の理由をもっと決定的に説明するものを探していた。

「あの人、だれ？」ハーマイオニーが教職員テーブルの真ん中を指さした。

ハリーはハーマイオニーの視線を追った。最初はダンブルドア校長が目に入った。教職員テーブルの中心に、銀の星を散らした濃い紫のローブにお揃いの帽子をかぶって、背もたれの高い金色の椅子に座っている。ダンブルドアは隣の魔女のほうに首を傾《かし》げ、魔女がその耳元でなにか話していた。ハリーの印象では、その魔女は、そこいらにいるおばさんという感じで、ずんぐりした体にくりくりした薄茶色の短い髪をしている。けばけばしいピンクのヘアバンドを着け、その色に合うふんわりしたピンクのカーディガンをローブの上から羽織っていた。それから魔女は少し顔を正面に向け、ゴブレットからひと口飲んだ。ハリーはその顔を見て愕然《がくぜん》とした。この顔は知っている。蒼白《あおじろ》いガマガエルのような顔、たるんだ瞼《まぶた》と飛び出した両眼……。

「アンブリッジだ！」

「だれ？」ハーマイオニーが聞いた。

「僕の尋問《じんもん》にいた。ファッジの下で働いてる！」

「カーディガンがいいねぇ」ロンがにやりとした。

「ファッジの下で働いてるですって？」ハーマイオニーが顔をしかめて繰り返した。「なら、いったいどうしてここにいるの？」

「さあ……」

ハーマイオニーは、目を凝らして教職員テーブルを眺め回した。

「まさか」ハーマイオニーがつぶやいた。「ちがうわ、まさか……」

ハリーはハーマイオニーがなにを言っているのかわからなかったが、あえて聞かなかった。むしろ教職員テーブルの後ろにいま現れた、グラブリー-プランク先生のほうに気を取られていた。テーブルの端まで進み、ハグリッドが座るはずの席に着いたのだ。つまり、一年生が湖を渡って城に到着したということになる。思ったとおりそのすぐあと、玄関ホールに続く扉が開いた。怯《おび》えた顔の一年生がマクゴナガル先生を先頭に、長い列になって入ってくる。先生は丸椅子を抱え、その上には古ぼけた魔法使いの三角帽子が載っていた。継《つ》ぎはぎだらけで、すり切れたつばの際《きわ》が大きく裂けている。

大広間のガヤガヤが静まってきた。一年生は教職員テーブルの前に、生徒たちのほうを向いて勢揃いした。マクゴナガル先生が、その列の前に大事そうに丸椅子を置き、後ろに退《しりぞ》いた。

一年生の青い顔が蠟燭《ろうそく》の明かりで光っている。列の真ん中の小さな男の子は、震えているようだ。あそこに立たされてどの寮に属するかを決める未知のテストを待つ間、どんなに怖い思いをしたか、ハリーは一瞬思い出した。

学校中が、息を殺して待った。すると、帽子のつばの際の裂け目が、口のようにパックリ開き、組分け帽子が突然歌い出した。

昔々のその昔、私がまだまだ新しく
ホグワーツ校も新しく
気高い学び舎《や》の創始者は
別れることなど思わずに
同じ絆で結ばれた

同じ望みは類《たぐい》なき
魔法の学び舎《や》興すこと
四人の知識を残すこと
「ともに興さん、教えん！」と
四人の友は意を決し
四人が別れる日がくると
夢にも思わず過ごしたり

これほどの友ありうるや？
スリザリンとグリフィンドール
匹敵するはあと二人？
ハッフルパフとレイブンクロー

なれば何故《なにゆえ》まちごうた？
何故崩れる友情や？
なんとその場に居合わせた
私が悲劇を語ろうぞ

スリザリンの言い分は、

「学ぶ者をば選ぼうぞ。祖先が純血ならばよし」

レイブンクローの言い分は、

「学ぶ者をば選ぼうぞ。知性に勝るものはなし」

グリフィンドールの言い分は、

「学ぶ者をば選ぼうぞ。勇気によって名を残す」

ハッフルパフの言い分は、

「学ぶ者をば選ぶまい。すべてのものを隔てなく」

かかるちがいは格別に
亀裂の種になりもせず
四人がそれぞれ寮を持ち
創始者好みの生徒をば
この学び舎に入れしかば

スリザリンの好みしは

純血のみの生徒にて
己に似たる狡猾《こうかつ》さ
最も鋭き頭脳をば
レイブンクローは教えたり
勇気あふるる若者は
グリフィンドールで学びたり
ハッフルパフは善良で
すべてのものをば教えたり

かくして寮と創始者の
絆は固く真実で
ホグワーツ校は和やかに
数年間を過ごしたり

そして次第に忍び寄る
恐れと疑惑の不和のとき
四本柱の各寮が

それまで支えし学び舎《や》を
互いに反目させし上
分断支配を試みた

もはやこれにて学び舎も
終わりと思いし日々なりき
決闘に次ぐ決闘と
友と友との衝突が
ある朝ついに決着し
学び舎を去るスリザリン

争い事こそなくなれど
後に残りし虚脱感

四人がいまや三人で
その三人になりしより
創始者四人がめざしたる

寮の結束成らざりき

組分け帽子の出番なり
諸君も先刻ご存知の
諸君を寮に振り分ける
それが私の役目なり

しかし今年はそれ以上
私の歌を聴くがよい
私の役目は分けること
されど憂えるその結果

私が役目を果たすため
毎年行う四分割
されど憂うはその後に
恐れし結果がきはせぬか

ああ、願わくば聞きたまえ
歴史の示す警告を
ホグワーツ校は危機なるぞ
外なる敵は恐ろしや
我らが内にて固めねば
崩れ落ちなん、内部より
すでに告げたり警告を
私は告げたり警告を……

いざいざ始めん、組分けを

帽子はふたたび動かなくなった。拍手がわき起こったが、つぶやきとささやきで萎《しぼ》みがちだった。こんなことはハリーの憶えているかぎりはじめてだ。大広間の生徒はみな、隣同士で意見を交換している。ハリーも一緒に拍手をしながら、みながなにを話しているのかわかっていた。

「今年はちょっと守備範囲が広がったと思わないか？」ロンが眉《まゆ》を吊り上げた。

「まったくだ」ハリーが応えた。

組分け帽子は通常、ホグワーツの四つの寮の持つそれぞれの特性を述べ、帽子自身の役割を語るにとどまっていた。学校に対して警告を発するなど、ハリーの記憶ではなかったことだ。

「これまでに警告を発したことなんて、あった？」ハーマイオニーが少し不安そうに聞いた。

「さよう。あります」「ほとんど首無しニック」がネビルの向こうから身を乗り出すようにして、わけ知り顔で言った（ネビルはぎくりと身を引いた。ゴーストが自分の体を通って身を乗り出すのは、気持ちのいいものではない）。「あの帽子は、必要とあらば、自分の名誉にかけて、学校に警告を発する責任があると考えているのです――」

しかし、そのときマクゴナガル先生が、一年生の名簿を読み上げようとしていて、ひそひそ話をしている生徒を火のような目で睨《にら》みつけた。「ほとんど首無しニック」は透明な指を唇に当て、ふたたび優雅に背筋を伸ばした。大広間のガヤガヤが突然消えた。四つのテーブルに隈《くま》なく視線を走らせ、最後の睨みをきかせてから、マクゴナガル先生は長い羊皮紙《ようひし》に目を落とし、最初の名前を読み上げた。

「アバクロンビー、ユーアン」

さっきハリーの目に止まった怯《おび》えた顔の男の子が、つんのめるように前へ出て帽子をかぶった。帽子は肩までズボッと入りそうだったが、ことさらに大きな耳のところで止まった。帽子は一瞬考えた後、つば近くの裂け目がふたたび開いてさけんだ。

「グリフィンドール！」

ハリーもグリフィンドール生と一緒に拍手し、ユーアン・アバクロンビーはよろめくようにグリフィンドールのテーブルに着いた。穴があったら入りたい、二度とみなの前に出たくないという顔だ。

ゆっくりと一年生の列が短くなる。名前の読み上げと組分け帽子の決定の間の空白時間に、ロンの胃袋が大きくグルグル鳴るのが聞こえた。やっと「ゼラー、ローズ」がハッフルパフに入れられ、マクゴナガル先生が帽子と丸椅子を取り上げてきびきびと歩き去ると、ダンブルドア校長が立ち上がった。

最近ハリーは、校長に苦い感情を持っていたが、それでもダンブルドアが全生徒の前に立った姿は、なぜか心を安らかにしてくれる。ハグリッドはいないしドラゴンまがいの馬はいるしで、あんなに楽しみにホグワーツに帰ってきたのに、ここまでは思いがけない驚きの連続だ。聞き慣れた歌にぎくりとするような変調子が入っていたのと同じだ。しかし、これでやっと期待どおりだ――校長が立ち上がり、新学期の宴の前に挨拶する。

「新入生よ」ダンブルドアは唇に微笑を湛《たた》え、両腕を大きく広げて朗々と言った。

「おめでとう！　古顔の諸君よ――お帰り！　挨拶するには時がある。いまはその時にあらずじゃ。かっ込め！」

うれしそうな笑い声が上がり、拍手がわいた。ダンブルドアはスマートに座り、長いひげを肩から後ろに流して、皿の邪魔にならないようにした――どこからともなく食べ物が現れていた。大きな肉料理、パイ、野菜料理、パン、ソース、かぼちゃジュースの大瓶《おおびん》。その重さに五卓のテーブルがうなっている。

「いいぞ」ロンは待ち切れないようにうめき、一番近くにあった骨つき肉の皿を引き寄せ、自分の皿を山盛りにしはじめた。「ほとんど首無しニック」がうらやましそうに見ていた。

「組分けの前になにか言いかけてたわね？」ハーマイオニーがゴーストに聞いた。

「帽子が警告を発することで？」

「おお、そうでした」

ニックはロンから目を逸《そ》らす理由ができてうれしそうだった。ロンは恥も外聞もないという情熱で、次にはローストポテトにかぶりついている。

「さよう、これまでに数回、あの帽子が警告を発するのを聞いております。必ず、学校が大きな危機に直面していることを察知したときでした。そしてもちろんのこと、いつも同じ忠告をします。団結せよ、内側を強くせよと」

「ぼしなン　がこきけん　どってわかン？」ロンが聞いた。

こんなに口一杯なのに、ロンはよくこれだけの音を出せたと、ハリーは感心した。

「なんと言われましたかな？」「ほとんど首無しニック」は礼儀正しく聞き返し、ハーマイオニーはむかっとした顔をした。ロンはゴックンと大きく飲み込んで言いなおした。

「帽子なのに、学校が危険だとどうしてわかるの？」

「私にはわかりませんな」「ほとんど首無しニック」が言った。「もちろん、帽子はダンブルドアの校長室に住んでいますから、あえて申し上げれば、そこで感触を得るのでしょうな」

「それで、帽子は、全寮に仲良くなれって？」ハリーはスリザリンのテーブルのほうを見ながら言った。ドラコ・マルフォイが王様然と振る舞っていた。

「とてもむりだね」

「さあ、さあ、そんな態度はいけませんね」ニックが咎《とが》めるように言った。「平和な協力、これこそが鍵です。我らゴーストは、各寮に分かれておりましても、友情の絆は保っております。グリフィンドールとスリザリンの競争はあっても、私は『血みどろ男爵』と事を構えようとは夢にも思いませんぞ」

「単に恐ろしいからだろ」ロンが言った。

「ほとんど首無しニック」は大いに気を悪くしたようだった。

「恐ろしい？　やせても枯れてもニコラス・ド・ミムジー‐ポーピントン卿《きょう》。命在《あ》りしときも絶命後も、臆病の汚名を着たことはありません。この体に流れる気高き血は――」

「どの血？」ロンが言った。「まさか、まだ血があるの――？」

「言葉の綾《あや》です！」「ほとんど首無しニック」は憤慨のあまり、ほとんど切り離されている首がわなわなと危なっかしげに震えていた。「私が言の葉をどのように使おうと、その楽しみは、まだ許されていると愚考《ぐこう》する次第です。たとえ飲食の楽しみこそ奪われていようと。しかし、私の死を愚弄《ぐろう》する生徒がいることには、このやつがれ、慣れております！」

「ニック、ロンはあなたのことを笑い物にしたんじゃないわ！」ハーマイオニーがロンに恐ろしい一瞥《いちべつ》を投げた。

不幸にも、ロンの口はまたしても爆発寸前まで詰め込まれていたので、やっと言葉になったのは「ちがン　ぼっきみンきぶン　ごいすンつもるらい」だった。ニックはこれでは十分な謝罪にならないと思ったらしい。おもむろに羽飾りつきの帽子をなおして空中に浮き上がり、ハリーたちのそばを離れてテーブルの端にいたコリン、デニスのクリービー兄弟の間に座った。

「お見事ね、ロン」ハーマイオニーが食ってかかった。

「なんが？」やっと食べ物を飲み込み、ロンが怒ったように言った。「簡単な質問をしちゃいけないのか？」

「もう、いいわよ」ハーマイオニーがいらいらと言った。

それからは、食事の間中、二人はぷりぷりして互いに口をきかなかった。ハリーは二人のいがみ合いには慣れっこになって、仲直りをさせようとも思わなかった。ステーキ・キドニー・パイをせっせと食べるほうが時間の有効利用だ。そのあとは、好物の糖蜜タルトを皿一杯に盛って食べた。

生徒が食べ終わり、大広間のガヤガヤがまた立ち昇ってきたとき、ダンブルドアがふたたび立ち上がった。みなの顔が校長を向き、話し声はすぐにやんだ。ハリーはいまや心地よい眠気を感じていた。四本柱のベッドが上の階で待っている。ふかふかと暖かく……。

「さて、またしてもすばらしいご馳走をみなが消化しているところで、新年度始めのいつものお知らせに、少し時間をいただこう」ダンブルドアが話しはじめた。「一年生に注意しておくが、校庭内の『禁じられた森』は生徒立ち入り禁止じゃ——上級生の何人かも、そのことはもうわかっておることじゃろう」（ハリー、ロン、ハーマイオニーは互いにニヤッとした）。

「管理人のフィルチさんからの要請で、これが四百六十二回目になるそうじゃが、全生徒に伝えて欲しいとのことじゃ。授業と授業の間に廊下で魔法を使ってはならん。その他もろもろの禁止事項じゃが、すべて長い一覧表になって、いまはフィルチさんの事務所のドアに貼り出してあるので、確かめられるとのことじゃ」

「今年は先生が二人替わった。グラブリー - プランク先生がおもどりになったことを、心から歓迎申し上げる。『魔法生物飼育学』の担当じゃ。さらにご紹介するのがアンブリッジ先生、『闇の魔術に対する防衛術』の新任教授じゃ」

礼儀正しく、しかしあまり熱のこもらない拍手が起こった。その間、ハリー、ロン、ハーマイオニーはパニック気味に顔を見合わせていた。ダンブルドアはグラブリー - プランクがいつまで教えるかを言わなかった。

ダンブルドアが言葉を続けた。「クィディッチの寮代表選手の選抜の日は――」

ダンブルドアが言葉を切り、なにか用かな、という目でアンブリッジ先生を見た。アンブリッジ先生は立っても座っても同じぐらいの高さだったので、しばらくは、なぜダンブルドアが話しやめたのか、だれもわからなかった。アンブリッジ先生が「ェヘン、ェヘン」と咳《せき》ばらいをしたことで、立ち上がっていることとスピーチをしようとしていることにはじめてみな気がついた。

ダンブルドアはほんの一瞬驚いた様子だったが、すぐ優雅に腰を掛け、謹聴《きんちょう》するような顔をした。アンブリッジ先生の話を聞くことほど望ましいことはないと言わんばかりの表情をしている。他の先生たちは、ダンブルドアほど巧みには驚きを隠せなかった。スプラウト先生の眉毛《まゆげ》は、ふわふわ散らばった髪の毛に隠れるほど吊り上がり、マクゴナガル先生の唇は、ハリーが見たこともないほど真一文字に結ばれている。これまで新任の先生が、ダンブルドアの話を途中で遮《さえぎ》ったことなどない。にやにやしている生徒が多かった。――この女、ホグワーツでのしきたりを知らないな。

「校長先生」アンブリッジ先生が作り笑いをした。「歓迎のお言葉恐れ入ります」

少女のようなかん高い、ため息交じりの話し方だ。ハリーはまたしても、自分でも説明のつかない強い嫌悪を感じた。とにかくこの女に関するものは全部大嫌いだということだけはわかった。ばかな声も、ふんわりしたピンクのカーディガンも、なにもかも。もう一度軽い咳ばらいをして（「ェヘン、ェヘン」）アンブリッジ先生は話を続けた。

「さて、ホグワーツにもどってこられて、本当にうれしいですわ！」

にっこりすると尖《とが》った歯がむき出しになった。

「そして、みなさんの幸せそうなかわいい顔がわたくしを見上げているのは素敵ですわ！」

ハリーはまわりを見回した。見渡すかぎり、幸せそうな顔などひとつもない。むしろ、五歳児扱いされて、みな愕然《がくぜん》とした顔だった。

「みなさんとお知り合いになれるのを、とても楽しみにしております。きっとよいお友達になれますわよ！」

これにはみな顔を見合わせた。冷笑を隠さない生徒もいた。

「あのカーディガンを借りなくていいなら、お友達になるけど」パーバティがラベンダーにささやき、二人は声を殺してくすくす笑った。

アンブリッジ先生はまた咳《せき》ばらいをした。（「ェヘン、ェヘン」）。次に話し出すと、ため息交じりが少し消えて、話し方が変わっていた。ずっとしっかりした口調で、暗記したように無味乾燥な話し方になっていた。

「魔法省は、若い魔法使いや魔女の教育は非常に重要であると、常々そう考えてきました。みなさんが持って生まれた稀《まれ》なる才能は、慎重に教え導き、養って磨かなければものになりません。魔法界独自の古来からの技を、後代に伝えていかなければ、永久に失われてしまいます。われらが祖先が集大成した魔法の知識の宝庫は、教育という気高い天職を持つ者により、守り、補い、磨かれていかねばなりません」

アンブリッジ先生はここで一息入れ、同僚の教授陣に会釈した。だれも会釈を返さない。マクゴナガル先生の黒々とした眉《まゆ》がぎゅっと縮まって、まさに鷹そっくりだった。しかも意味ありげにスプラウト先生と目を見交したのを、ハリーは見た。アンブリッジはまたまた「ェヘン、ェヘン」と軽い咳ばらいのあとに話を続けた。

「ホグワーツの歴代校長は、この歴史ある学校を治める重職を務めるにあたり、なんらかの新規なものを導入してきました。もちろん、そうあるべきです。進歩がなければ停滞と衰退あるのみ。しかしながら、進歩のための進歩は奨励されるべきではありません。なぜなら、試練を受け、証明された伝統は、手を加える必要がないからです。そうなると、バランスが大切です。古きものと新しきもの、恒久的なものと変化、伝統と革新……」

ハリーは注意力が退《ひ》いていくのがわかった。脳みその周波数が、合ったり外れたりするようだ。ダンブルドアが話すときには大広間は常にしんとしているが、いまはそれが崩れ、生徒は額《ひたい》を寄せ合ってささやいたりくすくす笑ったりしていた。レイブンクローのテーブルでは、チョウ・チャンが友達とさかんに言葉を交わしていた。そこから数席離れたところでは、ルーナ・ラブグッドがまた「ザ・クィブラー」を取り出している。一方ハッフルパフのテーブルでは、アーニー・マクミランだけが、じっとアンブリッジ先生を見つめている数少ない一人だった。しかし、目が死んでいた。胸に光る新しい監督生《かんとくせい》バッジの期待に応えるため、聞いているふりをしているだけにちがいない。

アンブリッジ先生は、聴衆のざわつきなど気がつかないようだった。ハリーの印象では、大々的な暴動が目の前で勃発《ぼっぱつ》しても、この女は延々とスピーチを続けるにちがいない。しかし教授陣はまだ熱心に聴いていた。ハーマイオニーもアンブリッジの言葉を細大《さいだい》漏《も》らさず呑《の》み込んでいた。もっともその表情から見ると、まったくおいしくなさそうではあるけれど。

「……なぜなら、変化には改善の変化もある一方、時満ちれば、判断の誤りと認められるような変化もあるからです。古き慣習のいくつかは維持され、当然そうあるべきですが、陳腐化し、時代遅れとなったものは放棄されるべきです。保持すべきは保持し、正すべきは正し、禁ずべきやり方とわかったものはなんであれ切り捨て、いざ、前進しようではありませんか。開放的で効果的で、かつ責任ある新しい時代へ」

アンブリッジ先生が座った。ダンブルドアが拍手し、教授たちもそれに倣《なら》った。しかし何人かの先生は、一回か二回手をたたいただけでやめてしまっている。生徒も何人か一緒に拍手したが、大多数は演説が終わったことに不意を衝《つ》かれていた。だいたいが二言三言しか聞いてはいなかったのだ。ちゃんとした拍手が起こる前に、ダンブルドアがまた立ち上がった。

「ありがとうございました。アンブリッジ先生。まさに啓発的《けいはってき》なお話じゃった」ダンブルドアが会釈した。「さて、先ほど言いかけておったが、クィディッチの選抜の日は……」

「ええ、本当に啓発的だったわ」ハーマイオニーが低い声で言った。

「おもしろかったなんて言うんじゃないだろうな？」ぼんやりした顔でハーマイオニーを見ながら、ロンが小声で言った。「ありゃ、これまでで最高につまんない演説だった。パーシーと暮らした僕がそう言うんだぜ」

「啓発的だったと言ったのよ。おもしろいじゃなくて」ハーマイオニーが解説する。「いろいろなことがわかったわ」

「ほんと？」ハリーが驚いた。「中身のないむだ話ばっかりに聞こえたけど」

「そのむだ話に、大事なことが隠されていたのよ」ハーマイオニーが深刻な言い方をした。

「そうかい？」ロンはきょとんとした。

「たとえば、『進歩のための進歩は奨励されるべきではありません』はどう？　それから『禁ずべきやり方とわかったものはなんであれ切り捨て』はどう？」

「さあ、どういう意味だい？」ロンが焦《じ》れったそうに聞いた。

「教えてさし上げるわ」ハーマイオニーが不吉な知らせを告げるように断じた。

「魔法省がホグワーツに干渉するということよ」

まわりがガタガタ騒がしくなった。ダンブルドアがお開きを宣言したらしい。みな立ち上がって大広間を出ていく。ハーマイオニーが大あわてで飛び上がった。

「ロン、一年生の道案内をしないと！」

「ああそうか」ロンは完全に忘れていた。「おい——おい、おまえたち、ジャリども！」

「ロン！」

「だって、こいつら、チビだぜ……」

「知ってるわよ。だけどジャリはないでしょ！——一年生！」

ハーマイオニーは威厳たっぷりにテーブル全体に呼びかけた。

「こっちへいらっしゃい！」

新入生のグループは、恥ずかしそうにグリフィンドールとハッフルパフのテーブルの間を歩いた。だれもが先頭に立たないようにしていた。本当に小さく見えた。自分がここにきたときは、絶対こんなに幼くはなかった、とハリーは思った。ハリーは一年生に笑いかけた。ユーアン・アバクロンビーの隣のブロンドの少年の顔が強張《こわば》り、ユーアンを突ついて、耳元でなにかささやいた。ユーアン・アバクロンビーも同じように怯《おび》えた顔になり、怖々《こわごわ》ハリーを見た。ハリーの顔から、微笑が「臭液」のごとくゆっくり落ちていった。

「またあとで」

ハリーはロンとハーマイオニーにそう言い、一人で大広間を出ていった。途中でささやく声、見つめる目、指さす動きをハリーはできるだけ無視し、まっすぐ前方を見つめて玄関ホールの人波を縫って進んだ。それから大理石の階段を急いで上り、隠れた近道をいくつか通ると、群れからはずっと遠くなった。

人影もまばらな廊下を歩きながら、こうなることを予測しなかった自分が愚かだったと、ハリーは自分自身に腹を立てた。みなが僕を見つめるのは当然だ。二か月前に、三校対抗試合の迷路の中からハリーは一人の生徒の亡骸《なきがら》を抱えて現れ、ヴォルデモート卿《きょう》の力が復活したのを見たと宣言した。先学期、みなが家に帰る前には、説明する時間の余裕がなかった――あの墓場で起こった恐ろしい事件を、学校全体に詳しく話して聞かせる気持ちの余裕がたとえあったとしてもだ。

ハリーは、グリフィンドールの談話室に続く廊下の、一番奥に着いていた。「太った婦人《レディ》」の肖像画の前で足を止めたとたん、新しい合言葉を知らないことにはじめて気づいた。

「えーと……」

ハリーは「太った婦人《レディ》」を見つめ、元気のない声を出した。婦人はピンクサテンのドレスの襞《ひだ》を整えながら、厳しい顔でハリーを見返している。

「合言葉がなければ入れません」婦人《レディ》はつんとした。

「ハリー、僕、知ってるよ！」

だれかがゼイゼイ言いながらやってきた。振り向くと、ネビルが走ってくる。

「なんだと思う？　僕、これだけははじめて空で言えるよ――」ネビルは汽車の中で見せてくれた寸詰まりのサボテンを振って見せた。

「ミンビュラス　ミンブルトニア！」

「そうよ」「太った婦人《レディ》」の肖像画がドアのように二人のほうに開いた。後ろの壁に丸い穴が現れ、そこをハリーとネビルはよじ登った。

グリフィンドール塔の談話室は、いつもどおりに温かく迎えてくれた。居心地のよい円形の部屋の中に、古ぼけたふかふかの肘掛椅子《ひじかけいす》や、ぐらつく古いテーブルがたくさん置いてある。火格子《ひごうし》の上で暖炉の火が楽しげに爆《は》ぜ、何人かの寮生が、寝室に行く前に手を暖めていた。部屋の向こうで、フレッドとジョージのウィーズリー兄弟が掲示板になにかを留めつけていた。ハリーは二人におやすみと手を振って、まっすぐ男子寮へのドアに向かった。いまはあまり話をする気分ではなかった。ネビルがついてきた。

ディーン・トーマスとシェーマス・フィネガンがもう寝室にきていて、ベッド脇の壁にポスターや写真を貼りつけている最中だった。ドアを開けて入ってきたハリーを見たとたん、いままでしゃべっていた二人が急に口をつぐんだ。自分のことを話していたのだろうか、それとも自分が被害妄想なのだろうか、とハリーは考えた。

「やあ」ハリーは自分のトランクに近づき、それを開けた。

「やあ、ハリー」ディーンは、ウエストハム・チームカラーのパジャマに着替えているところだった。「休みはどうだった？」

「まああさ」

ハリーが口ごもった。本当の話をすれば、ほとんど一晩かかるだろう。そんなことはハリーにはとてもできない。

「君は？」

「ああ、オッケーさ」ディーンがくすくす笑った。「とにかく、シェーマスよりはましだったな。いま聞いてたとこさ」

「どうして？　シェーマスになにがあったの？」ミンビュラス・ミンブルトニアをベッド脇の戸棚の上にそっと載せながら、ネビルが聞いた。

シェーマスはすぐには答えなかった。クィディッチ・チームのケンメアア・ケストレルズのポスターが曲がっていないかを確かめるのに、やたらと手間をかけている。それからハリーに背を向けたまま言った。

「ママに学校にもどるなって言われた」

「えっ？」ハリーはローブを脱ぐ手を止めた。

「ママが、僕にホグワーツにもどって欲しくないって」

シェーマスはポスターから離れ、パジャマをトランクから引っ張り出した。まだハリーを見ていない。

「だって——どうして？」

ハリーが驚いて聞いた。シェーマスの母親は魔女だと知っていたので、なぜダーズリーっぽくなったのか理解できない。

シェーマスはパジャマのボタンを留め終えるまで答えなかった。

「えーと」シェーマスは慎重な声で言った。「たぶん……君のせいで」

「どういうこと？」ハリーがすぐ聞き返した。

心臓の鼓動がかなり速くなっていた。なにかにじりじりと包囲されるのを、ハリーはうっすらと感じた。

「えーと」シェーマスはまだハリーの目を見ない。「ママは……あの……えーと、君だけじゃない。ダンブルドアもだ……」

「『日刊予言者新聞《にっかんよげんしゃしんぶん》』を信じてるわけ？」ハリーが言った。「僕が嘘つきで、ダンブルドアがボケ老人だって？」

「うん、そんなふうなことだ」シェーマスがハリーを見た。

ハリーはなにも言わなかった。杖《つえ》をベッド脇のテーブルに投げ出し、ローブをはぎ取って怒ったようにトランクに押し込み、パジャマを着た。うんざりだ。じろじろ見られた上に、始終話の種にされるのはもうたくさん。いったいみなはわかっているんだろうか。こういうことをずっと経験してきた人間がどんなふうに感じるのか、ほんの少しでもわかっているのだろうか……フィネガン夫人はわかってない。ばか女。ハリーは煮《に》えくり返る思いだった。

ハリーはベッドに入り、周囲のカーテンを閉めはじめた。しかし、その前に、シェーマスが言った。

「ねえ……あの夜いったいなにがあったんだ？……ほら、あのとき……セドリック・ディゴリーとかいろいろ？」

シェーマスは怖さと知りたさが入り交じった言い方をした。ディーンはかがんでトランクからスリッパを出そうとしていたが、そのまま奇妙に動かなくなった。耳を澄ませていることがハリーにはわかった。

「どうして僕に聞くんだ？」ハリーが言い返した。「『日刊予言者新聞』を読めばいい。君の母親みたいに。読めよ。知りたいことが全部書いてあるぜ」

「ママの悪口を言うな」シェーマスが突っかかった。

「僕を嘘つき呼ばわりするなら、だれだって批判してやる」ハリーが言った。

「僕にそんな口のききかたするな！」

「好きなように口をきくさ」ハリーは急に気が立ってきて、ベッド脇のテーブルから杖《つえ》をパッと取った。「僕と一緒の寝室で困るなら、マクゴナガルに頼めよ。変えて欲しいって言えばいい……ママが心配しないように――」

「僕の母親のことはほっといてくれ、ポッター！」

「なんだ、なんだ？」

ロンが戸口に現れ、目を丸くして、ハリーを、そしてシェーマスを見た。ハリーはベッドに膝《ひざ》立ちし、杖をシェーマスに向けていた。シェーマスは拳《こぶし》を振り上げて立っていた。

「こいつ、僕の母親の悪口を言った」シェーマスがさけんだ。

「えっ？」ロンが言った。「ハリーがそんなことするはずないよ――僕たち、君の母さんに会ってるし、好きだし……」

「それは、腐れ新聞の『日刊予言者新聞《にっかんよげんしゃしんぶん》』が書く僕についてを、あの人が一から十まで信じる前だ！」ハリーが声を張り上げた。

「ああ」ロンのそばかすだらけの顔が、合点《がてん》したという表情になった。「ああ……そうか」

「いいか？」シェーマスがカンカンになって、ハリーを憎々しげに見た。「そいつの言うとおりだ。僕はもうそいつと同じ寝室にいたくない。そいつは狂ってる」

「シェーマス、そいつは言いすぎだぜ」ロンが言った。両耳が真っ赤になってきた

――いつもの危険信号だ。

「言いすぎ？　僕が？」シェーマスはロンと反対に青くなりながらさけんだ。「こいつが『例のあの人』に関してつまらないことを並べ立ててるのを、君は信じてるってわけか？　ほんとのことを言ってると思うのか？」

「ああ、そう思う！」ロンが怒った。

「それじゃ、君も狂ってる」シェーマスが吐き棄《はす》てるように言った。

「そうかな？　だが、君にとっては不幸なことだがね、おい、僕は監督生《かんとくせい》だ！」ロンは胸をぐっと指さした。「だから、罰則《ばっそく》を食らいたくなかったら口を慎め！」

一瞬、シェーマスは、言いたいことを吐き出せるなら、罰則だってお安い御用だという顔をした。しかし、軽蔑したような音を出したきり、背を向けてベッドに飛び込み、まわりのカーテンを思い切り引いた。乱暴に引いたので、カーテンが破れ、埃《ほこり》っぽい塊《かたまり》になって床に落ちた。ロンはシェーマスを睨《にら》みつけ、それからディーンとネビルを見た。

「ほかに、ハリーのことをごちゃごちゃ言ってる親はいるか？」ロンが挑んだ。

「おい、おい、僕の親はマグルだぜ」ディーンが肩をすくめた。「ホグワーツでだれが死のうが、僕の親は知らない。教えてやるほど僕はばかじゃないしな」

「君は僕の母親を知らないんだ。だれからでも、なんでもするする聞き出すんだぞ！」シェーマスが食ってかかった。「どうせ、君の両親は『日刊予言者新聞《にっかんよげんしゃしんぶん》』を取ってないんだろう。校長がウィゼンガモットを解任され、国際魔法使い連盟から除名されたことも知らないだろう。まともじゃなくなったからなんだ――」

「僕のばあちゃんは、それデタラメだって言った」ネビルがしゃべり出した。「ばあちゃんは、『日刊予言者新聞』こそおかしくなってるって。ダンブルドアじゃないって。ばあちゃんは購読をやめたよ。僕たちハリーを信じてる」ネビルは単純に言い切った。

ネビルはベッドによじ登り、毛布を顎《あご》まで引っ張り上げ、その上からくそまじめな顔でシェーマスを見た。

「ばあちゃんは、『例のあの人』は必ずいつかもどってくるって、いつも言ってた。ダンブルドアがそう言ったのならもどってきたんだって、ばあちゃんがそう言ってるよ」

ハリーはネビルに対する感謝の気持ちが一時にあふれてきた。もうだれもなにも言わなかった。シェーマスは杖《つえ》を取り出し、ベッドのカーテンをなおし、その陰に消えた。ディーンはベッドに入り、向こうを向いて黙りこくった。ネビルも、もうなにも言うことはなくなったらしく、月明かりに照らされた妙なサボテンをいとおしそうに見つめていた。

ハリーは枕に寄りかかった。ロンは隣のベッドのまわりをガサゴソ片づけていた。仲のよかったシェーマスと言い争ったことで、ハリーは動揺していた。自分が嘘をついている、ネジが外れていると、あと何人から聞かされることになるんだろう？

ダンブルドアはこの夏中、こんな思いをしたのだろうか？　最初はウィゼンガモット、次は国際魔法使い連盟の役職から追放されて……。何か月もハリーに連絡してこなかったのは、ダンブルドアがハリーに腹を立てたからなのだろうか？　結局、二人は一蓮托生《いちれんたくしょう》だ。ダンブルドアはハリーを信じ、学校中にハリーの話を伝え、魔法界により広く伝えた。ハリーを嘘つき呼ばわりする者は、ダンブルドアをもそう呼ぶことになる。そうでなければ、ダンブルドアがずっと欺《あざむ》かれてきたことになる。

ロンがベッドに入り、寝室の最後の蠟燭《ろうそく》が消えた。最後には、僕たちが正しいことがわかるはずだ、とハリーは惨《みじ》めな気持ちで考えた。しかし、その時がくるまで、ハリーはいったいあと何回、シェーマスから受けたのと同じような攻撃に耐えなければならないのだろう。

第12章　アンブリッジ先生

翌朝シェーマスは、ハリーがまだソックスも履《は》かないうちに超スピードでローブに着替え、寝室を出ていった。

「あいつ、長時間僕と一緒の部屋にいると、自分も気が狂うと思ってるのかな？」

シェーマスのローブの裾《すそ》が見えなくなったとたん、ハリーが大声を出した。

「気にするな、ハリー」ディーンが鞄を肩に放り上げながらつぶやいた。「あいつはただ……」

ディーンは、シェーマスがただなんなのか、はっきり言うことはできなかったようだ。一瞬気まずい沈黙の後、ディーンもシェーマスに続いて寝室を出た。

ネビルとロンがハリーに、「君が悪いんじゃない。あいつが悪い」という目配せをしたが、ハリーにはあまり慰めにはならなかった。こんなことにいつまで耐えなければならないのだろう？

「どうしたの？」五分後、朝食に向かう途中、談話室を半分横切ったあたりで、ハリーとロンに追いついたハーマイオニーが聞いた。「二人とも、その顔はまるで――ああ、なんてことを」

ハーマイオニーは談話室の掲示板を見つめた。新しい大きな貼り紙が出ていた。

ガリオン金貨がっぽり！
小遣いが支出に追いつかない？　ちょっと小金を稼ぎたい？
本談話室で、フレッドとジョージのウィーズリー兄弟にご連絡を。
簡単なパート・タイム。ほとんど骨折りなし。
（お気の毒ですが、仕事は応募者の危険負担にて行われます）

「これはもうやりすぎよ」ハーマイオニーは、厳しい顔でフレッドとジョージが貼り出した掲示をはがした。その下のポスターには、今学期はじめての週末のホグズミード行きが掲示されていて、十月になっていた。

「あの二人に一言言わないといけないわ、ロン」

ロンは大仰天《ぎょうてん》した。

「どうして？」

「私たちが監督生《かんとくせい》だから！」肖像画の穴をくぐりながらハーマイオニーが言った。「こういうことをやめさせるのが私たちの役目です！」

ロンはなにも言わなかった。フレッドとジョージがまさにやりたいようにやっているのに、止めるのは気が進まない——ロンの不機嫌な顔は、ハリーにはそう読める。

「それはそうと、ハリー、どうしたの？」ハーマイオニーが話し続けた。三人は老魔法使いや老魔女の肖像画が並ぶ階段を下りていった。肖像画は自分たちの話に夢中で、三人には目もくれなかった。「なにかにとっても腹を立ててるみたいよ」

「シェーマスが、『例のあの人』のことで、ハリーが嘘ついてると思ってるんだ」

ハリーが黙っているので、ロンが簡潔に答えた。

ハーマイオニーが自分の代わりに怒ってくれるだろうとハリーは期待したが、ため息が返ってきた。

「ええ、ラベンダーもそう思ってるのよ」ハーマイオニーが憂鬱《ゆううつ》そうに言った。

「僕が嘘つきで目立ちたがり屋のまぬけかどうか、ラベンダーと楽しくおしゃべりしてたんだろう？」ハリーが大声で言った。

「ちがうわ」ハーマイオニーが落ち着いて言った。「ハリーについてのあんたのお節介な大口は閉じておけって、私はそう言ってやったわ。ハリー、私たちにカリカリするの、お願いだからやめてくれないかしら。だって、もし気づいてないなら言いますけどね、ロンも私もあなたの味方なのよ」

一瞬、間が空いた。

「ごめん」ハリーが小さな声で言った。

「いいのよ」ハーマイオニーが威厳のある声で言った。それから、ハーマイオニーは首を振った。「昨年度末の宴会で、ダンブルドアが言ったことを憶《おぼ》えていないの？」

ハリーとロンはぽかんとしてハーマイオニーを見た。ハーマイオニーはまたため息をついた。

「『例のあの人』のことで、ダンブルドアはこうおっしゃったわ。『不和と敵対感情を蔓延《まんえん》させる能力に長《た》けておる。それと戦うには、同じくらい強い友情と信頼の絆を示すしかない――』」

「君、どうしてそんなこと憶えていられるの？」ロンは称賛のまなざしでハーマイオニーを見た。

「ロン、私は聴いてるのよ」ハーマイオニーは少しひっかかる言い方をした。

「僕だって聞いてるよ。それでも僕は、ちゃんと憶えてなくて――」

「要するに」ハーマイオニーは声を張り上げて主張を続けた。「こういうことが、ダンブルドアがおっしゃったことそのものなのよ。『例のあの人』がもどってきてまだ二か月なのに、もう私たちは仲間内で争いはじめている。組分け帽子の警告も同じよ。団結せよ、内側を強くせよ――」

「だけどハリーは昨夜いみじくも言ったぜ」ロンが反論した。「スリザリンと仲良くなれっていうなら――むりだね」

「寮同士の団結に少しも努力しようとしないのは残念だわ」ハーマイオニーが辛辣《しんらつ》に返した。

三人は大理石の階段の下に着いた。四年生のレイブンクロー生が一列になって玄関ホールを通りかかり、ハリーを見つけると群れを固めた。群れを離れたりすればハリーに襲いかかられる、と恐れているかのようだ。

「そうだとも。まさに、あんな連中と仲良くするように努めるべきだな」ハリーが皮肉った。

三人はレイブンクロー生のあとから大広間に入った。自然に教職員テーブルに目が行く。グラブリー-プランク先生が、「天文学」のシニストラ先生と話をしていた。ハグリッドは、いないことでかえって目立っている。魔法のかかった天井はハリーの気分を映して、惨《みじ》めな灰色の雨雲だった。

「ダンブルドアは、グラブリー-プランクがどのぐらいの期間いるのかさえ言わなかった」グリフィンドールのテーブルに向かいながら、ハリーが言う。

「たぶん……」ハーマイオニーが考え深げに言った。

「なんだい？」ハリーとロンが同時に聞いた。

「うーん……たぶんハグリッドがここにいないということに、あんまり注意を向けたくなかったんじゃないかな」

「注意を向けないって、どういうこと？」ロンが半分笑いながらあげつらった。「気づかないほうがむりだろ？」

ハーマイオニーが反論する前に、ドレッドヘアの髪を長く垂らした背の高い黒人の女性が、つかつかとハリーに近づいてきた。

「やあ、アンジェリーナ」

「はぁい、休みはどうだった？」アンジェリーナがきびきびと挨拶し、答えも待たずに言葉を続けた。「あのさ、私、グリフィンドール・クィディッチ・チームのキャプテンになったんだ」

「そりゃいいや」ハリーがにっこりした。アンジェリーナの試合前演説は、オリバー・ウッドほど長ったらしくはないだろう。それは、一つの改善点と言える。

「うん。それで、オリバーがもういないから、新しいキーパーが要るんだ。金曜の五時に選抜するから、チーム全員にきて欲しい。いい？　そうすれば、新人がチームにうまくはまるかどうかがわかるし」

「オッケー」ハリーが答えた。

アンジェリーナはにっこりして歩き去った。

「ウッドがいなくなったこと、忘れてたわ」ロンの横に腰掛け、トーストの皿を引き寄せながら、ハーマイオニーがぼんやりと言った。「チームにとってはずいぶん大きなちがいよね」

「たぶんね」ハリーは反対側に座りながら言った。「いいキーパーだったから……」

「だけど、新しい血を入れるのも悪くないじゃん？」ロンが言った。

シューッ、カタカタという音とともに、何百というふくろうが上の窓から舞い込んできた。ふくろうは大広間のいたる所に舞い降り、手紙や小包みを宛先人に届けるついでに朝食をとっている生徒たちにたっぷり水滴を浴びせかけた。外はまちがいなく大雨だ。ヘドウィグは見当たらなかったが、ハリーは気にもならなかった。連絡してくるのはシリウスだけだし、別れてからまだ二十四時間しか経っていないのに新しい知らせがあるとも思えない。ところがハーマイオニーは急いでオレンジジュースを脇に置き、湿った大きなメンフクロウに道を空けた。嘴《くちばし》にぐしょっとした「日刊予言者新聞《にっかんよげんしゃしんぶん》」をくわえている。

「なんのためにまだ読んでるの？」シェーマスのことを思い出し、ハリーがいらだって聞いた。ハーマイオニーがふくろうの足についた革袋に一クヌートを入れると、ふくろうは飛び去った。「僕はもう読まない……くずばっかりだ」

「敵がなにを言ってるのか、知っておいたほうがいいわ」ハーマイオニーは暗い声でそう言うと、新聞を広げて顔を隠し、ハリーとロンが食べ終わるまで顔を現さなかった。

「なにもない」新聞を丸めて自分の皿の脇に置きながら、ハーマイオニーが短く言った。「あなたのこともダンブルドアのことも、ゼロ」

今度はマクゴナガル先生がテーブルを回り、時間割を渡していた。

「見ろよ、今日のを！」ロンがうめいた。「『魔法史』、『魔法薬学』が二時限続き、『占い学』、二時限続きの『闇の魔術防衛』……ビンズ、スネイプ、トレローニー、それにあのアンブリッジ婆《ばば》あ。これ全部、一日でだぜ！　フレッドとジョージが急いで『ずる休みスナックボックス』を完成してくれりゃなあ……」

「我が耳は聞きちがいしや？」フレッドが現れて、ジョージと一緒にハリーの横にむりやり割り込んだ。「ホグワーツの監督生《かんとくせい》が、よもやずる休みしたいなど思わないだろうな？」

「今日の予定を見ろよ」ロンがフレッドの鼻先に時間割を突きつけて、不平をたらたらこぼした。

「こんな最悪の月曜日ははじめてだ」

「もっともだ、弟よ」月曜の欄を見てフレッドが言った。「よかったら『鼻血ヌルヌル・ヌガー』を安くしとくぜ」

「どうして安いんだ?」ロンが疑わしげに聞いた。

「なぜなればだ、体が萎《しな》びるまで鼻血が止まらない。まだ解毒剤がない」ジョージが鰊《にしん》の燻製《くんせい》を取りながら言った。

「ありがとよ」ロンが時間割をポケットに入れながら憂鬱《ゆううつ》そうに言った。「だけど、やっぱり授業に出ることにするよ」

「ところで『ずる休みスナックボックス』のことだけど」ハーマイオニーがフレッドとジョージに射抜くような目を向けた。「実験台求むの広告をグリフィンドールの掲示板に出すことはできないわよ」

「だれが言った?」ジョージが唖然《あぜん》として聞いた。

「私が言いました」ハーマイオニーが答えた。「それに、ロンが」

「僕は抜かして」ロンがあわてて言った。

ハーマイオニーがロンを睨《にら》みつけた。フレッドとジョージがにやにや笑った。

「君もそのうち調子が変わってくるぜ、ハーマイオニー」クランペットにたっぷりバターを塗りながら、フレッドが言った。「五年目が始まる。まもなく君は、スナックボックスをくれと、僕たちに泣きつくであろう」

「お伺いしますが、なぜ五年目が『ずる休みスナックボックス』なんでしょう？」

「五年目は『O・W・L《ふくろう》』、つまり『普通魔法使いレベル試験』の年である」

「それで？」

「それで君たちにはテストが控えているのである。教師たちは君たちを徹底的にしごきまくるから、神経がすり減ってしまうことになる」フレッドが満足そうに解説した。

「おれたちの学年じゃ、OWLが近づくと、半数が軽い神経衰弱を起こしたぜ」ジョージがうれしそうに言った。「泣いたり癇癪《かんしゃく》を起こしたり……パトリシア・スティンプソンなんか、しょっちゅう気絶しかかったな……」

「ケネス・タウラーは吹き出物だらけでさ。憶《おぼ》えてるか？」フレッドは想い出を楽しむように言った。

「あれは、おまえがやつのパジャマに球痘粉《きゅうとうこ》を仕掛けたからだぞ」ジョージが言った。

「ああ、そうだ」フレッドがにやりとした。「忘れてた……なかなか全部は憶えてられないもんだ」

「とにかくだ、この一年は悪夢だぞ。五年生は」ジョージが脅す。「テストの結果を気にするならばだがね。フレッドもおれもなぜかずっと元気だったけどな」

「ああ……二人の点数は、たしか三科目合格で二人とも三OWL《ふくろう》だっけ？」ロンが言った。

「当たり」フレッドはどうでもいいという言い方だった。「しかし、おれたちの将来は、学業成績とはちがう世界にあるのだ」

「七年目に学校にもどるべきかどうか、二人で真剣に討議したよ」ジョージが朗らかに続いた。

「なにしろすでに――」

ハリーが目配せしたのでジョージが口をつぐんだ。ハリーは自分が二人にやった三校対抗試合の賞金のことを言うだろうと思ったのだ。

「なにしろすでにOWLも終わっちまったしな」ジョージが急いで言い換えた。「つまり、『めちゃめちゃ疲れる魔法テスト』の『N・E・W・T《いもり》』なんかほんとに必要か？　しかし、おれたちが中途退学したら、お袋がきっと耐えられないだろうと思ってさ。パーシーのやつが世界一のばかをやったあとだしな」

「しかし、最後の年を、おれたちはむだにするつもりはない」大広間をいとおしげに見回しながら、フレッドが言った。「少し市場調査をするのに使う。平均的ホグワーツ生は、悪戯《いたずら》専門店になにを求めるかを調査し、慎重に結果を分析し、需要に合った製品を作る」

「だけど、悪戯専門店を始める資金はどこで手に入れるつもり？」ハーマイオニーが疑わしげに聞いた。「材料がいろいろ必要になるでしょうし――それに店舗だって必要だと思うけど……」

ハリーは双子の顔を見なかった。顔が熱くなってわざとフォークを落とし、拾うのに下に潜った。フレッドの声が聞こえてきた。「ハーマイオニー、質問するなかれ、さすれば我々は嘘をつかぬであろう。こいよ、ジョージ。早く行けば、『薬草学』の前に『伸び耳』の二、三個も売れるかもしれないぜ」

ハリーがテーブルの上に顔を出すと、二人がそれぞれトーストの山を抱えて歩き去るのが見えた。

「どういうことかしら？」ハーマイオニーがハリーとロンの顔を見た。「『質問するなかれ』って……悪戯専門店を開く資金を、もう手に入れたってこと？」

「あのさ、僕もそのこと考えてたんだ」ロンが額《ひたい》にしわを寄せた。「夏休みに僕に新しいドレス・ローブを買ってくれたんだけど、いったいどこでガリオン金貨を手に入れたかわかんなかった……」

ハリーは、危険水域から話題を転換させるときだと思った。

「今年はとってもきついっていうのは、ほんとかな？　試験のせいで？」

「ああ、そうだな」ロンが言った。「そのはずだろ？　ＯＷＬって、どんな仕事に応募するかとかいろいろ影響するから、とっても大事さ。今学年の後半には進路指導もあるって、ビルが言ってた。相談して、来年どういう種類のNEWT《いもり》を受けるかを選ぶんだ」

「ホグワーツを出たらなにをしたいか、決めてる？」それからしばらくして「魔法史」の授業に向かうために大広間を出たハリーが、二人に聞いた。

「いやあ、まだ」ロンが考えながら言う。「ただ……うーん……」

ロンは少し弱気になった。

「なんだい？」ハリーが促した。

「うーん、闇祓《やみばら》いなんか、かっこいい」ロンはほんの思いつきだけど、という言い方をした。

「うん、そうだよな」ハリーが熱を込めて言った。

「だけど、あの人たちって、ほら、エリートじゃないか」ロンが言った。「うんと優秀じゃなきゃ。ハーマイオニー、君は？」

「わからない」ハーマイオニーが答えた。「なにか本当に価値のあることがしたいと思うの」

「闇祓いは価値があるよ！」とハリー。

「ええ、そうね。でもそれだけが価値のあるものじゃない」ハーマイオニーが思慮深く言う。「つまり、SPEW《しもべ妖精福祉振興協会》をもっと推進できたら……」

ハリーとロンは慎重に、互いに顔を見ないようにした。

「魔法史」は魔法界が考え出した最もつまらない学科である、というのは衆目の一致するところ。ゴーストであるビンズ先生は、ゼイゼイ声でうなるように単調な講義をするので、十分で強い眠気を催すこと請け合いだ。暑い日なら五分で確実。先生はけっして授業の形を変えず、切れ目なしに講義し、その間生徒はノートを取る、というより眠そうにぼうっと宙を見つめている。ハリーとロンはこれまで落第すれすれでこの科目を取ってきたが、それは試験の前にハーマイオニーがノートを写させてくれたからだ。ハーマイオニーだけが、ビンズ先生の催眠力に抵抗できるようだ。

今日は巨人の戦争について、四十五分の単調なうなりに苦しんだ。最初の十分間だけ聞いて、他の先生だったらこの内容も少しはおもしろいのかもしれない、とぼんやりハリーは思った。しかし、そのあと、脳みそがついていかなくなった。残りの三十五分は、ロンと二人で羊皮紙《ようひし》の端で文字当てゲームをして遊んだ。ハーマイオニーは、ときどき思い切り非難がましく横目で二人を睨《にら》んだ。

「こういうのはいかが？」授業が終わって休憩に入るとき（ビンズ先生は黒板を通り抜けていなくなった）、ハーマイオニーが冷たく宣言した。「今年はノートを貸してあげないっていうのは？」

「僕たち、OWL《ふくろう》に落ちるよ」ロンが言った。「それでも君の良心が痛まないなら、ハーマイオニー……」

「あら、いい気味よ」ハーマイオニーがぴしゃりと言った。「聞こうと努力もしないでしょう」

「してるよ」ロンが言った。「僕たちには君みたいな頭も、記憶力も、集中力もないだけさ──君は僕たちより頭がいいんだ──僕たちに思い知らせて、さぞいい気分だろ?」

「まあ、ばかなこと言わないでちょうだい」そう言いながらも、湿った中庭へと二人の先に立って歩いていくハーマイオニーからは、とげとげしさが少し和らいだように見えた。

細かい霧雨が降っていた。中庭に塊《かた》まって立っている人影の輪郭《りんかく》が、ぼやけて見える。ハリー、ロン、ハーマイオニーはバルコニーから激しく雨だれが落ちてくる下で、他から離れた一角を選んだ。冷たい九月の風にローブの襟《えり》を立てながら三人は、スネイプが今学期最初にどんな課題を出すだろうかと話し合った。二か月の休みで生徒が緩んでいるところを襲うという目的だけでも、なにか極端に難しいものを出しそうだという点では意見が一致した。そのときだれかが角を曲がってこちらにやってきた。

「こんにちは、ハリー！」

チョウ・チャンだった。しかもめずらしいことに、今回もたった一人だ。チョウはほとんどいつもくすくす笑いの女子集団に囲まれている。クリスマス・パーティに誘おうとして、なんとかチョウ一人のときを捕らえようと苦しんだことを、ハリーは思い出した。

「やあ」ハリーは顔が火照るのを感じた。少なくともいまは、「臭液」をかぶってはいない、とハリーは自分に言い聞かせた。チョウも同じことを考えていたらしい。

「それじゃ、あれは取れたのね？」

「うん」ハリーは、この前の出会いが苦痛ではなく滑稽《こっけい》な思い出だったふりをして、ニヤッと笑おうとした。「それじゃ、君は……えー……いい休みだった？」

言ったとたん、しまったと思った――セドリックはチョウのボーイフレンドだった。彼の死は、ハリーにとってもそうであったように、チョウの夏休みに暗い影を落としたにちがいないのだ。チョウの顔に一瞬張りつめたものが走ったが、しかしチョウの答えは「ええ、まあまあよ……」だった。

「それ、トルネードーズのバッジ？」ロンがチョウのローブの胸を指さして、唐突に聞いた。金の頭文字「T」が二つ並んだ紋章の空色のバッジが留めてあった。

「ファンじゃないんだろう？」

「ファンよ」チョウが言った。

「ずっとファンだった？　それとも選手権に勝つようになってから？」ロンの声には、不必要に非難がましい調子がこもっているようにハリーには思えた。

「六歳のときからずっとファンよ」チョウが冷やかに言った。「それじゃ……またね、ハリー」

チョウは行ってしまった。ハーマイオニーはチョウが中庭の中ほどに行くまで待って、それからロンに向きなおった。

「気のきかない人ね！」

「えっ？　僕はただチョウに――」

「チョウがハリーと二人っきりで話したかったのがわからないの？」

「それがどうした？　そうすりゃよかったじゃないか。僕が止めたわけじゃ――」

「いったいどうして、チョウのクィディッチ・チームを攻撃したりしたの？」

「攻撃？　僕、攻撃なんかしないよ。ただ――」

「チョウがトルネードーズを贔屓《ひいき》にしていようがどうしようが勝手でしょ？」

「おい、おい、しっかりしろよ。あのバッジを着けてるやつらの半分は、この前のシーズン中にバッジを買ったんだぜ――」

「だけど、そんなこと関係ないでしょう」

「本当のファンじゃないってことさ。流行に乗ってるだけで――」

「授業開始のベルだよ」

ロンとハーマイオニーが、ベルの音が聞こえないほど大声で言い争っていたので、ハリーはうんざりして言った。二人がスネイプの地下牢教室に着くまでずっと議論をやめなかったおかげで、ハリーはたっぷり考え込む時間があった――ネビルやロンと一緒にいるかぎり、奇跡でも起きなければチョウと一分もまともな会話などできない。いままでの会話を思い出すと、どこかに逃げ出したくなる。

スネイプの教室の前に並びながら、しかし――とハリーは考えた――チョウはわざわざハリーと話をしようと近づいてきたのではないか？　チョウはセドリックのガールフレンドだった。セドリックが死んだのに、ハリーのほうは三校対抗試合の迷路から生きてもどってきた。チョウに憎まれてもおかしくない。それなのに、チョウはハリーに親しげに話しかけてくれる。ハリーが狂っているとか、嘘つきだとか、恐ろしいことにセドリックの死に責任があるなどとは考えていないようだ……。そうだ、チョウはわざわざ僕に話をしにきた。二日のうちに二回も……。そう思うと、ハリーは浮き浮きした。スネイプの地下牢教室の扉がギーッと開く不吉な音でさえ、胸の中でふくれた小さな希望の風船を破裂させはしなかった。ハリーはロンとハーマイオニーに続いて教室に入り、いつものように三人で後方の席に着き、二人から出てくるぷりぷりいらいらの騒音を無視した。

「静まれ」スネイプは扉を閉め、冷たく言った。

静粛《せいしゅく》にと言う必要もない。扉が閉まる音を聞いたとたん、クラスはしんとなり、そわそわもやんだ。たいていスネイプがいるだけで、クラスが静かになること請け合いだ。

「本日の授業を始める前に」スネイプはマントを翻《ひるがえ》して教壇に立ち、全員をじろりと見た。

「忘れぬようはっきり言っておこう。きたる六月、諸君は重要な試験に臨む。そこで魔法薬の成分、使用法につき諸君がどれほど学んだかが試される。このクラスの何人かはたしかに愚鈍《ぐどん》であるが、我輩《わがはい》は諸君にせいぜいOWL《ふくろう》合格すれすれの「可」を期待する。さもなくば我輩の……不興《ふこう》を被る」

スネイプのじろりが今度はネビルを睨《ね》めつけた。ネビルがゴクッと唾を飲んだ。

「言うまでもなく、来年から何人かは我輩の授業を去ることになろう」スネイプは言葉を続けた。「我輩は、最も優秀なる者にしかNEWT《いもり》レベルの『魔法薬』の受講を許さぬ。つまり、何人かは必ずや別れを告げるということだ」

スネイプの目がハリーを見据え、薄ら笑いを浮かべた。五年目が終わったら「魔法薬」をやめられるという、ぞくっとするような喜びを感じながら、ハリーも睨《にら》み返した。

「しかしながら、幸福な別れのときまでまだ一年ある」スネイプが低い声で言った。「であるから、NEWTテストに挑戦するつもりかいなかは別として、我輩が教える学生には、高いOWL合格率を期待する。そのために全員努力を傾注せよ」

「今日は、普通《O》魔法使い《W》レベル《L》試験にしばしば出てくる魔法薬の調合をする。『安らぎの水薬』。不安を鎮《しず》め、動揺を和らげる。注意事項。成分が強すぎると、飲んだ者は深い眠りに落ち、ときにはそのままとなる。故に、調合には細心の注意を払いたまえ」ハリーの左側で、ハーマイオニーが背筋を正し、細心の注意そのものの表情をしている。「成分と調合法は――」スネイプが杖《つえ》を振った。「――黒板にある――」（黒板に現れた）。「――必要な材料はすべて――」スネイプがもう一度杖を振った。「――薬棚にある――」（その薬棚がパッと開いた）。「――一時間半ある……始めたまえ」

ハリー、ロン、ハーマイオニーが予測したとおり、スネイプの課題は、これ以上七面倒くさいやっかいな薬はあるまいというものだった。材料は正確な量を正確な順序で大鍋《おおなべ》に入れなければならなかった。混合液は正確な回数かき回さなければならない。はじめは右回り、それから左回りに。ぐつぐつ煮込んで、最後の材料を加える前に炎の温度をきっちり定められたレベルに下げ、定められた何分かをその温度に保つのだ。

「薬から軽い銀色の湯気が立ち昇っているはずだ」

あと十分というときに、スネイプが告げた。

ハリーは汗びっしょりになっていて、絶望的な目で地下牢教室を見回した。ハリーの大鍋《おおなべ》からは灰黒色の湯気がもうもうと立ち昇っていた。ロンのからは緑の火花が上がり、シェーマスは必死に鍋底の消えかかった火を杖《つえ》でかき起こしていた。しかし、ハーマイオニーの液体からは、軽い銀色の湯気がゆらゆらと立ち昇っている。スネイプがそばをさっと通り過ぎ、鉤鼻《かぎばな》の上から見下ろしたが、なにも言わなかった。文句のつけようがなかったようだ。

しかし、ハリーの大鍋のところで立ち止まったスネイプは、ぞっとするような薄ら笑いを浮かべて見下ろした。

「ポッター、これはなんのつもりだ？」

教室の前のほうにいるスリザリン生が、それっと一斉に振り返った。スネイプがハリーを嘲《あざけ》るのを聞くのが大好きなのだ。

「『安らぎの水薬』です」ハリーは頑《かたく》なに答えた。

「教えてくれ、ポッター」スネイプが猫なで声で言った。「字が読めるのか？」

ドラコ・マルフォイが笑った。

「読めます」ハリーの指が、杖をぎゅっとにぎりしめた。

「ポッター、調合法の三行目を読んでくれたまえ」

ハリーは目を凝らして黒板を見た。いまや地下牢教室は色とりどりの湯気で霞み、書かれた文字を判読するのは難しかった。

「月長石《げっちょうせき》の粉を加え、右に三回攪拌《かくはん》し、七分間ぐつぐつ煮《に》る。そのあと、バイアン草のエキスを二滴加える」

ハリーはがっくりした。七分間のぐつぐつのあと、バイアン草のエキスを加えずに、すぐに四行目に移ったのだ。

「三行目をすべてやったか？　ポッター？」

「いいえ」ハリーは小声で言った。

「答えは？」

「いいえ」ハリーは少し大きな声で言いなおした。「バイアン草を忘れました」

「そうだろう、ポッター。つまりこのごった煮はまったく役に立たない。『エバネスコ！　消えよ！』」

ハリーの液体が消え去った。残されたハリーは、空っぽの大鍋のそばにばかみたいに突っ立っていた。

「課題をなんとか読むことができた者は、自分の作った薬のサンプルを細口瓶《びん》に入れ、名前をはっきり書いたラベルを貼り、我輩《わがはい》がテストできるよう、教壇の机に提出したまえ」スネイプが言った。「宿題。羊皮紙《ようひし》三十センチに、月長石《げっちょうせき》の特性と、魔法薬調合に関するその用途を述べよ。木曜に提出」

みなが細口瓶《びん》を詰めている間、ハリーは煮《に》えくり返る思いで片づけをしていた。僕の薬は、腐った卵のような臭気を発しているロンのといい勝負だ。ネビルのだって、混合したてのセメントぐらいに固くて、ネビルが鍋底《なべぞこ》からこそげ落としているじゃないか。それなのに、今日の課題で零点をつけられるのはハリーだけだ。ハリーは杖《つえ》を鞄にしまい、椅子にドサッと腰掛けて、スネイプの机にコルク栓をした瓶を提出しに行くみなを眺めていた。やっと終業のベルが鳴り、ハリーは真っ先に地下牢を出た。ロンとハーマイオニーが追いついたときには、もう大広間で昼食を食べはじめていた。天井は今朝よりもどんよりとした灰色に変わっていた。雨が高窓を打っている。

「ほんとに不公平だわ」ハリーの隣に座り、シェパード・パイをよそいながら、ハーマイオニーが慰めた。「あなたの魔法薬はゴイルのほどひどくなかったのに。ゴイルが自分のを瓶に詰めたとたんに、全部割れちゃって、ローブに火がついたわ」

「うん、でも」ハリーは自分の皿を睨《にら》みつけた。「スネイプが僕に公平だったことなんかあるか？」

二人とも答えなかった。三人とも、スネイプとハリーの間にある敵意は、ハリーのホグワーツ入学時からの絶対的なものだと知っている。

「私、今年は少しよくなるんじゃないかと思ったんだけど」ハーマイオニーが失望したように言った。「だって……ほら……」ハーマイオニーは慎重にあたりを見回した。両脇に少なくとも六人分くらいの空きがあり、テーブルのそばを通りかかる者もいない。「……騎士団員だし」

「毒キノコは腐っても毒キノコ」ロンが偉そうに言った。「スネイプを信用するなんて、ダンブルドアはどうかしてる。僕はずっとそう思ってた。あいつが『例のあの人』のために働くのをやめたって証拠がどこにある？」

「あなたに教えてくれなくとも、ロン、ダンブルドアにはきっと十分な証拠があるのよ」ハーマイオニーが食ってかかった。

「あーあ、二人ともやめろよ」ロンが言い返そうと口を開いたとき、ハリーが重苦しい声を出した。ロンもハーマイオニーも怒った顔のまま固まった。「いいかげんにやめてくれないか？」ハリーが言った。「お互いに角《つの》突き合わせてばっかりだ。頭にくるよ」食べかけのシェパード・パイをそのままに、ハリーは鞄を肩に引っかけ、二人を残してその場を離れた。

ハリーは大理石の階段を二段飛びで上がった。昼食に下りてくる大勢の生徒と行きちがった。自分でも思いがけずに爆発した怒りが、まだめらめらと燃えていた。ロンとハーマイオニーのショックを受けた顔が、ハリーには大満足だった。「いい気味だ……なんでやめられないんだ……いつも悪口を言い合って……あれじゃ、だれだって頭にくる……」

ハリーは踊り場に掛かった大きな騎士の絵、カドガン卿《きょう》の絵の前を通った。カドガン卿が剣を抜き、ハリーに向かって激しく振り回したが、ハリーは無視した。

「もどれ、下賎《げせん》な犬め！　勇敢に戦え！」カドガン卿が、面頬《めんぼお》に覆われたこもった声でハリーの背後からさけんでいる。しかし、ハリーはかまわず歩き続けた。カドガン卿が隣の絵に駆け込んでハリーを追おうとしたが、絵の主の怖い顔の大型ウルフハウンド犬に撥《は》ねつけられた。

昼休みの残りの時間、ハリーは北塔のてっぺんの撥《は》ね戸天井の下にひとりで座っていた。おかげで始業ベルが鳴ったとき、真っ先に銀の梯子《はしご》を上ってシビル・トレローニー先生の教室に入ることになった。

「占い学」は、「魔法薬学」の次にハリーの嫌いな学科だった。その主な理由は、トレローニー先生が授業中、数回に一回、ハリーが早死すると予言するせいだ。針金のような先生は、ショールを何重にも巻きつけ、ビーズの飾り紐《ひも》をキラキラさせ、メガネが目を何倍にも拡大して見せるので、ハリーはいつも大きな昆虫を想像してしまう。ハリーが教室に入ったとき、トレローニー先生は、使い古した革表紙の本を、部屋中に置かれた華奢《きゃしゃ》な小テーブルに配って歩くことに没頭していた。スカーフで覆ったランプも、むっとするような香料を焚《た》いた暖炉の火も仄暗《ほのぐら》かったので、先生は薄暗いところに座ったハリーに気づかないようだ。それから五分ほどの間に他の生徒も到着した。ロンは撥ね戸から現れると、注意深くあたりを見回し、ハリーを見つけてまっすぐにやってきた。もっとも、テーブルや椅子やパンパンにふくれた床置きクッションの間を縫いながらのまっすぐではあるけれど。

「僕、ハーマイオニーと言い争うのはやめた」ハリーの横に座りながら、ロンが口を開いた。

「そりゃよかった」ハリーはぶすっと言った。

「だけど、ハーマイオニーが言うんだ。僕たちに八つ当たりするのはやめて欲しいって」ロンが言った。

「僕はなにも――」

「伝言しただけさ」ロンがハリーの言葉を遮《さえぎ》った。「だけど、ハーマイオニーの言うとおりだと思う。シェーマスやスネイプが君をあんなふうに扱うのは、僕たちのせいじゃない」

「そんなことは言って――」

「こんにちは」

トレローニー先生が、例の夢見るような霧の彼方の声で挨拶したので、ハリーは口を閉じた。またしてもいらいらと落ち着かず、自分を恥じる気持ちに駆られた。

『占い学』の授業にようこそ。あたくし、もちろん休暇中のみなさまの運命はずっと見ておりましたけれど、こうして無事ホグワーツにもどっていらして、うれしゅうございますわ――そうなることは、あたくしにはわかっておりましたけれど」

「机に、イニゴ・イマゴの『夢のお告げ』の本が置いてございますね。夢の解釈は、未来を占う最も大切な方法の一つですし、たぶん、OWL試験《ふくろう》にも出ることでしょう。もちろん、あたくし、占いという神聖な術に、試験の合否が大切だなどとは少しも考えてはおりませんの。みなさまが『心眼』をお持ちであれば、証書や成績はほとんど関係ございません。でも、校長先生がみなさまに試験を受けさせたいとのお考えでございます。それで……」

先生の声が微妙に細くなっていった。自分の学科が、試験などという卑しいものから超越していると考えていることが、だれにもはっきりわかるような調子だ。

「どうぞ、序章を開いて、イマゴが夢の解釈について書いていることをお読みあそばせ。それから二人ずつ組み、お互いの最近の夢について、『夢のお告げ』を使って解釈なさいまし。ではどうぞ」

この授業のいいことは、二時限続きでないことだ。全員が序章を読み終わったときには、夢の解釈をする時間が十分と残っていなかった。ハリーとロンのテーブルの隣ではディーンがネビルと組み、ネビルが早速、悪夢の長々しい説明を始めていた。ばあちゃんの一張羅《いっちょうら》の帽子をかぶった巨大なハサミが登場する。ハリーとロンは顔を見合わせて塞ぎ込んだ。

「僕、夢なんか憶えてたことないよ」ロンが言った。「君が言えよ」

「一つぐらい憶えてるだろう」ハリーがいらついた。

自分の夢は絶対だれにも言うまい。いつも見る墓場の悪夢の意味は、ハリーにはよくわかっている。ロンにもトレローニー先生にも、ばかげた『夢のお告げ』にも教えてもらう必要はない。

「えーと、この間、クィディッチをしてる夢を見た」ロンが、思い出そうと顔をしかめながら言った。「それって、どういう意味だと思う？」

「たぶん、巨大なマシュマロに食われるとかなんとかだろ」

ハリーは『夢のお告げ』をつまらなそうにめくりながら答えた。『お告げ』の中から夢のかけらを探し出すのは、退屈な作業だった。トレローニー先生が一か月間夢日記をつけるという宿題を出したのも、ハリーの気持ちを落ち込ませた。ベルが鳴り、ハリーとロンは先に立って梯子《はしご》を下りた。ロンが大声で不平を言う。

「もうどれくらい宿題が出たと思う？　ビンズは巨人の戦争で五十センチのレポー

ト、スネイプは月長石《げっちょうせき》の用途で三十センチ、その上今度はトレローニーの夢日記一か月ときた。フレッドとジョージはOWL《ふくろう》の年についてまちがってなかったよな？　あのアンブリッジ婆《ばば》あがなんにも宿題出さなきゃいいが……」

「闇の魔術に対する防衛術」の教室に入っていくと、アンブリッジ先生はもう教壇に座っていた。昨夜のふわふわのピンクのカーディガンを着て、頭のてっぺんに黒いビロードのリボンを結んでいる。またしてもハリーは、大きなハエが愚かにもさらに大きなガマガエルの上に止まっている姿を、いやでも想像した。

生徒は静かに教室に入った。アンブリッジ先生はまだ未知数だった。この先生がどのくらい厳しいのかだれも知らない。

「さあ、こんにちは！」クラス全員が座ると、先生が挨拶した。

何人かが「こんにちは」とボソボソ挨拶を返した。

「チッチッチッ」アンブリッジ先生が舌を鳴らした。「それではいけませんねえ。みなさん、どうぞ、こんなふうに。『こんにちは、アンブリッジ先生』。もう一度いきますよ、はい、こんにちは、みなさん！」

「こんにちは、アンブリッジ先生」みな一斉に挨拶を唱えた。

「そう、そう」アンブリッジ先生がやさしく言った。「難しくないでしょう？　杖《つえ》をしまって、羽根ペンを出してくださいね」

大勢の生徒が暗い目を見交わした。杖をしまったあとの授業が、これまでおもしろかった例《ためし》はない。ハリーは杖を鞄に押し込み、羽根ペン、インク、羊皮紙《ようひし》を出した。アンブリッジ先生はハンドバッグを開け、自分の杖を取り出した。異常に短い杖だ。先生が杖で黒板を強くたたくと、たちまち文字が現れた。

闇の魔術に対する防衛術
基本に返れ

「さて、みなさん、この学科のこれまでの授業は、かなり乱れてバラバラでしたね。そうでしょう?」アンブリッジ先生は両手を体の前できちんと組み、正面を向いた。「先生がしょっちゅう変わって、しかもその先生方の多くが魔法省指導要領に従っていなかったようです。その不幸な結果として、みなさんは、魔法省がOWL《ふくろう》学年に期待するレベルを遥かに下回っています」

「しかし、ご安心なさい。こうした問題がこれからは是正されます。今年は、慎重に構築された理論中心の魔法省指導要領どおりの防衛術を学んでまいります。これを書き写してください」

先生がふたたび黒板をたたくと最初の文字が消え、「授業の目的」という文章が現れた。

1　防衛術の基礎となる原理を理解すること

2　防衛術が合法的に行使される状況認識を学習すること

3　防衛術の行使を、実践的な枠組みに当てはめること

数分間、教室は羊皮紙《ようひし》に羽根ペンを走らせる音で一杯になった。全員がアンブリッジ先生の三つの目的を写し終えると、先生が聞いた。「みなさん、ウィルバート・スリンクハードの『防衛術の理論』を持っていますか？」

持っていますと言うボソボソ声が、教室中から聞こえた。

「もう一度やりましょうね」アンブリッジ先生が言った。「わたくしが質問したら、お答えはこうですよ。『はい、アンブリッジ先生』または、『いいえ、アンブリッジ先生』。では、みなさん、ウィルバート・スリンクハードの『防衛術の理論』を持っていますか？」

「はい、アンブリッジ先生」教室中がわーんと鳴った。

「よろしい」アンブリッジ先生が言った。「五ページを開いてください。『第一章、初心者の基礎』。では読んでください。おしゃべりはしないこと」

アンブリッジ先生は黒板を離れ、教壇の先生用の机に陣取り、下目蓋《したまぶた》がたるんだガマガエルの目でクラスを観察した。ハリーは自分の教科書の五ページを開き、読みはじめた。

絶望的につまらなかった。ビンズ先生の授業を聞いているのと同じくらいひどかった。集中力が抜け落ちていくのがわかった。同じ行を五、六回読んでも、最初の一言、二言しか頭に入らない。何分かの沈黙の時間が流れた。ハリーの隣ではロンがぼうっとして羽根ペンを指でくるくる回し、五ページの同じ箇所をずっと見つめている。右を見たハリーは、驚いて麻痺《まひ》状態から醒《さ》めた。ハーマイオニーは『防衛術の理論』の教科書を開いてもいない。手を挙げ、アンブリッジ先生をじっと見つめていた。

ハーマイオニーが読めと言われて読まなかったことは、ハリーの記憶では一度もない。それどころか、目の前に本を出されて、開きたいという誘惑に抵抗したこともない。ハリーはどうしたの、という目を向けたが、ハーマイオニーは首をちょっと振って、質問に答えるどころではないのよ、と合図しただけだった。そしてアンブリッジ先生をじっと見つめ続けた。先生は同じくらい頑固に、別な方向を見続けている。

それからまた数分が経つと、ハーマイオニーを見つめているのはハリーだけではなくなった。読みなさいと言われた第一章があまりにも退屈で、「初心者の基礎」と格闘するよりはアンブリッジ先生の目を捕らえようとしているハーマイオニーの無言の行動を見ているほうがいい、という生徒が次第に増えてきた。

クラスの半数以上が、教科書よりハーマイオニーを見つめるようになると、アンブリッジ先生も、もはや状況を無視するわけにはいかないと判断したようだ。

「この章について、なにか聞きたかったの？」先生は、たったいまハーマイオニーに気づいたかのように話しかけた。

「この章についてではありません。ちがいます」ハーマイオニーが言った。

「おやまあ、いまは読む時間よ」アンブリッジ先生は尖《とが》った小さな歯を見せた。「ほかの質問なら、クラスが終わってからにしましょうね」

「授業の目的に質問があります」と、ハーマイオニー。

アンブリッジ先生の眉《まゆ》が吊り上がった。

「あなたのお名前は？」

「ハーマイオニー・グレンジャーです」

「さあ、ミス・グレンジャー。ちゃんと全部読めば、授業の目的ははっきりしていると思いますよ」アンブリッジ先生は、わざとらしいやさしい声で諭《さと》した。

「でも、わかりません」ハーマイオニーはぶっきらぼうに言った。「防衛呪文を使うことに関してはなにも書いてありません」

一瞬沈黙が流れ、生徒の多くが黒板のほうを向き、まだ書かれたままになっている三つの目的をしかめ面で読んだ。

「防衛呪文を使う？」アンブリッジ先生はちょっと笑って言葉を繰り返した。「まあ、まあ、ミス・グレンジャー。このクラスで、あなたが防衛呪文を使う必要があるような状況が起ころうとは、考えられませんけど？　まさか、授業中に襲われるなんて思ってはいないでしょう？」

「魔法を使わないの？」ロンが声を張り上げた。

「わたくしのクラスで発言したい生徒は、手を挙げること。ミスター――？」

「ウィーズリー」ロンが手を高く挙げた。

アンブリッジ先生は、ますますにっこりほほえみながら、ロンに背を向けた。ハリーとハーマイオニーがすぐに手を挙げた。アンブリッジ先生のぼってりした目が一瞬ハリーに止まったが、そのあとハーマイオニーの名を呼んだ。

「はい、ミス・グレンジャー？　なにかほかに聞きたいの？」

「はい」ハーマイオニーが答えた。「『闇の魔術に対する防衛術』の真の狙いは、まちがいなく、防衛呪文の練習をすることではありませんか？」

「ミス・グレンジャー、あなたは、魔法省の訓練を受けた教育専門家ですか？」アンブリッジ先生はやさしい作り声で聞いた。

「いいえ、でも――」

「さあ、それなら、残念ながらあなたには、授業の『真の狙い』を決める資格はありませんね。あなたよりもっと年上の、もっと賢い魔法使いたちが、新しい指導要領を決めたのです。あなた方が防衛呪文について学ぶのは、安全で危険のない方法でと――」

「そんなの、なんの役に立つ？」ハリーが大声を上げた。「もし僕たちが襲われるとしたら、そんな方法――」

「挙手、ミスター・ポッター！」アンブリッジ先生が歌うように言った。

ハリーは拳《こぶし》を宙に突き上げた。アンブリッジ先生は、またそっぽを向いた。しかし、今度はほかの何人かの手も挙がった。

「あなたのお名前は？」アンブリッジ先生がディーンに聞いた。

「ディーン・トーマス」

「それで？　ミスター・トーマス？」

「ええと、ハリーの言うとおりでしょう？」ディーンが言った。「もし僕たちが襲われるとしたら、危険のない方法なんかじゃない」

「もう一度言いましょう」アンブリッジ先生は、人をいらだたせるような笑顔をディーンに向けた。「このクラスで襲われると思うのですか？」

「いいえ、でも――」

アンブリッジ先生はディーンの言葉を押さえ込むように言った。「この学校のやり方を批判したくはありませんが」先生の大口に、曖昧な笑いが浮かんだ。「しかし、あなた方は、これまで、たいへん無責任な魔法使いたちにさらされてきました。非常に無責任な――言うまでもなく」先生は意地悪くフフッと笑った。「非常に危険な半獣もいました」

「ルーピン先生のことを言ってるなら」ディーンの声が怒っていた。「いままでで最高の先生だった――」

「挙手、ミスター・トーマス！　いま言いかけていたように――みなさんは、年齢にふさわしくない複雑で不適切な呪文を――しかも命取りになりかねない呪文を――教えられてきました。恐怖に駆られ、一日おきに闇の襲撃を受けるのではないかと信じ込むようになったのです――」

「そんなことはありません」ハーマイオニーが言った。「私たちはただ――」

「手が挙がっていません、ミス・グレンジャー！」

ハーマイオニーが手を挙げたが、アンブリッジ先生はそっぽを向いた。

「わたくしの前任者は違法な呪文をみなさんの前でやって見せたばかりか、実際みなさんに呪文をかけたと理解しています」

「でも、あの先生は狂っていたと、あとでわかったでしょう?」ディーンが熱くなった。「だけど、ずいぶんいろいろ教えてくれた」

「手が挙がっていません、ミスター・トーマス!」アンブリッジ先生はかん高く声を震わせた。

「さて、試験に合格するためには、理論的な知識で十分足りるというのが魔法省の見解です。結局学校というものは、試験に合格するためにあるのですから。それで、あなたのお名前は?」

アンブリッジ先生が、いま手を挙げたばかりのパーバティを見て聞いた。

「パーバティ・パチルです。それじゃ、この科目のOWL《ふくろう》試験には、実技はないんですか? 実際に反対呪文とかやって見せなくてもいいんですか?」

「理論を十分に勉強すれば、試験という慎重に整えられた条件の下で、呪文がかけられないということはありえません」アンブリッジ先生の答えは素っ気ない。

「それまで一度も練習しなくても?」パーバティが信じられないという顔をした。

「はじめて呪文を使うのが試験場だとおっしゃるんですか?」

「繰り返します。理論を十分に勉強すれば――」

「それで、理論は現実世界でどんな役に立つんですか?」ハリーはまた拳《こぶし》を突き上げて大声で言った。

アンブリッジ先生が眼を上げた。

「ここは学校です。ミスター・ポッター。現実世界ではありません」先生が猫なで声でたしなめた。

「それじゃ、外の世界で待ち受けているものに対して準備しなくていいんですか？」

「外の世界で待ち受けているものはなにもありません。ミスター・ポッター」

「へえ、そうですか？」朝からずっとふつふつ煮《に》えたぎっていたハリーの癇癪《かんしゃく》が、沸騰点《ふっとうてん》に達しかけた。

「あなた方のような子供を、だれが襲うと思っているの？」アンブリッジ先生がぞっとするような甘ったるい声で聞いた。

「うーむ、考えてみます……」ハリーは思慮深げな声を演じた。「もしかしたら……ヴォルデモート卿《きょう》？」

ロンが息を呑《の》んだ。ラベンダー・ブラウンはキャッと悲鳴を上げ、ネビルは椅子から横にずり落ちた。しかし、アンブリッジ先生はぎくりともしない。気味の悪い満足げな表情を浮かべて、ハリーをじっと見つめていた。

「グリフィンドール、一〇点減点です。ミスター・ポッター」

教室中がしんとして動かなかった。みな、アンブリッジ先生かハリーを見ていた。

「さて、いくつかはっきりさせておきましょう」

アンブリッジ先生が立ち上がり、ずんぐりした指を広げて机の上につき、身を乗り出した。

「みなさんは、ある闇の魔法使いがもどってきたという話を聞かされてきました。死から蘇《よみがえ》ったと――」

「あいつは死んでいなかった」ハリーが怒った。「だけど、ああ、蘇ったんだ！」

「ミスター・ポッター、あなたはもう自分の寮に一〇点失わせたのにこれ以上自分の立場を悪くしないよう」アンブリッジ先生は、ハリーを見ずにこれだけの言葉を一気にまくし立てた。「いま言いかけていたように、みなさんは、ある闇の魔法使いがふたたび野に放たれたという話を聞かされてきました。これは嘘です」

「嘘じゃない！」ハリーが言った。「僕は見た。僕はあいつと戦ったんだ！」

「罰則《ばっそく》です。ミスター・ポッター！」

アンブリッジ先生が勝ち誇ったように言った。

「明日の夕方。五時。わたくしの部屋で。もう一度言いましょう。これは嘘です。魔法省は、みなさんに闇の魔法使いの危険はないと保証します。まだ心配なら、授業時間外に、遠慮なくわたくしに話をしにきてください。闇の魔法使い復活など、たわいのない嘘でみなさんを脅かす者がいたら、わたくしに知らせてください。わたくしはみなさんを助けるためにいるのです。みなさんのお友達です。さて、ではどうぞ読み続けてください。五ページ、『初心者の基礎』」

アンブリッジ先生は机の向こう側に腰掛けた。ハリーは立ち上がった。みながハリーを見つめていた。シェーマスは半分怖々《こわごわ》と、半分は感心したように見ていた。

「ハリー、だめよ！」ハーマイオニーがハリーの袖《そで》を引いて、警告するようにささやいた。しかしハリーは腕をぐっと引いて、ハーマイオニーが届かないようにした。

「それでは先生は、セドリック・ディゴリーがひとりで勝手に死んだと言うんですね？」

ハリーの声が震えていた。

クラス中が一斉に息を呑《の》んだ。ロンとハーマイオニー以外は、セドリックが死んだあの夜の出来事をハリーの口から聞いたことがなかったからだ。みなが貪《むさぼ》るようにハリーを、そしてアンブリッジ先生を見た。アンブリッジ先生は目を吊り上げ、ハリーを見据えた。顔からいっさいの作り笑いが消えていた。

「セドリック・ディゴリーの死は、悲しい事故です」先生が冷たく言った。

「殺されたんだ」ハリーが言った。体が震えているのがわかった。これはまだほとんどだれにも話していないことだった。ましてや三十人もの生徒が熱心に聞き入っている前で話すのははじめてだ。「ヴォルデモートがセドリックを殺した。先生もそれを知っているはずだ」

アンブリッジ先生は無表情だった。一瞬、ハリーは先生が自分に向かって絶叫するのではないかと思った。しかし、先生はやさしい、甘ったるい少女のような声を出した。「ミスター・ポッター、いい子だから、こっちへいらっしゃい」

ハリーは椅子を脇に蹴飛ばし、ロンとハーマイオニーの後ろを通り、大股で先生の机に歩いていった。クラス中が息をひそめているのを感じる。怒りのあまり、ハリーは次になにが起ころうとかまうもんかと思った。

アンブリッジ先生はハンドバッグから小さなピンクの羊皮紙《ようひし》を一巻取り出し、机に広げ、羽根ペンをインク瓶《びん》に浸して書きはじめた。ハリーに書いているものが見えないように、背中を丸めて覆いかぶさっている。だれもしゃべらない。一分かそこら経ったろうか、先生は羊皮紙を丸め、杖《つえ》でたたいて継ぎ目なしの封をし、ハリーが開封できないようにした。

「さあ、これをマクゴナガル先生のところへ持っていらっしゃいね」アンブリッジ先生は手紙をハリーに差し出した。

ハリーは一言も言わずに受け取り、ロンとハーマイオニーのほうを見もせずに教室を出て、ドアをバタンと閉めた。マクゴナガル先生宛の手紙をぎゅっとにぎりしめ、廊下をものすごい速さで歩き、角を曲がったところで、ポルターガイストのピーブズにいきなりぶつかった。大口で小男のピーブズは、宙に寝転んでインク壺《つぼ》を手玉に取って遊んでいた。

「おや、ポッツン・ポッツリ・ポッター！」ピーブズがケッケッと笑いながら、インク壺を二つ取り落とし、それがガチャンと割れて壁にインクを撥《は》ね散らした。ハリーはインクがかからないように飛び退《の》きながら脅すようにうなった。

「どけ、ピーブズ」

「オォォゥ、いかれポンチがいらいらしてる」ピーブズは意地悪くにやにや笑いながらハリーの頭上をヒューヒュー飛んでついてきた。「今度はどうしたの、ポッティちゃん？　なにか声が聞こえたの？　なにか見えたの？　それとも舌が――」ピーブズは舌を突き出してべ～ッとやった。「――ひとりでしゃべったの？」

「ほっといてくれ！」一番近くの階段を駆け下りながら、ハリーがさけんだ。しかしピーブズはハリーの横について、階段の手すりを背中で滑り降りた。

おお、たいていみんなは思うんだ　ポッティちゃんは変わってる
やさしい人は思うかも　ほんとはポッティ泣いている
だけどおいらはお見通し　ポッティちゃんは狂ってる――

「黙れ！」

左手のドアが開いて、厳しい表情のマクゴナガル先生が副校長室から現れた。騒ぎをうるさがっている顔だ。

「いったいなにを騒いでいるのですか、ポッター？」先生が断固とした声で言った。ピーブズは愉快そうに高笑いしてスイーッと消えていった。「授業はどうしたのです？」

「先生のところに行ってこいと言われました」ハリーが硬い表情で言った。

「行ってこい？　どういう意味です？　行ってこい？」

ハリーはアンブリッジ先生からの手紙を差し出した。マクゴナガル先生はしかめ面で受け取り、杖《つえ》でたたいて開封し、広げて読み出した。アンブリッジの字を追いながら、四角いメガネの奥の先生の目が羊皮紙《ようひし》の端から端へと移動し、一行読むごとに目が細くなっていった。

「お入りなさい、ポッター」

ハリーは先生について書斎《しょさい》に入った。ドアはひとりでに閉まった。

「それで？」マクゴナガル先生が突然挑みかかる。「本当なのですか？」

「本当って、なにが？」そんなつもりはなかったのに乱暴な言い方をしてしまい、ハリーは丁寧な言葉をつけ加えた。「ですか？　マクゴナガル先生？」

「アンブリッジ先生に対してどなったというのは、本当ですか？」

「はい」ハリーが答えた。

「嘘つき呼ばわりしたのですか？」

「はい」

「『例のあの人』がもどってきたと言ったのですか？」

「はい」

マクゴナガル先生は机の向こう側に、ハリーにしかめ面を向けながら座った。それから突然「ビスケットをおあがりなさい、ポッター」と言った。

「おあがり――えっ？」

「ビスケットをおあがりなさい」先生は気短《きみじか》に繰り返し、机の書類の山の上に載っているタータンチェック模様の缶を指さした。「そして、お掛けなさい」

前にもこんなことがあった。マクゴナガル先生から鞭《むち》打ちの罰則《ばっそく》を受けると思ったのに、グリフィンドールのクィディッチ選手に指名された。ハリーは先生と向き合う椅子に腰掛け、生姜《しょうが》ビスケットを摘んだ。今度もあのときと同じで、わからず、不意打ちを食ったような気がした。

マクゴナガル先生は手紙を置き、深刻なまなざしでハリーを見た。

「ポッター、気をつけないといけません」

ハリーは口に詰まった生姜《しょうが》ビスケットをゴクリと飲み込み、先生の顔を見つめた。ハリーの知っているいつもの先生の声ではなかった。きびきびした厳しい声ではなく、低い、心配そうな、そしていつもより人間味のこもった声だった。

「ドローレス・アンブリッジの授業で態度が悪いと、あなたにとっては、寮の減点や罰則だけではすみませんよ」

「どういうこと——？」

「ポッター、常識を働かせなさい」マクゴナガル先生は、急にいつもの厳しい口調にもどった。「あの人がどこからきているか、わかっているでしょう。だれに報告しているのかもわかるはずです」

終業ベルが鳴った。上の階からも、まわり中からも何百人という生徒が移動する象の大群のような音が聞こえてきた。

「手紙には、今週、毎晩あなたに罰則《ばっそく》を科すと書いてあります。明日からです」

マクゴナガル先生がアンブリッジの手紙をもう一度見下ろしながら言った。

「今週毎晩！」ハリーは驚愕《きょうがく》して繰り返した。「でも、先生、先生なら——？」

「いいえ、できません」マクゴナガル先生はにべもなく言った。

「でも——」

「あの人はあなたの先生ですから、あなたに罰則を科す権利があります。最初の罰則は明日の夕方五時です。あの先生の部屋に行きなさい。いいですか。ドローレス・アンブリッジのそばでは、言動に気をつけることです」

「でも、僕はほんとのことを言った！」ハリーは激怒した。「ヴォルデモートはもどってきた。先生だってご存知ですし、ダンブルドア校長先生も知ってる――」

「ポッター！　なんということを！」マクゴナガル先生は怒ったようにメガネをかけなおした（ハリーがヴォルデモートと言ったときに、先生はぎくりとたじろいだ）。「これが嘘か真かの問題だとお思いですか？　これは、あなたが低姿勢を保って、癇癪《かんしゃく》を抑えておけるかどうかの問題です！」

マクゴナガル先生は鼻息も荒く、唇をきっと結んで立ち上がった。ハリーも立ち上がった。

「ビスケットをもう一つお取りなさい」先生は缶をハリーのほうに突き出して、いらだちもあらわに言った。

「いりません」ハリーが冷たく言った。

「いいからお取りなさい」先生がぴしりと言った。

ハリーは一つ取った。

「いただきます」ハリーは気が進まなかった。

「学期始めにドローレス・アンブリッジがなんと言ったか、ポッター、聞かなかったのですか？」

「聞きました」ハリーが答えた。「えーと……たしか……進歩は禁じられるとか……でも、その意味は……魔法省がホグワーツに干渉しようとしている……」

マクゴナガル先生は一瞬探るようにハリーを見てフフンと鼻を鳴らし、机の向こうから出て部屋のドアを開けた。

「まあ、とにかくあなたが、ハーマイオニー・グレンジャーの言うことを聞いてくれてよかったです」

先生は、ハリーに部屋を出るようにと外を指さした。

第13章　アンブリッジのあくどい罰則

その夜の大広間での夕食は、ハリーにとって楽しいものではなかった。アンブリッジとの対立のニュースは、ホグワーツの基準に照らしても例外的な速さで伝わった。ロンとハーマイオニーに挟まれて食事をしていても、ハリーの耳にはまわり中のささやきが聞こえてきた。おかしなことにこれらひそひそ話の主は、話の内容が当の本人に聞こえるのも気にならないようで、ハリーが腹を立ててまたどなり出せば、逆に直接本人から話が聞けると期待しているみたいだ。

「セドリック・ディゴリーが殺されるのを見たって言ってる……」

「『例のあの人』と決闘したと言ってる……」

「まさか……」

「だれがそんな話にだまされると思ってるんだ？」

「まったくだ……」

「僕にはわからない」両手が震え、ナイフとフォークを持っていられずテーブルに置きながら、ハリーは声も震わせた。「二か月前にダンブルドアが話したときは、どうしてみんな信じたんだろう……」

「要するにね、ハリー、信じたかどうか怪しいと思うわ」ハーマイオニーが深刻な声で言った。「ああ、もうこんなところ、出ましょう」

ハーマイオニーが自分のナイフとフォークをドンと置くと、ロンはまだ半分残っているアップルパイを未練たっぷりに見つめてから、ハーマイオニーに従った。三人が大広間から出ていくのを、みんなが驚いたように目で追った。

「ダンブルドアを信じたかどうか怪しいって、どういうこと？」ハリーは二階の踊り場まできて、ハーマイオニーに聞いた。

「ねえ、あの出来事のあとがどんなだったか、あなたにはわかっていないのよ」ハーマイオニーが小声で言った。「芝生の真ん中に、あなたがセドリックの亡骸《なきがら》をしっかりつかんで帰ってきたわ……迷路の中でなにが起こったのか、私たちはだれも見ていない……ダンブルドアの言った、『例のあの人』が帰ってきてセドリックを殺し、あなたと戦ったという言葉を信じるしかない」

「それが真実だ！」ハリーが大声を出した。

「ハリー、わかってるわよ。お願いだから、噛《か》みつくのをやめてくれない？」ハーマイオニーがうんざりしたように言った。「問題は、真実が心に染み込む前に、夏休みでみんな家に帰ってしまったことよ。それから二月間ずっと、あなたが狂ってるとかダンブルドアが老いぼれだとか読まされてみなさい！」

三人は足早にグリフィンドール塔にもどった。廊下には人気もなく、雨が窓ガラスを打っていた。学期初日の一日が、ハリーには一週間にも感じられた。しかも寝る前に、まだ山のように宿題がある。右目の上にずきんずきんと鈍い痛みが走りはじめた。「太った婦人《レディ》」に続く廊下へと最後の角を曲がる際、ハリーは雨に濡れた窓を通して暗い校庭に目をやった。ハグリッドの小屋にはまだ灯《あか》りがない。

「ミンビュラス　ミンブルトニア」

ハーマイオニーは「太った婦人《レディ》」に催促される前に唱えた。肖像画がパックリ開き、その裏に現れた穴を、三人はよじ登った。

談話室はほとんど空っぽだった。大部分の生徒はまだ、下で夕食の最中だ。丸くなって寝ていたクルックシャンクスが肘掛《ひじかけ》椅子から降り、とことこと三人を迎え、大きくゴロゴロと喉《のど》を鳴らした。ハリー、ロン、ハーマイオニーがお気に入りの暖炉近くの椅子に座ると、クルックシャンクスはハーマイオニーの膝《ひざ》にぽんと飛び乗り、ふわふわしたオレンジ色のクッションのように丸まった。ハリーはすっかり力が抜け、疲れ果てて暖炉の火を見つめた。

「ダンブルドアはどうしてこんなことを許したの？」

ハーマイオニーが突然さけび、ハリーとロンは飛び上がった。クルックシャンクスも膝《ひざ》から飛び降り、気分を害したような顔をした。ハーマイオニーが怒って椅子の肘《ひじ》掛《か》けをバンバンたたくので、穴から詰め物がはみ出してきた。

「あんなひどい女に、どうして教えさせるの？　しかもＯＷＬ《ふくろう》の年に！」

「でも、『闇の魔術に対する防衛術』じゃ、すばらしい先生なんていままでいなかっただろ？」ハリーが言った。「ほら、なんて言うか、ハグリッドが言ったじゃないか、だれもこの仕事に就《つ》きたがらない。呪われてるって」

「そうよ。でも私たちが魔法を使うことを拒否する人を雇うなんて！　ダンブルドアはいったいなにを考えてるの？」

「しかもあいつは、生徒を自分のスパイにしようとしてる」ロンが暗い顔をした。「憶《おぼ》えてるか？　だれかが『例のあの人』がもどってきたって話すのを聞いたら、知らせにきてくださいって、あいつそう言ったろ？」

「もちろん、あいつは私たち全員をスパイしてるわ。わかり切ったことじゃない。そうじゃなきゃ、そもそもなぜファッジが、あの女をよこしたがるって言うの？」

「また言い争いを始めたりするなよ」ロンが反論しかけたので、ハリーがうんざりしたように言った。「頼むから……黙って宿題をやろう。片づけちゃおう……」

三人は隅に置いてある鞄を取りにいき、また暖炉近くの椅子に座った。他の生徒も夕食からもどりはじめた。ハリーは肖像画の穴から顔を背けていたが、それでもみなのじろじろ見る視線を感じていた。

「最初にスネイプのをやるか?」ロンが羽根ペンをインクに浸した。「月長石《げっちょうせき》の……特性と……魔法薬調合に関する……その用途」ロンはブツブツ言いながら、羊皮紙《ようひし》の一番上にその言葉を書いた。「そーら」ロンは題に下線を引くと、ハーマイオニーの顔を期待を込めて見上げた。

「それで、月長石の特性と、魔法薬調合に関するその用途は?」

しかし、ハーマイオニーは聞いていなかった。眉《まゆ》をひそめて部屋の一番奥を見ている。そこには、フレッド、ジョージ、リー・ジョーダンが、無邪気な顔の一年生のグループの真ん中に座っていた。一年生はみな、フレッドが持っている大きな紙袋から出したなにかを噛んでいるところだった。

「だめ。残念だけど、あの人たち、やりすぎだわ」ハーマイオニーが立ち上がった。完全に怒っている。「さあ、ロン」

「僕――なに?」ロンは明らかに時間稼ぎをしている。「だめだよ――あのさぁ、ハーマイオニー――お菓子を配ってるからって、あいつらを叱るわけにはいかない」

「わかってるくせに。あれは『鼻血ヌルヌル・ヌガー』か――それとも『ゲーゲー・トローチ』か――」

『気絶キャンディ』？」ハリーがそっと言った。

一人また一人と、まるで見えないハンマーで頭をなぐられたように、一年生が椅子に座ったままことりと気を失っていく。床に滑り落ちる者もいれば、舌をだらりと出して椅子の肘掛《ひじか》けにもたれる者もいる。見物人の大多数は笑っていたが、ハーマイオニーは肩を怒らせ、フレッドとジョージに向かってまっすぐ行進していった。二人はメモ用のクリップボードを手に、気を失った一年生を綿密に観察していた。ロンは椅子から半分立ち上がり、中腰のままちょっと迷って、それからハリーにごにょごにょと言った。「ハーマイオニーがちゃんとやってる」そして、ひょろ長い体を可能なかぎり縮めて椅子に身を沈めた。

「たくさんだわ！」ハーマイオニーはフレッドとジョージに強硬に言い放った。二人ともちょっと驚いたようにハーマイオニーを見た。

「うん、そのとおりだ」ジョージがうなずいた。「たしかに、この量で十分効くな」

「今朝言ったはずよ。こんな怪しげな物、生徒に試してはいけないって」

「ちゃんと金を払ってるぞ」フレッドが憤慨した。

「関係ないわ。危険性があるのよ！」

「ばか言うな」フレッドが言った。

「カッカするなよ、ハーマイオニー。こいつら大丈夫だから！」リーが紫色のキャンディを、一年生の開いた口に次々に押し込みながら請け合った。

「そうさ、ほら、みんなもう気がつき出した」ジョージが言った。

たしかに何人かの一年生がごそごそ動き出していた。床に転がったり椅子からぶら下がっているのに気づいて、何人かがショックを受けたような顔をしたところを見ると、フレッドとジョージは、菓子がどういうものかを事前に警告していなかったにちがいない。

「大丈夫かい？」自分の足元に転がっている黒い髪の小さな女の子に、ジョージがやさしく言った。

「だ――大丈夫だと思う」女の子が弱々しく言った。

「ようし」フレッドがうれしそうに言った。しかし次の瞬間、ハーマイオニーがクリップボードと「気絶キャンディ」の紙袋をフレッドの手からひったくった。

「ようし、じゃありません！」

「もちろん、ようしだよ。みんな生きてるじゃないか、え？」フレッドが怒ったように言い返した。

「こんなことをしてはいけないわ。もし一人でも本当に病気になったらどうするの?」

「病気になんかさせないさ。全部自分たちで実験ずみなんだ。これは単に、みんなおんなじ反応かどうかを——」

「やめないと、私——」

「罰則《ばっそく》を科す?」フレッドの声は、お手並み拝見、やってみろと聞こえた。「書き取り罰でもさせてみるか?」ジョージがにやりとした。

見物人がみな笑った。ハーマイオニーはぐっと背筋を伸ばし、眉《まゆ》をぎゅっと寄せた。豊かな髪が電気でバチバチ火花を散らしているようだった。

「ちがいます」ハーマイオニーの声は怒りで震えていた。「でも、あなた方のお母さまに手紙を書きます」

「よせ」ジョージが怯《おび》えてハーマイオニーから一歩退《しりぞ》いた。

「ええ、書きますとも」ハーマイオニーが厳《いか》めしく言った。「あなたたち自身がばかな物を食べるのは止められないけど、一年生に食べさせるのは許せないわ」

フレッドとジョージは雷に撃たれたような顔をしていた。ハーマイオニーの脅しは残虐非道《ざんぎゃくひどう》だと思っているのが明らかだ。もう一度脅しの睨《にら》みをきかせ、ハーマイオニーはクリップボードとキャンディの袋をフレッドの腕に押しつけると、暖炉近くの席

ていた。

まで闊歩《かっぽ》してもどった。

ロンは椅子の中で身を縮めていたので、鼻の高さと膝《ひざ》の高さがほとんど同じになっていた。

「ご支援を感謝しますわ、ロン」ハーマイオニーが辛辣《しんらつ》に言った。

「君一人で立派にやったよ」ロンはもごもごと言った。

ハーマイオニーはなにも書いていない羊皮紙《ようひし》をしばらく見下ろしていたが、やがてぴりぴりした声で言った。「ああ、だめだわ。もう集中できない。寝るわ」

ハーマイオニーは鞄をぐいと開けた。ハリーは教科書をしまうのだろうと思った。ところが、ハーマイオニーは、歪《いびつ》な形の毛糸編みを二つ引っ張り出し、暖炉脇のテーブルにそっと置いた。そして、くしゃくしゃになった羊皮紙の切れ端二、三枚と折れた羽根ペンで覆い、その効果を味わうようにちょっと離れてそれを眺めた。

「なにをおっぱじめたんだ？」ロンは正気を疑うような目でハーマイオニーを見た。

「屋敷しもべ妖精の帽子よ」ハーマイオニーはきびきびと答え、教科書をバッグにしまいはじめた。「夏休みに作ったの。私、魔法を使えないと、とっても編むのが遅いんだけど、もう学校に帰ってきたから、もっとたくさん作れるはずだわ」

「しもべ妖精の帽子を置いとくのか？」ロンがゆっくりと言った。「しかも、まずゴミくずにまぎれさせてか？」ハーマイオニーは鞄を肩にひょいとかけながら、挑戦するように言った。

「そうよ」

「そりゃないぜ」ロンが怒った。「連中をだまして帽子を拾わせようとしてる。自由になりたがっていないのに、自由にしようとしてるんだ」

「もちろん自由になりたがってるわ！」ハーマイオニーが即座に言った。しかし、顔がほんのり赤くなった。「絶対帽子に触っちゃだめよ、ロン！」

ハーマイオニーは行ってしまった。ロンはハーマイオニーの姿が女子寮のドアの中に消えるまで待って、それから毛糸の帽子を覆ったゴミを払った。

「少なくとも、なにを拾っているか見えるようにすべきだ」ロンがきっぱり言った。「とにかく……」ロンはスネイプのレポートの題だけ書いた羊皮紙《ようひし》を丸めた。「これをいま終わらせる意味はない。ハーマイオニーがいないとできない。月長石《げっちょうせき》をなんに使うのか、僕、さっぱりわかんない。君は？」

ハリーは首を振ったが、そのとき、右のこめかみの痛みがひどくなっているのに気づいた。巨人の戦争に関する長いレポートのことを考えると、ズキンと刺すような痛みが走った。今晩中に宿題を終えないと、朝になって後悔することはよくわかっていたが、ハリーは本をまとめて鞄にしまった。

「僕も寝る」

男子寮のドアに向かう途中、シェーマスの前を通ったが、ハリーは目を合わせなかった。一瞬、シェーマスがハリーに話しかけようと口を開いたような気がしたが、そのまま足を速めた。石の螺旋《らせん》階段にたどり着くと、もうだれの挑発に耐える必要もない平和な安らぎが、そこにはあった。

翌朝、昨日と同じように朝からどんよりとして雨が降っていた。朝食の教職員テーブルに、やはりハグリッドはいなかった。

「だけど、いいこともある。今日はスネイプなしだ」ロンが、景気をつけるように言う。

ハーマイオニーは大きなあくびをしてコーヒーを注いだ。なんだかうれしそうなので、ロンがいったいなにがそんなに幸せなのかと聞くと、ハーマイオニーは単純明快に答えた。

「帽子がなくなっているわ。しもべ妖精はやっぱり自由が欲しいのよ」

「僕はそう思わない」ロンは皮肉っぽく言った。「あれは服のうちには入らない。僕にはとても帽子には見えなかった。むしろ毛糸の膀胱《ぼうこう》に近いな」

ハーマイオニーは午前中一杯、一度もロンと口をきこうとしなかった。

二時限連続の「呪文学」の次は、二時限続きの「変身術」だ。フリットウィック先生もマクゴナガル先生も授業の最初の十五分は、OWL《ふくろう》の重要性について演説した。

「みなさんが覚えておかなければならないのは――」チビのフリットウィック先生は、机越しに生徒と相対《あいたい》するためにいつものように積み上げた本の上にちょこんと乗って、キーキー声で話した。「この試験が、これから何年にもわたって、みなさんの将来に影響するということです。まだみなさんが真剣に将来の仕事を考えたことがないなら、いまこそそのときです。そして、その将来に自分の力を十分に発揮できるよう、大変ですがこれまで以上にしっかり勉強しましょう！」

それから一時間以上、「呼び寄せ呪文」の復習をした。フリットウィック先生はこれがまちがいなくOWL試験に出ると言い、授業の締めくくりに、これまでにない大量の宿題を出した。

「変身術」も負けず劣らずひどかった。

「OWLに落ちたくなかったら――」マクゴナガル先生が厳《いか》めしく言った。「刻苦勉《こっくべん》励《れい》、学び、練習に励むことです。きちんと勉強すれば、このクラス全員が『変身術』でOWL合格点を取れないわけはありません」ネビルが悲しげに、ちょっと信じられないという声を上げた。

「ええ、あなたもです、ロングボトム」マクゴナガル先生が言った。「あなたの術に問題があるわけではありません。ただ自信がないだけです。それでは……今日は『消失呪文』を始めます。『出現呪文』よりはやさしい術ですが、OWLでテストされるものの中では一番難しい魔法の一つです。『出現呪文』は通常、NEWT《いもり》レベルになるまではやりません」

先生の言うとおりだ。ハリーには「消失呪文」が恐ろしく難しかった。二時限授業の最後になっても、ハリーもロンも、練習台のカタツムリを消し去ることはできなかった。ただロンは、自分のカタツムリが少しぼやけて見えると楽観的な見方をしていた。一方ハーマイオニーは、三度目でカタツムリを消し、マクゴナガル先生からグリフィンドールに一〇点のボーナス点をもらった。ハーマイオニーだけが宿題なしで、他の全員が、翌日の午後にもう一度カタツムリ消しに挑戦するため、夜のうちに練習するよう言われた。

宿題の量にパニックになりかけながら、ハリーとロンは昼休みの一時間、図書室で魔法薬に月長石《げっちょうせき》をどう用いるかを調べた。ロンが毛糸の帽子をけなしたのに腹を立てて、ハーマイオニーはこなかった。午後の「魔法生物飼育学」の時間のころ、ハリーはまた頭痛がしてきた。

その日は冷たく風も出てきていた。禁じられた森の端《はた》にあるハグリッドの小屋に向かって下り坂の芝生を歩く間にも、ときどき雨がぱらぱらと顔に当たった。グラブリー‐プランク先生はハグリッドの小屋の戸口から十メートル足らずのところで生徒を待っていた。先生の前には小枝がたくさん載った長い架台《かだい》が置かれている。ハリーとロンが先生のそばに着いたとき、後ろから大笑いする声が聞こえた。振り向くと、ドラコ・マルフォイがいつものスリザリンの腰巾着《こしぎんちゃく》に囲まれて、大股で近づいてくるのが見えた。たったいまマルフォイがなにかおもしろおかしいことを言ったのは明らかだ。クラッブ、ゴイル、パンジー・パーキンソン、その他の取り巻き連中は、架台のまわりに集まった際にもまだにやにや笑いを続けていた。みなハリーのほうばかりを見ているので、冗談の内容は苦もなく推測できる。

「みんな集まったかね？」

スリザリンとグリフィンドールの全員が揃うと、グラブリー‐プランク先生が大声で言った。

「早速始めようかね。ここにあるのがなんだか、名前がわかる者はいるかい？」

先生は目の前に積み上げた小枝を指した。ハーマイオニーの手がパッと挙がった。その背後でマルフォイがハーマイオニーのまねをして、歯を出っ歯にし、答えたくてしかたがないようにぴょんぴょん飛び上がっている。パンジー・パーキンソンがキャーキャー笑ったが、それがほとんどすぐに悲鳴に変わった。架台の小枝が宙に跳ね、ちょうど木でできた小さなピクシー妖精のような正体を現したからだ。節の目立つ茶色の腕や足、両手の先に二本の小枝のような指、樹皮のようなのっぺりした奇妙な顔にはコガネムシのようなこげ茶色の目が二つ光っている。

「おぉぉぉぉぉぅ！」

パーバティとラベンダーの声が、ハリーを完全にいらつかせた。まるでハグリッドが、生徒の感心する生物を見せた例《ためし》がないとでも言うような反応だ。たしかに、「レタス食い虫」はちょっとつまらなかったが、「火トカゲ」や「ヒッポグリフ」は十分おもしろかったし、「尻尾《しっぽ》爆発スクリュート」は、もしかしたらおもしろすぎだ。

「女子生徒たち、声を低くしとくれ！」グラブリー - プランク先生が厳しく注意し、小枝のような生き物に、玄米のようなものをひとにぎり振りかけた。生き物がたちまち餌《えさ》に食いついた。

「さてと――だれかこの生き物の名前を知ってるかい？　ミス・グレンジャー？」

「ボウトラックルです」ハーマイオニーが答えた。「木の守番で、普通は杖《つえ》に使う木に棲《す》んでいます」

「グリフィンドールに五点」グラブリー - プランク先生が言った。「そうだよ。ボウトラックルだ。ミス・グレンジャーが答えたように、だいたいは杖品質の木に棲んでいる。なにを食べるか知ってる者は？」

「ワラジムシ」ハーマイオニーが即座に答えた。ハリーは玄米がもぞもぞ動くのが気になっていたが、これでわかった。「でも、手に入るなら妖精の卵です」

「よくできた。もう五点。じゃから、ボウトラックルが棲《す》む木の葉や木材が必要なときは、気を逸《そ》らしたり喜ばせたりするために、ワラジムシを用意するほうがよい。見た目は危険じゃないが、怒ると指で人の目をくり貫く。見てわかるように非常に鋭い指だから、目玉を近づけるのは感心しないね。さあ、こっちに集まって、ワラジムシを少しとボウトラックルを一匹ずつ取るんだ――三人に一匹はある――もっとよく観察できるだろう。授業が終わるまでに一人一枚スケッチすること。体の部分に全部名称を書き入れること」

クラス全員が一斉に架台《かだい》に近寄った。ハリーはわざとみなの後ろに回り、グラブリー-プランク先生のすぐそばに寄った。

「ハグリッドはどこですか？」

他の生徒たちがボウトラックルを選んでいるうちに、ハリーが聞いた。

「気にするでない」

グラブリー-プランク先生は押さえつけるような言い方をした。以前にハグリッドが授業に出てこなかったときも、先生は同じ態度だった。顎《あご》の尖《とが》った顔一杯に薄ら笑いを浮かべながら、ドラコ・マルフォイがハリーの前を遮《さえぎ》るようにかがんで、一番大きなボウトラックルをつかんだ。

「たぶん」マルフォイが、ハリーだけに聞こえるような低い声で言った。「あのウスノロのウドの大木は大けがをしたんだ」

「黙らないと、おまえもそうなるぞ」ハリーも唇を動かさずに言った。

「たぶん、あいつにとって巨大すぎるものにちょっかいを出してるんだろ。言ってる意味がわかるかな」

マルフォイがその場を離れながら、振り返りざまにハリーを見てにやりとした。ハリーは急に気分が悪くなった。マルフォイはなにか知っているのか？　なにしろ父親が「死喰い人」だ。まだ騎士団の耳に届いていないハグリッドの情報を知っていたとしてもおかしくない。

ハリーは急いで架台のそばにもどり、ロンとハーマイオニーのところに行った。二人は少し離れた芝生に座り込み、スケッチの間だけでも動かないでいるよう、ボウトラックルをなだめすかしていた。ハリーも羊皮紙《ようひし》と羽根ペンを取り出して二人のそばにかがみ込み、小声でマルフォイがいま言ったことを話した。

「ハグリッドになにかあったら、ダンブルドアがわかるはずよ」ハーマイオニーが即座に言った。「心配そうな顔をしたら、マルフォイの思うつぼよ。なにが起こっているのかさえ私たちがはっきり知らないんだって、あいつに知らせるようなものだわ。ハリー、無視しなきゃ。ほら、ボウトラックルをちょっと押さえてて。私が顔を描く間……」

「そうなんだよ」マルフォイの気取った声が、一番近くのグループからはっきり聞こえてきた。「数日前に父上が大臣と話をしてねぇ。どうやら魔法省は、この学校の水準以下の教え方を打破する決意を固めているようなんだ。だから育ちすぎのウスノロが帰ってきても、またすぐ荷物をまとめることになるだろうな」

「あいたっ！」

思わず持っていたボウトラックルを強くにぎりすぎて折ってしまいそうになり、ハリーは反撃に出たボウトラックルにその鋭い指で手に長い深い切り傷を二本刻まれた。ハリーはボウトラックルを取り落とした。ハグリッドがクビになるという話にばか笑いしていたクラッブとゴイルは、ボウトラックルが逃げ出したのを見て、ますますばか笑いを広げた。動く棒切れのようなボウトラックルは森に向かって全速力で走り、まもなく木の根の間に飲まれるように見えなくなった。校庭の向こうから終業ベルが遠く聞こえ、ハリーは血で汚れた羊皮紙《ようひし》を丸め、ハーマイオニーのハンカチで手を縛って、「薬草学」の授業に向かった。マルフォイの嘲《あざけ》り笑いが、まだ耳に残っている。

「マルフォイのやつ、ハグリッドをもう一回ウスノロって呼んでみろ……」ハリーがうなった。

「ハリー、マルフォイといざこざを起こしてはだめよ。あいつがいまは監督生《かんとくせい》だってこと、忘れないで。あなたをもっと苦しい目にあわせることだってできるんだから……」

「へーえ、苦しい目にあうって、いったいどんな感じなんだろうね？」ハリーが皮肉たっぷりに言った。ロンは笑ったが、ハーマイオニーは顔をしかめた。三人は重い足取りで野菜畑を横切った。空は降ろうか照ろうかまだ決めかねているようだった。

「僕、ハグリッドに早く帰ってきて欲しい。それだけさ」温室に着いたとき、ハリーが小さい声で言った。「それから、グラブリー - プランクばあさんのほうがいい先生だなんて、言うな！」ハリーは脅すようにつけ加えた。

「そんなこと言うつもりなかったわ」ハーマイオニーが静かに言った。

「あの先生は、絶対にハグリッドには敵わないんだから」きっぱりとそう言ってはみたものの、ハリーはいましがた受けた「魔法生物飼育学」の授業が模範的なものだったことは十分にわかっていたし、逆にそれが気になってしかたがなかった。

一番手前の温室の戸が開き、そこから四年生があふれ出てきた。ジニーもいた。

「こんちわ」

すれちがいながら、ジニーが朗らかに挨拶した。そのあと、ルーナ・ラブグッドが他の生徒の後ろからゆっくり現れた。髪を頭のてっぺんで団子に丸め、鼻先に泥をくっつけていた。ハリーを見つけると興奮して、飛び出た目がもっと飛び出したように見えた。ルーナはまっすぐハリーのところにやってきた。ハリーのクラスメートが、何事だろうと大勢振り返った。ルーナは大きく息を吸い込み、「こんにちは」の前置きもせずに話しかけた。

「あたしは、『名前を言ってはいけないあの人』がもどってきたと信じてるよ。それに、あんたが戦って、あの人から逃げたって、信じてる」

「え──そう」

ハリーはぎごちなく言った。ルーナはオレンジ色の蕪《かぶ》をイヤリング代わりに着けている。どうやらパーバティとラベンダーがそれに気づいたらしく、二人ともルーナの耳たぶを指さしてくすくす笑っていた。

「笑ってもいいよ」ルーナの声が大きくなった。どうやら、パーバティとラベンダーがイヤリングではなく、自分の言ったことを笑っていると思ったらしい。「だけど、ブリバリング・ハムディンガーとか、しわしわ角《づの》スノーカックがいるなんて、昔はだれも信じていなかったんだから！」

「でも、いないでしょう？」ハーマイオニーががまんできないとばかりに口を出した。「ブリバリング・ハムディンガーとか、しわしわ角スノーカックなんて、いないのよ」

ルーナはハーマイオニーを怯《ひる》ませるような目つきをし、蕪をぶらぶら揺らしながら仰々《ぎょうぎょう》しく立ち去った。大笑いしたのは、今度はパーバティとラベンダーだけではなかった。

「僕を信じてるたった一人の味方を怒らせないでくれる？」

　授業に向かいながら、ハリーがハーマイオニーに申し入れた。

「なに言ってるの、ハリー。あの子よりましな人がいるでしょう？　ジニーがあの子のことをいろいろ教えてくれたけど、どうやら、全然証拠がないものしか信じないらしいわ。まあ、もっとも父親が『ザ・クィブラー』を出してるくらいだから、そんなところでしょうね」

　ハリーは、ここに到着した夜に目にした、あの不吉な翼の生えた馬のことを考え、ルーナも見えると言ったことを思い出した。ハリーはちょっと気落ちした。ルーナはでまかせを言ったのだろうか？　ハリーがそんなことを考えていると、アーニー・マクミランが近づいてきた。

「言っておきたいんだけど」よく通る大きな声で、アーニーが言った。「君を支持しているのは変なのばかりじゃない。僕も君を百パーセント信じる。僕の家族はいつもダンブルドアを強く支持してきたし、僕もそうだ」

「え――ありがとう、アーニー」

ハリーは不意を衝《つ》かれたが、うれしかった。アーニーはこんな場面で大げさに気取ることがあるが、それでもハリーは、耳から蕪をぶら下げていない人の信任票には心から感謝した。アーニーの言葉で、ラベンダー・ブラウンの顔から確実に笑いが消え、ロンとハーマイオニーに話しかけようとした際にちらりとハリーの目に入ったシェーマスの表情は、混乱しているようにも抵抗しているようにも見えた。

だれもが予想したとおり、スプラウト先生はO・W・L《ふくろう》の大切さについての演説で授業を始めた。どの先生もこぞって同じことをするのはいいかげんやめて欲しい。どんなに宿題が多いかを思い出すたび、ハリーは不安になり、胃袋がよじれる思いがする。スプラウト先生が、授業の終わりにまたレポートの宿題を出したことで、その気分は急激に悪化した。ぐったり疲れ、スプラウト先生お気に入りの肥料、ドラゴンの糞《ふん》の臭いをぷんぷんさせ、グリフィンドール生はだれもが黙りこくってぞろぞろと城にもどっていった。また長い一日だった。

腹ぺこの上、五時からアンブリッジ先生の最初の罰則《ばっそく》があるので、ハリーは鞄を置きにグリフィンドール塔にもどるのをやめ、まっすぐ夕食に向かった。アンブリッジがなにを目論んでいるにせよ、それに向かう前に急いで腹になにか詰め込んでおこうと思ったのだ。しかし、大広間の入口にたどり着くか着かないうちに、だれかがどなった。

「おい、ポッター！」

「今度はなんだよ？」ハリーはうんざりしてつぶやいた。振り向くとアンジェリーナ・ジョンソンが、ものすごい剣幕でやってくる。

「今度はなんだか、いま教えてあげるよ」足音も高くやってきて、アンジェリーナはハリーの胸をぐいっと指で押した。「金曜日の五時に罰則を食らうなんて、どういう了見《りょうけん》？」

「え？」ハリーが言った。「なんで……ああ、そうか。キーパーの選抜！」

「この人、やっと思い出したようね！」アンジェリーナがうなり声を上げた。「チーム全員にきて欲しい、チームにうまくはまる選手を選びたいって、そう言っただろう？　わざわざそのためにクィディッチ競技場を予約したって言っただろう？　それなのに、君はこないと決めたわけだ！」

「僕が決めたんじゃない！」理不尽な言い方が胸に突き刺さる。「アンブリッジのやつに罰則を食らったんだ。『例のあの人』のことで本当のことを話したからっていう理由で」

「とにかく、まっすぐアンブリッジのところに行って、金曜日は自由にしてくれって頼むんだ」アンジェリーナが情け容赦なく言った。「どんなやり方でもかまわない。『例のあの人』は自分の妄想でしたと言ったっていい。なにがなんでもくるんだ！　わかったな！」

アンジェリーナは嵐のように去った。

「あのねえ」大広間に入りながら、ハリーがロンとハーマイオニーに言った。「パドルミア・ユナイテッドに連絡して、オリバー・ウッドが事故で死んでないかどうか調べたほうがいいな。アンジェリーナに魂が乗り移ってるみたいだぜ」

「アンブリッジが金曜に君を自由にしてくれる確率はどうなんだい？」

グリフィンドールのテーブルに座りながら、ロンがもともと期待なんかしていない声で聞いた。

「ゼロ以下」ハリーは子羊の骨つき肉を皿に取って、食べながら憂鬱《ゆううつ》そうに言った。「でも、やってみたほうがいいだろうな。二回多く罰則を受けるからとかなんとか言ってさ……」ハリーは口一杯のポテトを飲み込んでしゃべり続けた。「今晩あんまり遅くまで残らされないといいんだけど。ほら、レポート三つと、マクゴナガルの『消失呪文』の練習と、フリットウィックの反対呪文の宿題をやって、ボウトラックルのスケッチを仕上げて、それからトレローニーのあのアホらしい夢日記に取りかかるだろ？」

ロンがうめいた。そして、なぜか天井をちらりと見た。

「その上、雨が降りそうだな」

「それが宿題と関係があるの？」ハーマイオニーが眉《まゆ》を吊り上げた。

「ない」ロンはすぐに答えたが、耳が赤くなった。

五時五分前、ハリーは二人に「さよなら」を言い、四階のアンブリッジの部屋に出かけた。ドアをノックすると、「お入りなさいな」と甘ったるい声がした。ハリーはまわりに注意しながら入った。

この部屋は、三人の前任者それぞれのときを知っていた。ギルデロイ・ロックハートの部屋は、にっこり笑いかけるロックハート自身の写真がべたべた貼ってあった。ルーピンが使っていたときは、ここを訪ねると、檻《おり》や水槽に入ったおもしろい闇の生物と出会える可能性があった。ムーディの偽者の部屋には、怪しい動きや隠れたものを探り、検知するいろいろな道具や計器類が詰まっていた。

しかしいまは、そのどれにも当てはまらないほどの変わりようだ。壁や机はゆったり襞《ひだ》を取ったレースのカバーや布で覆われている。ドライフラワーをたっぷり生けた花瓶《かびん》が数個、その下にはそれぞれかわいい花瓶敷、一方の壁には飾り皿のコレクションで、首にいろいろなリボンを結んだ子猫の絵が一枚一枚大きく色あざやかに描いてある。あまりの悪趣味に、ハリーは見つめたまま立ちすくんだ。するとまたアンブリッジ先生の声がした。

「こんばんは、ミスター・ポッター」

ハリーは驚いてあたりを見回した。最初に気づかなかったのも当然だ。アンブリッジは花柄べったりのローブを着て、それがすっかり溶け込むテーブルクロスを掛けた机の前にいた。

「こんばんは、アンブリッジ先生」ハリーは突っ張った挨拶をした。

「さあ、お座んなさい」アンブリッジはレースの掛かった小さなテーブルを指さした。そのそばに、背もたれのまっすぐな椅子が引き寄せられ、机にはハリーのためと思われる羊皮紙《ようひし》が一枚用意されている。

「あの」ハリーは突っ立ったまま言った。「アンブリッジ先生、あの――始める前に、僕――先生に――お願いが」

アンブリッジの飛び出した目が細くなった。

「おや、なあに？」

「あの、僕……グリフィンドールのクィディッチのメンバーです。金曜の五時に、新しいキーパーの選抜を行うことになっていて、それで――その晩だけ罰則《ばっそく》を外していただけないかと思って。別な――別な夜に……代わりに……」

言い終えるずっと前に、とうていだめだと知れた。

「ああ、だめよ」

アンブリッジは、いましがたことさらにおいしいハエを飲み込んだかのように、ニターッと笑った。

「ええ、だめ、だめ、だめよ。性質《たち》の悪い、いやな、目立ちたがりのでっち上げ話を広めた罰ですからね、ミスター・ポッター。罰というのは当然、罪人の都合に合わせるわけにはいきませんよ。だめです。あなたは明日五時にここにくるし、次の日も、金曜日もくるのです。そして予定どおり罰則を受けるのです。あなたが本当にやりたいことができないのは、かえっていいことだと思いますよ。わたくしが教えようとしている教訓が強化されるはずです」

ハリーは頭に血が上ってくるのを感じ、耳の奥でドクンドクンという音が聞こえた。それじゃ僕は、性質《たち》の悪い、いやな、目立ちたがりのでっち上げ話をしたって言うのか？

アンブリッジはにたり笑いのまま小首を傾《かし》げ、ハリーを見つめていた。ハリーがなにを考えているかずばりわかっているという顔で、ハリーがまたどなり出すかどうか様子を窺《うかが》っているようだ。ハリーは、力を振りしぼってアンブリッジから顔を背け、鞄を椅子の脇に置いて腰掛けた。

「ほうら」アンブリッジがやさしく言った。「もう癇癪《かんしゃく》を抑えるのが上手になってきたでしょう？　さあ、ミスター・ポッター、書き取り罰則をしてもらいましょうね。いいえ、あなたの羽根ペンでではないのよ」ハリーが鞄を開くとアンブリッジが言い足した。「ちょっと特別な、わたくしのを使うの。はい」

アンブリッジが細長い黒い羽根ペンを渡した。異常に鋭いペン先がついている。

「書いてちょうだいね。『私は嘘をついてはいけない』って」アンブリッジが柔らかに言った。

「何回ですか？」ハリーは、いかにも礼儀正しく聞こえるように言った。

「ああ、その言葉が滲《し》み込むまでよ」アンブリッジが甘い声で言った。「さあ始めて」

アンブリッジ先生は自分の机にもどり、積み上げた羊皮紙《ようひし》の上にかがみ込んだ。採点するレポートのようだ。ハリーは鋭い黒羽根ペンを取り上げたが、足りないものに気づいた。

「インクがありません」

「ああ、インクは要らないの」アンブリッジ先生の声にかすかに笑いがこもっている。

ハリーは羊皮紙に羽根ペンの先をつけて書いた。「私は嘘をついてはいけない」

ハリーは痛みで「あっ」と息を呑《の》んだ。赤く光るインキで書かれたような文字が、てらてらと羊皮紙に現れた。同時に、右手の甲に同じ文字が現れた。メスで文字をなぞったかのように皮膚に刻み込まれている――しかし、光る切り傷を見ているうちに、皮膚は元どおりになった。文字の部分にかすかに赤みがあったが、皮膚は滑らかだった。

ハリーはアンブリッジを見た。向こうもハリーを見ている。ガマのような大口が横に広がり、笑いの形になっている。

「なにか？」

「なんでもありません」ハリーが静かに言った。

ハリーは羊皮紙に視線をもどし、もう一度羽根ペンを立てて、「私は嘘をついてはいけない」と書いた。またしても焼けるような痛みが手の甲に走った。ふたたび文字が皮膚に刻まれ、すぐにまた治った。

それが延々と続いた。何度も何度も、ハリーは羊皮紙に文字を書いた。インクではなく自分の血だということにすぐに気づいた。そして、書くたびに文字は手の甲に刻まれ、治り、次に羽根ペンで羊皮紙に書くとまた現れた。

窓の外が暗くなった。いつになったらやめてよいのか、ハリーは聞かなかった。腕時計さえチェックしなかった。アンブリッジが見ているのはわかっている。ハリーが弱る兆候を待っている。弱みを見せてなるものか。一晩中ここに座って、羽根ペンで手を切り刻み続けることになっても……。

「こっちへいらっしゃい」何時間経ったろうか、アンブリッジが言った。

ハリーは立ち上がった。手がずきずき痛む。見ると、切り傷は治っているが、赤くミミズ腫《ば》れになっている。

「手を」アンブリッジが言った。

ハリーは手を突き出し、アンブリッジがその手を取った。ずんぐり太ったアンブリッジの指には醜悪な古い指輪がたくさんはまっていた。その指がハリーの手に触れると悪寒が走るのを、ハリーは抑え込んだ。

「チッチッ、まだあまり刻まれていないようね」アンブリッジがにっこりした。「まあ、明日の夜もう一度やるほかないわね？　帰ってよろしい」

ハリーは一言も言わずその部屋を出た。学校はがらんとしていた。真夜中を過ぎているにちがいない。ハリーはゆっくり廊下を歩き、角を曲がり、絶対アンブリッジの耳には届かないところまできたと思ったとき、わっと駆け出した。


『消失呪文』を練習する時間もなく、夢日記は一つも夢を書かず、ボウトラックルのスケッチも仕上げず、レポートも書いていなかった。翌朝ハリーは朝食を抜かし、一時間目の「占い学」用にでっち上げの夢をいくつか走り書きした。驚いたことに、ぼさぼさ髪のロンもつき合った。

「どうして夜のうちにやらなかったんだい？」

なにか閃《ひらめ》かないかと、きょろきょろ談話室を見回しているロンに、ハリーが聞いた。昨夜ハリーが寮にもどったときには、ロンはぐっすり寝ていた。ロンは、「ほかのことやってた」のようなことをブツブツつぶやき、羊皮紙《ようひし》の上に覆いかぶさって、なにか書きなぐっている。

「これでいいや」ロンはピシャッと夢日記を閉じた。「こう書いた。僕は新しい靴を一足買う夢を見た。これならあの先生、へんてこりんな解釈をつけられないだろ？」

二人は一緒に北塔に急いだ。

「ところで、アンブリッジの罰則《ばっそく》、どうだった？　なにをさせられた？」

ハリーはほんの一瞬迷ったが、「書き取り」と答えた。

「そんなら、まあまあじゃないか、ん？」ロンが言った。

「ああ」ハリーは調子を合わせた。

「そうだ――忘れてた――金曜日は自由にしてくれたか？」

「いや」ハリーが答えた。

ロンが気の毒そうにうめいた。

その日もハリーにとっては最悪だった。『消失呪文』を全然練習していなかったので、「変身術」の授業では最低の生徒の一人だったし、昼食の時間も犠牲にしてボウトラックルのスケッチを完成させなければならなかった。その間、マクゴナガル、グラブリー-ブランク、シニストラの各先生は、またまた宿題を出した。今夜は二回目の罰則なので、とうていその宿題を今晩中にやり終える見込みは立たない。おまけに、アンジェリーナ・ジョンソンが夕食のときにハリーを追い詰め、金曜のキーパー選抜にこられないとわかると、その態度は感心しない、選手たるものなにを置いても訓練を優先させるべきだ、と説教した。

「罰則《ばっそく》を食らったんだ！」アンジェリーナが突っけんどんに歩き去る後ろから、ハリーがさけんだ。「僕がクィディッチより、あのガマ婆《ばば》あと同じ部屋で顔つき合わせていたいとでも思うのか？」

「ただの書き取り罰だもの」

ハリーが座り込むと、ハーマイオニーが慰めるように言った。ハリーはステーキ・キドニー・パイを見下ろしたが、もうあまり食べたくなかった。

「恐ろしい罰則じゃないみたいだし、ね……」

ハリーはいったん口を開き、また閉じてうなずいた。ロンやハーマイオニーに、アンブリッジの部屋で起こったことをどうして素直に話せないのか、はっきりとはわからない。ただ、二人の恐怖の表情を見たくなかった。見てしまったら、なにもかもいまよりもっと悪いもののように思えて、立ち向かうのが難しくなるだろう。それに、心のどこかで、これは自分とアンブリッジの一対一の精神的戦いだという気がしていた。弱音を吐いたなどとアンブリッジの耳に入れて、あいつを満足させてなるものか。

「この宿題の量、信じられないよ」ロンが惨《みじ》めな声で言った。

「ねえ、どうして昨日の夜、なんにもしなかったの？」ハーマイオニーがロンに聞いた。「いったいどこにいたの？」

「僕……散歩がしたくなって」ロンの言い方は、なんだかこそこそしていた。隠し事をしているのは自分だけじゃない、ハリーははっきりそう感じた。

二回目の罰則も一回目に劣らずひどかった。手の甲の皮膚が昨日より早く痛み出し、すぐに赤く腫《は》れ上がった。書いた傷がたちまち癒《い》える状態も、この先そう長くは続かず、まもなく傷は刻み込まれたままになり、それでアンブリッジはたぶん満足するのだろう。しかしハリーは、痛いという声を漏《も》らさなかった。部屋に入ってから許されるまで――また真夜中過ぎだったが――「こんばんは」と「おやすみなさい」以外言わなかった。

しかし、宿題のほうはもはや絶望的だった。グリフィンドールの談話室にもどったときにはぐったり疲れていたが、ハリーは寝室には行かず、本を開いてスネイプの月《げっ》長石《ちょうせき》のレポートに取りかかった。終わったときはもう二時半だった。いい出来でないことは承知だ。しかし、どうしようもない。なにか提出しなければ、次はスネイプの罰則を食らう。そのあと大至急、マクゴナガル先生の出題に答えを書き、ボウトラックルの適切な扱い方についてグラブリー‐プランク先生の宿題を急ごしらえして、よろよろとベッドに向かった。服を着たままベッドカバーの上で、ハリーはあっという間に眠りに落ちた。

木曜は疲れてぼうっとしているうちに過ぎた。ロンも眠そうだったが、どうしてそうなのかハリーには見当がつかなかった。三日目の罰則《ばっそく》も、前の二日間と同じように過ぎた。ただ、二時間が過ぎたころ、「私は嘘をついてはいけない」の文字が手の甲から消えなくなり、刻みつけられたまま血が滲《にじ》み出してきた。先の尖《とが》った羽根ペンのカリカリという音が止まったので、アンブリッジ先生が目を上げた。

「ああ」自分の机から出てきて、ハリーの手を自ら調べ、アンブリッジがやさしげに言った。

「これで、あなたはいつも思い出すでしょう。ね？　今夜は帰ってよろしい」

「明日もこなければいけませんか？」ハリーはずきずきする右手ではなく、左手で鞄を取り上げた。

「ええ、そうよ」アンブリッジ先生はいつもの大口でにっこりした。「ええ、もう一晩やれば、言葉の意味がもう少し深く刻まれると思いますよ」

ハリーは、スネイプより憎らしい先生がこの世に存在するとは思いもしなかった。しかし、グリフィンドール塔に帰る道すがら、手強い対抗者の存在を認めざるをえなかった。邪悪なやつめ。八階への階段を上りながらハリーはそう思った。あいつは邪悪で根性曲りで狂ったくそ婆《ばば》あ――。

「ロン？」

階段の一番上で右に曲がったとき、ハリーは危うくロンとぶつかりそうになった。ロンが「ひょろ長ラックラン」の像の陰から、箒《ほうき》をにぎってこそこそ現れたのだ。ハリーを見るとロンは驚いて飛び上がり、新品のクリーンスイープ11号を背中に隠そうとした。

「なにしてるんだ？」

「あ――なんにも。君こそなにしてるの？」

ハリーは顔をしかめた。

「さあ、僕に隠すなよ！　こんなところになんで隠れてるんだ？」

「僕――僕、どうしても知りたいなら言うけど、フレッドとジョージから隠れてるんだ」ロンが言った。「たったいま、一年生をごっそり連れてここを通った。また実験するつもりなんだ。だって、談話室じゃもうできないだろ。ハーマイオニーがいるかぎり」

ロンは早口で熱っぽくまくし立てた。

「だけど、なんで箒《ほうき》を持ってるんだ？　飛んでたわけじゃないだろ？」ハリーが聞いた。

「僕――あの――あの。オッケー、言うよ。笑うなよ。いいか？」ロンは刻々と赤くなりながら、防衛線を張った。「僕――僕、グリフィンドールのキーパーの選抜に出ようと思ったんだ。今度はちゃんとした箒を持ってるしね。さあ、笑えよ」

「なんで笑わなきゃならない」ハリーが言った。ロンがきょとんとした。「それ、すばらしいよ！　君がチームに入ったら、ほんとにグーだ！　君がキーパーをやるのを見たことないけど、上手いのか？」

「下手じゃない」ロンはハリーの反応で心からほっとしたようだった。「チャーリー、フレッド、ジョージが休み中にトレーニングするときは、僕がいつもキーパーをやらされた」

「それじゃ、今夜は練習してたのか？」

「火曜日から毎晩……ひとりでだけど。クアッフルが僕のほうに飛んでくるように魔法をかけたんだ。だけど、簡単じゃなかったし、それがどのぐらい役に立つのかわかんないし」ロンは神経が高ぶって、不安そうだ。「フレッドもジョージも、僕が選抜に現れたらばか笑いするだろうな。僕が監督生《かんとくせい》になってから、ずっとからかいっぱなしなんだから」

「僕も行けたらいいんだけど」二人で談話室に向かいながら、ハリーは苦々しく言った。

「うん、僕もそう思う――ハリー、君の手の甲、それ、なに？」

ハリーは、空いていた右手で鼻の頭をかいたところだったが、手を隠そうとした。しかし、ロンがクリーンスイープを隠しそこねたのと同じだった。

「ちょっと切ったんだ――なんでもない――なんでも――」

しかし、ロンはハリーの腕をつかみ、手の甲を自分の目の高さまで持ってきた。一瞬、ロンが黙った。ハリーの手に刻まれた言葉をじっと見て、それから不快な顔でハリーの手を離した。

「あいつは書き取り罰則《ばっそく》をさせてるだけだって、そう言っただろ？」

ハリーは迷った。しかし、結局ロンも正直に打ち明けたのだからと、アンブリッジの部屋で過ごした何時間かが本当はなんだったのかを、ロンに打ち明けた。

「あの鬼婆《おにばば》あ！」「太った婦人《レディ》」の前で立ち止まったとき、ロンはむかついたように小声で言った。「太った婦人《レディ》」は額縁にもたれて安らかに眠っている。「あの女、病気だ！　マクゴナガルのところへ行けよ。なんとか言ってこい！」

「いやだ」ハリーが即座に言った。「僕を降参させたなんて、あの女が満足するのはまっぴらだ」

「降参？　こんなことされて、あいつをこのまま放っておくのか！」

「マクゴナガルが、あの女をどのくらい抑えられるかわからない」ハリーが言った。

「じゃ、ダンブルドアだ。ダンブルドアに言えよ！」

「いやだ」ハリーはにべもなく断った。

「どうして？」

「ダンブルドアは頭が一杯だ」

そうは言ったが、それが本当の理由ではなかった。ダンブルドアが六月から一度もハリーと口をきこうとしないのに、助けを求めにいくつもりはない。

「うーん、僕が思うに、君がするべきことは――」ロンが言いかけたが、「太った婦人《レディ》」に遮《さえぎ》られた。婦人は眠そうに二人を見ていたが、ついに爆発した。

「合言葉を言うつもりなの？　それともあなたたちの会話が終わるのを、ここで一晩中起きて待たなきゃいけないの？」

金曜の夜明けもそれまでの一週間のようにぐずぐずと湿っぽかった。大広間に入ると自然に教職員テーブルに目が行くようになっていた。だからと言って、ハグリッドの姿が見られると本気で思っていたわけではない。ハリーの気持ちはすぐにもっと緊急な問題のほうに向けられた。まだやっていない山のような宿題、アンブリッジの罰《ばっ》則《そく》がまだもう一回あることなどなど。

その日一日ハリーを持ちこたえさせたのは、一つにはとにかくもう週末だということ。それに、最後とはいえアンブリッジの罰則はたしかにおぞましいが、部屋の窓から遠くにクィディッチ競技場が見える。うまくいけば、ロンの選抜の様子が少し見えるかもしれない。たしかに、ほんのかすかな光明かもしれない。しかし、いまのこの暗さを少しでも明るくしてくれるものなら、ハリーにとってはなんでもありがたい。この週は、ホグワーツに入学以来、最悪の第一週目だった。

夕方五時に、これが最後になることを心から願いながら、ハリーはアンブリッジ先生の部屋をノックし、「お入り」の声とともに中に入った。羊皮紙《ようひし》がレースカバーの掛かった机でハリーを待っていた。先の尖《とが》った黒い羽根ペンが横に置いてある。

「やることはわかってますね、ミスター・ポッター」

アンブリッジはハリーにやさしげに笑いかけながら言った。

ハリーは羽根ペンを取り上げ、窓からちらりと外を見た。もう三センチ右に椅子をずらせば……机にもっと近づくという口実で、ハリーはなんとかうまくやった。これなら見える。遠くでグリフィンドール・クィディッチ・チームが、競技場の上を上がったり下がったりしている。六、七人の黒い影が、三本の高いゴールポストの下にいる。キーパーの順番がくるのを待っているらしい。これだけ遠いと、どれがロンなのか見分けるのはむりだ。

「私は嘘をついてはいけない」と書いた。手の甲に刻まれた傷口が開いて、また血が出てきた。

「私は嘘をついてはいけない」傷が深く食い込み、激しく疼《うず》いた。

「私は嘘をついてはいけない」血が手首を滴《したた》った。

ハリーはもう一度窓の外を盗み見た。だれかはわからないが、いまゴールを守っているのは恐ろしく下手くそだった。ハリーがほんの二、三秒見ているうちに、ケイティ・ベルが二回もゴールした。あのキーパーがロンでなければいいと願いながら、ハリーは血が点々と滴る羊皮紙《ようひし》に視線をもどした。

「私は嘘をついてはいけない」

「私は嘘をついてはいけない」

これなら危険はないと思ったとき、たとえばアンブリッジの羽根ペンがカリカリ動く音や机の引き出しを開ける音などが聞こえたときに、ハリーは目を上げた。三人目の挑戦者はなかなかよかった。四人目はとてもだめだ。五人目はブラッジャーを避けるのはすばらしく上手かったが、簡単に守れる球でしくじった。空が暗くなってきた。これでは六人目と七人目はまったく見えないだろう。

「私は嘘をついてはいけない」

「私は嘘をついてはいけない」

羊皮紙はいまや、ハリーの手の甲から滴る血で光っていた。手が焼けるように痛い。次に目を上げたときには、もうとっぷりと暮れ、競技場は見えなくなっていた。

「さあ、教訓がわかったかどうか、見てみましょうか？」それから三十分後、アンブリッジがやさしげな声で言った。

アンブリッジがハリーのほうにやってきて、指輪だらけの短い指をハリーの腕に伸ばした。皮膚に刻み込まれた文字を調べようとまさにハリーの手をつかんだその瞬間、ハリーは激痛を感じた。手の甲にではなく、額《ひたい》の傷痕《きずあと》にだ。同時に体の真ん中あたりに、なんとも奇妙な感覚が走った。

ハリーはつかまれていた腕をぐいと引き離し、急に立ち上がってアンブリッジを見つめた。アンブリッジは、しまりのない大口を笑いの形に引き伸ばして、ハリーを見つめ返した。

「痛いでしょう？」アンブリッジがやさしげに言った。

ハリーは答えなかった。心臓がどくどくと激しく動悸《どうき》していた。手のことを言っているのだろうか、それともアンブリッジは、いま額に感じた痛みを知っているのだろうか？

「さて、わたくしは言うべきことを言ったと思いますよ、ミスター・ポッター。帰ってよろしい」

ハリーは鞄を取り上げ、できるだけ早く部屋を出た。

「落ち着け」階段を駆け上がりながら、ハリーは自分に言い聞かせた。落ち着くんだ。必ずしもおまえが考えているようなことだとはかぎらない……。

「ミンビュラス　ミンブルトニア」「太った婦人《レディ》」に向かって、ハリーは喘《あえ》ぎ喘ぎ唱えた。肖像画がぱっくり開いた。

わーっという音がハリーを迎えた。顔中ににこにこさせ、つかんだゴブレットからバタービールを胸に撥《は》ねこぼしながらロンが走り寄ってきた。

「ハリー、僕、やった。僕、受かった。キーパーだ！」

「え？　わあ――すごい！」ハリーは自然に笑おうと努力した。しかし心臓はどきどきし、手はずきずきと血を流していた。

「バタービール、飲めよ」ロンが瓶《びん》をハリーに押しつけた。「僕、信じられなくて――ハーマイオニーはどこ？」

「そこだ」

フレッドが、バタービールをぐい飲みしながら、暖炉脇の肘掛《ひじかけ》椅子を指さしていた。ハーマイオニーは椅子でうとうとし、手にした飲み物が危なっかしく傾《かし》いでいた。

「うーん、僕が知らせたとき、ハーマイオニーはうれしいって言ってたんだけど」ロンは少しがっかりした顔をした。

「眠らせておけよ」ジョージがあわてて言った。周囲に集まっている一年生の何人かに、鼻血を出した跡がはっきりついていることに、ハリーは気づいた。

「ここにきてよ、ロン。オリバーのお下がりのユニフォームが合うかどうか見てみるから」ケイティ・ベルが呼んだ。「オリバーの名前を取って、あなたのをつければいいわ」

ロンが行ってしまうと、アンジェリーナが大股で近づいてきた。

「さっきは短気を起こして悪かったよ、ポッター」アンジェリーナが藪《やぶ》から棒に言った。

「なにせ、ストレスが溜まるんだ。キャプテンなんていう野暮《やぼ》な役は。私、ウッドに対して少し厳しすぎたって思いはじめたよ」アンジェリーナは、手にしたゴブレットの縁越しにロンを見ながら少し顔をしかめた。

「あのさ、彼が君の親友だってことはわかってるけど、あいつはすごいとは言えないね」アンジェリーナはぶっきらぼうに言った。「だけど、少し訓練すれば大丈夫だろう。あの家族からはいいクィディッチ選手が出ている。今夜見せたよりはましな才能を発揮するだろう。まあ、正直なとこ、そうなることに賭けてる。ビッキー・フロビシャーとジェフリー・フーパーのほうが、今夜は飛びっぷりがよかった。しかし、フーパーは愚痴《ぐち》り屋だ。なんだかんだと不平ばっかり言ってる。ビッキーはクラブ荒らしだ。自分でも認めたけど、練習が呪文クラブとかち合ったら、呪文を優先するってさ。とにかく、明日の二時から練習だ。今度は必ずこいよ。それに、お願いだから、できるだけロンを助けてやってくれないかな。いいかい？」

ハリーはうなずいた。アンジェリーナはアリシア・スピネットのところへ悠然ともどっていった。ハリーはハーマイオニーのそばに行き、鞄を置いた。ハーマイオニーがびくっとして目を覚ました。

「ああ、ハリー、あなたなの……ロンのこと、よかったわね」ハーマイオニーはとろんとした目で言った。「私、と――と――とっても疲れちゃった」ハーマイオニーはあくびをした。「帽子をたくさん作るのに、一時まで起きていたの。すごい勢いでなくなってるのよ！」

たしかに、見回すと、談話室のいたる所、不注意なしもべ妖精がうっかり拾いそうな場所には毛糸の帽子が隠してあった。

「いいね」ハリーは気もそぞろに答えた。だれかにすぐに言わないと、いまにも破裂しそうな気分だ。「ねえ、ハーマイオニー、いまアンブリッジの部屋にいたんだ。それで、あいつが僕の腕に触った……」

ハーマイオニーは注意深く聴き、ハリーが話し終わると、考えながらゆっくりと言った。

「『例のあの人』がクィレルをコントロールしたみたいに、アンブリッジをコントロールしてるんじゃないかって心配なの？」

「うーん」ハリーは声を落とした。「可能性はあるだろう？」

「あるかもね」ハーマイオニーはあまり確信が持てないような言い方をした。「でも、『あの人』がクィレルと同じやり方でアンブリッジに『取り憑《つ》く』ことはできないと思うわ。つまり、『あの人』はもう生きてるんでしょう？　自分の身体を持ってるわけだから、だれかの体は必要じゃないわ。アンブリッジに『服従呪文《ふくじゅう》』をかけることは可能だと思うけど……」

ハリーは、フレッド、ジョージ、リー・ジョーダンがバタービールの空き瓶《びん》でジャグリングをしているのをしばらく眺めていた。するとハーマイオニーが言った。

「でも、去年、だれも触っていないのに傷痕《きずあと》が痛むことがあったわね。ダンブルドアがこう言わなかった？　『例のあの人』がそのとき感じていることに関係している。つまり、もしかしたらアンブリッジとはまったく関係がないかもしれないわ。たまたまアンブリッジと一緒にいたときにそれが起こったのは、単なる偶然かもしれないじゃない?」

「あいつは邪悪なやつだ」ハリーが言った。「根性曲りだ」

「ひどい人よ、たしかに。でも……ハリー、ダンブルドアに傷痕《きずあと》の痛みのことを話さないといけないと思うわ」

ダンブルドアのところへ行けと忠告されたのは、この二日で二度目だ。そしてハリーのハーマイオニーへの答えは、ロンへのとまったく同じだった。

「このことでダンブルドアの邪魔はしない。いま君が言ったように大したことじゃない。この夏中、しょっちゅう痛んでたし――ただ、今夜はちょっとひどかった――それだけさ――」

「ハリー、ダンブルドアはきっとこのことで邪魔されたいと思うわ――」

「うん」ハリーはそう言ったあと、言いたいことが口を突いて出てしまった。「ダンブルドアは僕のその部分だけしか気にしてないんだろ? 僕の傷痕しか」

「なにを言い出すの。そんなことないわ!」

「それよりシリウスに手紙を書いて、このことを教えるよ。シリウスがどう考えるか――」

「ハリー、そういうことは手紙に書いちゃだめ!」ハーマイオニーが驚いて言った。「憶《おぼ》えていないの？　ムーディが、手紙に書くことに気をつけろって言ったでしょう。いまはもう、ふくろうが途中で捕まらないという保証はないのよ！」

「わかった、わかった。じゃ、シリウスには教えないよ！」

ハリーはいらいらしながら立ち上がった。

「僕、寝る。ロンにそう言っといてくれる？」

「あら、だめよ」ハーマイオニーがほっとしたように言った。「あなたが行くなら、私も行っても失礼にはならないってことだもの。私、もうくたくたなの。それに、明日はもっと帽子を作りたいし。ねえ、あなたも手伝わない？　おもしろいわよ。私、だんだん上手になってるの。いまは、模様編みもボンボンも、ほかにもいろいろできるわ」

ハリーは喜びに輝いているハーマイオニーの顔を見つめた。そして、少しはその気になったかのような顔をしてみせようとした。

「あー……ううん。遠慮しとく」ハリーが言った。「えーと——明日はだめなんだ。僕、山ほど宿題やらなくちゃ……」

ちょっと残念そうな顔をしたハーマイオニーをあとに残し、ハリーはとぼとぼと男子寮の階段に向かった。

第14章　パーシーとパッドフット

次の朝、同室のだれより早くハリーは目を覚ました。しばらく横になったまま、ベッドのカーテンの隙間から流れ込んでくる陽光の中で塵《ちり》が舞う様子を眺め、今日は土曜日だという気分にじっくり浸った。新学期第一週は、大長編の「魔法史」の授業のように、果てしなく続いたような気がする。

眠たげな静寂とたったいま紡ぎ出されたような陽の光から考えて、まだ夜が明けたばかりだろう。ハリーはベッドに巡らされたカーテンを開け、起き上がって服を着はじめた。遠くに聞こえる鳥のさえずりのほかは、同じ寝室のグリフィンドール生のゆっくりした深い寝息が聞こえるだけだった。ハリーは鞄をそっと開け、羊皮紙《ようひし》と羽根ペンを取り出し、寝室を出て談話室に向かった。

ハリーは、まっすぐお気に入りの場所、暖炉脇のふわふわした古い肘掛《ひじかけ》椅子をめざした。暖炉の火は消えている。心地よく椅子に座り、談話室を見回しながら羊皮紙を広げた。丸めた羊皮紙の切れ端や、古いゴブストーン、薬の材料用の空の広口瓶《びん》、菓子の包み紙など、一日の終わりに散らかっていたゴミくずの山は、きれいになくなっている。ハーマイオニーのしもべ妖精用帽子もない。自由になりたかったかどうかは別にして、もう何人くらいのしもべ妖精が自由になったのだろうとぼんやり考えながら、ハリーはインク瓶のふたを開け、羽根ペンを浸した。それから、黄色味を帯びた滑らかな羊皮紙の表面から少し上に羽根ペンをかざし、書くことを考えた……しかし、一、二分の後も、ハリーは火のない火格子《ひごうし》を見つめたままでいる自分に気づいた。なんと書いていいのかわからない。

ロンとハーマイオニーが、この夏ハリーに手紙を書くのがどんなに難しかったか、いまになってわかった。この一週間の出来事をなにもかもシリウスに知らせ、聞きたくてたまらないことを全部質問し、しかも手紙泥棒に盗まれた場合でも知られたくない情報は渡さないとなると、いったいどう書けばいいのかわからない。

ハリーは、しばらくの間身動きもせず暖炉を見つめていたが、ようやくもう一度羽根ペンをインクに浸し、羊皮紙にきっぱりとペンを下ろした。

スナッフルズさん

お元気ですか。ここにもどってからの最初の一週間はひどかった。週末になって本当にうれしいです。

「闇の魔術の防衛術」に、新任のアンブリッジ先生がきました。あなたのお母さんと同じくらい素敵な人です。去年の夏にあなたに書いた手紙と同じ件で手紙を書いています。昨夜アンブリッジ先生の罰則《ばっそく》を受けているときに、また起こりました。

僕たちの大きな友達がいないので、みんなさびしがっています。早く帰ってきて欲しいです。

なるべく早くお返事をください。

お元気で。

ハリーより

ハリーは第三者の目で手紙を数回読み返した。これならなんのことを話しているのか、だれに向かって話しているのかも、この手紙を読んだだけではわからないだろう。シリウスにハグリッドのヒントが通じて、ハグリッドがいつ帰ってくるのかを教えてくれればいいが、とハリーは願った。まともには聞けない。ハグリッドがホグワーツを留守にして、いったいなにをしようとしているのかに、注意を引きすぎてしまうかもしれないからだ。

こんなに短い手紙なのに、書くのにずいぶん時間がかかった。書いている間に、太陽の光が部屋の中ほどまで忍び込んでいた。みなが起き出す物音が、上の寝室から遠く聞こえる。羊皮紙《ようひし》にしっかり封をして、ハリーは肖像画の穴をくぐり、ふくろう小屋に向かった。

「私ならそちらの道は行きませんね」ハリーが廊下を歩いていると、すぐ目の前の壁から「ほとんど首無しニック」がふわふわ出てきて、ハリーをドキッとさせた。「廊下の中ほどにあるパラセルススの胸像の横を次に通る人に、ピーブズが愉快な冗談を仕掛けるつもりです」

「それ、パラセルススが頭の上に落ちてくることもあり？」ハリーが聞いた。

「そんなばかなとお思いでしょうが、あります」「ほとんど首無しニック」がうんざりした声で言った。「ピーブズには繊細さなどという徳目はありませんからね。私は『血みどろ男爵《だんしゃく》』を探しに参ります……男爵なら止めることができるかもしれません……ではご機嫌よう、ハリー……」

「ああ、じゃあね」

ハリーは右に曲がらずに左に折れ、ふくろう小屋へは遠回りでも、より安全な道を取った。窓を一つ通り過ぎるたびに、ハリーは気力が高まってきた。どの窓からも真っ青な明るい空が見える。あとでクィディッチの練習がある。ハリーはやっとクィデイッチ競技場にもどれるのだ。

なにかがハリーの踝《くるぶし》をかすめた。見下ろすと、管理人フィルチの飼っている、骸《がい》骨《こつ》のようにやせた灰色の猫、ミセス・ノリスが、こっそり通り過ぎるところだった。一瞬、ランプのような黄色い目をハリーに向け、「憂いのウィルフレッド」の像の裏へと姿をくらます。

「僕、なんにも悪いことしてないぞ」ハリーがあとを追いかけるように言った。猫は、まちがいなくご主人様に言いつけにいく雰囲気だ。ハリーにはどうしてなのかわからなかった。土曜の朝にふくろう小屋に歩いていく権利くらいはあるはずだ。

もう太陽が高くなっていた。ふくろう小屋に入ると、ガラスなしの窓々から射し込む光に目がくらんだ。どっと射し込む銀色の光線が、円筒状の小屋を縦横に交差している。垂木《たるき》に止まった何百羽ものふくろうは、早朝の光で少し落ち着かない様子だ。藁《わら》から帰ったばかりらしいのもいる。ハリーは首を伸ばしてヘドウィグを探した。藁《わら》を敷き詰めた床の上で、小動物の骨が踏み砕かれてポキポキと軽い音を立てた。

「ああ、そこにいたのか」丸天井のてっぺん近くに、ヘドウィグを見つけた。「降りてこいよ。頼みたい手紙があるんだ」

ホーと低く鳴いて大きな翼を広げ、ヘドウィグはハリーの肩に舞い降りた。

「いいか、表にはスナッフルズって書いてあるけど」ハリーは手紙を嘴《くちばし》にくわえさせながら、なぜか自分でもわからずささやき声で言った。「でも、これはシリウス宛なんだ。わかるね？」

ヘドウィグは琥珀色《こはくいろ》の目を一回だけ瞬《しばた》かせた。ハリーはそれがわかったという返事だと思った。

「じゃ、気をつけて行くんだよ」

ハリーはヘドウィグを窓まで運んだ。ハリーの腕をくいっと一押しし、ヘドウィグはまばゆい空へと飛び去った。ハリーはヘドウィグが小さな黒い点となり、姿が消えるまで見守った。それからハグリッドの小屋へと目を移した。小屋はこの窓からはっきりと見えるが、だれもいないこともはっきりしていた。煙突には煙も見えず、カーテンは閉め切られている。

「禁じられた森」の木々の梢がかすかな風に揺れた。ハリーは顔一杯に清々しい風を味わい、このあとのクィディッチのことを考えながら、梢を見ていた……突然なにかが目に入った。ホグワーツの馬車を引いていた、あの巨大な爬虫類《はちゅうるい》のような有翼の馬だ。鞣《なめ》し革《がわ》のようなすべすべした黒い両翼を翼手竜《よくしゅりゅう》のように広げ、巨大でグロテスクな鳥のように木々の間から舞い上がった。それは大きく円を描いて上昇し、ふたたび木々の間に突っ込んでいく。すべてがあっという間の出来事だったので、ハリーにはいま見たことが信じられなかった。しかし、心臓が狂ったように早鐘を打っていた。

背後でふくろう小屋の戸が開いた。ハリーは飛び上がるほど驚いて急いで振り返ると、チョウ・チャンが手紙と小包を持って立っている。

「やあ」ハリーは反射的に挨拶した。

「あら……おはよう」チョウが息をはずませながら挨拶した。「こんなに早く、ここにだれかいると思わなかったわ……私、つい五分前に、今日がママの誕生日だったことを思い出したの」チョウが小包を持ち上げて見せる。

「そう」ハリーは脳みそが混線したようだ。気のきいたおもしろいことの一つも言いたかったが、あの恐ろしい有翼の馬の記憶がまだ生々しい。

「いい天気だね」ハリーは窓のほうを指した。ばつの悪さに内臓が縮んだ。なんで天気なんだ。僕はなにを言ってるんだ。天気の話なんか……。

「そうね」チョウは適当なふくろうを探しながら答えた。「いいクィディッチ日和だわ。私、もう一週間もプレイしてないの。あなたは？」

「おんなじ」ハリーが答えた。

チョウは学校のメンフクロウを選んだ。チョウがおいでおいでと腕に呼び寄せると、ふくろうは快く足を突き出し、チョウが小包をくりつけられるようにした。

「ねえ、グリフィンドールの新しいキーパーは決まったの？」

「うん。僕の友達のロン・ウィーズリーだ。知ってる？」

「トルネードーズ嫌いの？」チョウがかなり冷やかに言った。「少しはできるの？」

「うん」ハリーが答えた。「そうだと思う。でも、僕は選抜のとき見てなかったんだ。罰則《ばっそく》を受けてたから」

チョウは、小包をふくろうの足に半分ほどくくりつけたままで目を上げた。

「あのアンブリッジって女、いやな人」チョウが低い声で言った。「あなたが本当のことを言ったというだけで罰則にするなんて。どんなふうに――どんなふうにあの人が死んだかを言っただけで。みんながその話を聞いたし、話は学校中に広まったわ。あの先生にあんなふうに立ち向かうなんて、あなたはとっても勇敢だったわ」

縮んでいた内臓が、ふたたびふくらんできた。あまりに急速にふくらんだので、まるで糞《ふん》だらけの床から体が十センチくらい浮き上がったような気がする。空飛ぶ馬なんか、もうどうだっていい。チョウが僕をとっても勇敢だったと思ってる。小包をふくろうにくくりつけるのを手伝って、「見せるつもりはなかったんだ」の雰囲気でチョウに手の傷を見せようかと、ハリーは一瞬そう思った……しかし、このどきどきする思いつきが浮かんだとたん、またふくろう小屋の戸が開いた。

管理人のフィルチが、ゼイゼイ言いながら入ってきた。やせて静脈が浮き出た頬のあちこちが赤黒くブチになり、顎《あご》は震え、薄い白髪《しらが》頭を振り乱している。ここまで駆けてきたにちがいない。ミセス・ノリスがすぐ後ろからとことこ走ってきて、ふくろうを見上げ、腹がへったとばかりニャーと鳴いた。ふくろうたちは落ち着かない様子で羽をこすり合わせ、大きな茶モリフクロウが一羽、脅すように嘴《くちばし》をカチカチ鳴らした。

「あはーっ！」フィルチは垂れ下がった頬を怒りに震わせ、どてどてと不格好な歩き方でハリーのほうにやってきた。「おまえが糞爆弾《くそばくだん》をごっそり注文しようとしてると、垂れ込みがあったぞ！」

ハリーは腕組みして管理人をじっと見た。

「僕が糞爆弾を注文してるなんて、だれが言ったんだい？」

チョウも顔をしかめて、ハリーからフィルチへと視線を走らせた。チョウの腕に止まったふくろうが、片足立ちに疲れて催促するようにホーと鳴いたが、チョウは無視した。

「こっちにはこっちの伝手《つて》があるんだ」フィルチは得意げに凄《すご》んだ。「さあ、なんでもいいから送るものをこっちへよこせ」

「できないよ。もう出してしまったもの」手紙を送るのにぐずぐずしなくてよかったと、ハリーはなにかに感謝したい気持ちだった。

「出してしまった？」フィルチの顔が怒りで歪《ゆが》んだ。

「出してしまったよ」ハリーは落ち着いて言った。

フィルチは怒って口を開け、二、三秒パクパクやっていたが、それからハリーのローブをなめるようにじろーっと見た。

「ポケットに入ってないとどうして言える？」

「どうしてって――」

「ハリーが出すところを、私が見たわ」チョウが怒ったように言った。

フィルチがさっとチョウを見た。

「おまえが見た――？」

「そうよ。見たわ」チョウが激しい口調で言った。

一瞬、フィルチはチョウを睨《にら》みつけ、チョウは睨み返した。フィルチは背を向け、ぎごちない歩き方でドアに向かったが、ドアの取っ手に手をかけて立ち止まり、ハリーを振り返った。

「糞爆弾がプンとでも臭ったら……」

フィルチが階段をコツンコツンと下りていき、ミセス・ノリスは、ふくろうたちをもう一度無念そうに目でなめてからあとについて行った。

ハリーとチョウが目を見合わせた。

「ありがとう」ハリーが言った。

「どういたしまして」メンフクロウが上げたままにしていた足に小包をくくりつけるチョウの頬が、かすかに赤くなった。「糞爆弾を注文してはいないでしょう？」

「してない」ハリーが答えた。

「だったら、フィルチはどうしてそうだと思ったのかしら？」

チョウはふくろうを窓際に運びながら言った。

ハリーは肩をすくめた。チョウばかりでなくハリーにとっても、それはまったく謎だった。しかし不思議なことに、そんなことはまったく謎
二人は一緒にふくろう小屋を出た。西塔に続く廊下の入口でチョウが言った。

「私はこっちなの。じゃ、あの……またね、ハリー」

「うん……また」

チョウはハリーに笑顔を残して歩き出した。ハリーもそのまま歩き続けた。気持ちが静かに高ぶっていた。ついにチョウとまともな会話ができた。しかも一度もきまりの悪い思いをせずに……〝あの先生にあんなふうに立ち向かうなんて、あなたはとっても勇敢だったわ〟……チョウがハリーを勇敢だと言った……ハリーが生きていることを憎んではいない……。

もちろん、チョウはセドリックが好きだった。それはわかっている……ただ、もし僕があのパーティでセドリックより先に申し込んでいたら、事情はちがっていたかも

しれない……僕が申し込んだとき、チョウは断るのが本当に申し訳ないという様子だった……。

「おはよう」大広間のグリフィンドールのテーブルで、ハリーはロンとハーマイオニーの横に座りながら、明るく挨拶した。

「なんでそんなにうれしそうなんだ？」ロンが驚いてハリーを見た。

「う、うん……あとでクィディッチが」ハリーは幸せそうに答え、ベーコンエッグの大皿を引き寄せた。

「ああ……うん……」ロンは食べかけのトーストを下に置き、かぼちゃジュースをがぶりと飲み、それから口を開いた。「ねえ……僕と一緒に、少し早めに行ってくれないか？　ちょっと――えー――僕に、トレーニング前の練習をさせて欲しいんだ。そしたら、ほら、ちょっと勘がつかめるし」

「うん、オッケー」ハリーが言った。

「ねえ、そんなことだめよ」ハーマイオニーが真剣な顔をした。「二人とも宿題がほんとに遅れてるじゃない――」

しかし、ハーマイオニーの言葉がそこで途切れた。朝の郵便が到着し、いつものように「日刊予言者新聞《にっかんよげんしゃしんぶん》」をくわえたコノハズクがハーマイオニーのほうに飛んできて、砂糖壷《つぼ》すれすれに着地した。コノハズクが片足を突き出し、ハーマイオニーはその革の巾着《きんちゃく》に一クヌートを押し込んで新聞を受け取った。コノハズクが飛び立ったときには、ハーマイオニーは新聞の一面にしっかりと目を走らせていた。

「なにかおもしろい記事、ある？」ロンが言った。ハリーはニヤッとした。宿題の話題を逸《そ》らせようとロンが躍起になっているのがわかる。

「ないわ」ハーマイオニーがため息をついた。「『妖女《ようじょ》シスターズ』のベース奏者が結婚するゴシップ記事だけよ」

ハーマイオニーは新聞を広げてその陰に埋もれてしまった。ハリーはもう一度ベーコンエッグを取り分け、食べることに専念した。ロンは、なにか気になってしょうがないという顔で高窓を見つめていた。

「待って――」ハーマイオニーが突然声を上げた。「ああ、だめ……シリウス！」

「なにかあったの？」ハリーが新聞をぐいっと乱暴に引っ張ったので、新聞は半分に裂け、ハリーの手に半分、ハーマイオニーの手にもう半分が残った。

「『魔法省は信頼できる筋からの情報を入手した。シリウス・ブラック、悪名高い大量殺人鬼であり……云々《うんぬん》、云々……は現在ロンドンに隠れている！』」ハーマイオニーは心配そうに声をひそめて、自分の持っている半分を読んだ。

「ルシウス・マルフォイ、絶対そうだ」ハリーも低い声で怒り狂った。「プラットホームでシリウスを見破ったんだ……」

「えっ?」ロンが驚いて声を上げた。「君、まさか――」

「しーっ!」ハリーとハーマイオニーが同時に抑えた。

「……『魔法省は、魔法界に警戒を呼びかけている。ブラックは非常に危険で……十三人も殺し……アズカバンを脱獄……』いつものくだらないやつだわ」ハーマイオニーは新聞の片われを下に置き、怯《おび》えたような目でハリーとロンを見た。「つまり、シリウスはもう二度とあの家を離れちゃいけない。そういうことよ」ハーマイオニーがひそひそ言った。「ダンブルドアはちゃんとシリウスに警告してたわ」

ハリーは塞ぎ込んで、破り取った新聞の片割れを見下ろした。ページの大部分は広告で、「マダム・マルキンの洋装店――普段着から式服まで」がセールをやっているらしい。

「えーっ! これ見てよ!」ハリーはロンとハーマイオニーが見えるように、新聞を平らに広げて置いた。

「僕、ローブは間に合ってるよ」ロンが言った。

「ちがうよ」ハリーが言った。「見て……この小さい記事……」

ロンとハーマイオニーは新聞に覆いかぶさるようにして読んだ。六行足らずの短い記事で、一番下の欄に載っている。

魔法省侵入事件

ロンドン市クラッパム地区ラバーナム・ガーデン二番地に住むスタージス・ポドモア（38）は八月三十一日、魔法省への侵入並びに強盗未遂の容疑でウィゼンガモットに出廷した。ポドモアは、午前一時に最高機密の部屋に押し入ろうとしているところを、守衛のエリック・マンチに捕まった。ポドモアは弁明を拒み、両容疑について有罪とされ、アズカバンに六か月収監の刑を言い渡された。

「スタージス・ポドモア？」ロンが考えながら言った。「それ、頭が茅葺《かやぶき》屋根みたいな、あいつだろ？　騎士団――」

「ロン、しーっ！」ハーマイオニーがびくびくあたりを見回した。

「アズカバンに六か月！」ハリーはショックを受けてつぶやいた。「部屋に入ろうとしただけで！」

「単に部屋に入ろうとしただけじゃないわ。魔法省で、夜中の一時に、いったいなにをしていたのかしら？」ハーマイオニーがひそひそ声で言った。

「騎士団のことでなにかしてたんだと思うか？」ロンがささやいた。

「ちょっと待って……」ハリーが考えながら言った。「スタージスは、僕たちを見送りにくるはずだった。憶《おぼ》えてるかい？」

二人がハリーを見た。

「そうなんだ。キングズ・クロスに行く護衛隊に加わるはずだった。憶えてる？　それで、現れなかったもんだからムーディがずいぶんやきもきしてた。だから、スタージスが騎士団の仕事をしていたはずはない。そうだろ？」

「ええ、たぶん、騎士団はスタージスが捕まるとは思っていなかったんだわ」ハーマイオニーもうなずいた。

「はめられたかも！」ロンが興奮して声を張り上げた。「いや――わかったぞ！」ハーマイオニーが怖い顔をしたので、ロンは声をがくんと落とした。「魔法省はスタージスがダンブルドア一味じゃないかと疑った。それで――わかんないけど――連中がスタージスを魔法省に誘い込んだ。スタージスは部屋に押し入ろうとしたわけじゃない！　魔法省がスタージスを捕まえるのに、なにかでっち上げたんだ！」

ハリーとハーマイオニーは、しばらく黙って考えた。ハリーはそんなことはありえないと思ったが、一方、ハーマイオニーはかなり感心したような顔をしている。

「そうね、納得できるわ。そのとおりかもしれない」

ハーマイオニーは、なにか考え込みながら手にした新聞の片われをたたんだ。ハリーがナイフとフォークを置くと、ハーマイオニーはふと我に返ったように言った。

「さあ、それじゃ、スプラウト先生の『自然に施肥《せひ》する灌木《かんぼく》』のレポートから始めましょうか。うまくいけば、昼食前に、マクゴナガルの『無生物出現呪文《むせいぶつしゅつげん》』に取りかかれるかもしれない……」

上階の寮で待ち受けている宿題の山を思うと、ハリーは良心が疼《うず》いた。しかし、空は晴れ渡り、わくわくするような青さだ。ハリーはもう一週間もファイアボルトに乗っていなかった……。

「今夜やりゃいいのさ」ハリーと連れだってクィディッチ競技場に向かう芝生の斜面を下りながら、ロンが言った。二人とも肩には箒《ほうき》をかつぎ、耳には「二人ともOWL《ふくろう》に落ちるわよ」というハーマイオニーの警告がまだ鳴り響いている。「それに、明日ってものがある。ハーマイオニーは勉強となると熱くなる。そこがあいつの欠点さ……」ロンはそこで一瞬言葉を切った。そしてちょっと心配そうに言った。「あいつ、本気かな。ノートを写させてやらないって言ったろ？」

「ああ、本気だろ」ハリーがうなずいた。「だけど、こっちのほうも大事さ。クィディッチ・チームに残りたいなら、練習しなきゃならない……」

「うん、そうだとも」ロンは元気が出たようだ。「それに、宿題を全部やっつける時間はたっぷりあるさ……」

クィディッチ競技場に近づいたとき、ハリーはちらりと右を見た。禁じられた森の木々が、黒々と揺れている。森からはなにも飛び立ちはしない。遠くふくろう小屋のある塔の付近を、ふくろうが数羽飛び回る姿が見えるほかは、空にはまったくなんの影もない。心配の種は余るほどある。空飛ぶ馬が悪さをしたわけじゃなし、ハリーは馬のことを頭から押し退《の》けた。

更衣室の物置からボールを取り出し、二人は練習に取りかかった。ロンが三本のゴールポストを守り、ハリーがチェイサー役でクアッフルを投げてゴールを抜こうとした。ロンはなかなか上手い、とハリーは思った。ハリーのゴールシュートの四分の三をブロックしたし、練習時間をかけるほどロンは調子を上げた。二時間ほど練習して、二人は昼食をとりに城へもどった――昼食の間ずっとハーマイオニーは、二人を無責任だとはっきり態度で示していた。それから本番トレーニングのため、二人はクィディッチ競技場にもどった。更衣室に入ると、アンジェリーナ以外の選手が全員揃っていた。

「大丈夫か、ロン？」ジョージがウィンクしながら言った。

「うん」ロンは競技場に近づくほど口数が少なくなっていた。

「おれたちに差をつけてくれるんだろうな、監督生《かんとくせい》ちゃん？」

クィディッチ・ユニフォームの首から髪をくしゃくしゃにして頭を出しながら、悪戯《いたずら》っぽいにやにや笑いを浮かべて、フレッドが言った。

「黙れ」

はじめて自分のユニフォームを着ながらむすっとした顔でロンがうなった。肩幅がかなり広いオリバー・ウッドのユニフォームなのに、ロンにぴったりだった。

「さあ、みんな」着替えをすませたアンジェリーナがキャプテン室から出てきた。「始めよう。アリシアとフレッド、ボールの箱を持ってきてよ。ああ、それから、外で何人か見学しているけど、気にしないこと。いいね？」

アンジェリーナは何気ない言い方をしたつもりだったろうが、ハリーは招かれざる見学者がだれなのかを察した。推察どおりだった。更衣室から競技場のまぶしい陽光の中に出ていくと、そこはスリザリンのクィディッチ・チームと取り巻き連中による野次と口笛の嵐だった。観客席の中間あたりの席に陣取って野次る声が、空のスタジアムにワンワン反響していた。

「ウィーズリーが乗ってるのは、なんだい？」マルフォイが気取った声で嘲《あざけ》った。「あんなかびだらけの棒っ切れに飛行呪文をかけたやつはだれだい？」

クラッブ、ゴイル、パンジー・パーキンソンが、ゲラゲラ、キャーキャー笑いこけている。ロンは箒《ほうき》にまたがり、地面を蹴った。ハリーも、ロンの耳が真っ赤になるのを見ながらあとを追った。

「ほっとけよ」スピードを上げてロンに追いついたハリーが言った。「あいつらと対戦したあとで、どっちが最後に笑うかがはっきりする……」

「その態度が正解だよ、ハリー」

クアッフルを小脇に抱えて二人のそばに舞い上がってきたアンジェリーナが、うなずきながら言った。アンジェリーナは速度を落とし、空中のチームを前に静止した。

「オッケー、みんな。ウォーミングアップにパスから始めるよ。チーム全員で、いいね――」

「へーイ、ジョンソン。そのヘアスタイルはいったいどうしたの？」パンジー・パーキンソンが下から金切り声で呼びかけた。「頭から虫が這《は》い出してるような髪をするなんて、そんな人の気が知れないわ」

アンジェリーナはドレッドヘアを顔から払い退《の》け、落ち着きはらって言った。

「それじゃ、みんな、広がって。さあ、やってみよう……」

ハリーは他のチームメートとは逆の方向に飛び、クィディッチ・ピッチの一番端に行った。ロンはその反対側のゴールに向かって下がった。アンジェリーナは片手でクアッフルを上げ、フレッドに向かって投げつけた。フレッドはジョージに、ジョージはハリーにパスし、ハリーからロンにパスしたが、ロンはボールを取り落とした。

マルフォイの率いるスリザリン生が、大声で囃《はや》したり、かん高い笑い声を上げたりした。ロンはクアッフルが地面に落ちる前に捕まえようと、一直線にボールを追いかけたが、急降下から体勢を立てなおす際にもたついて、箒からずるりと横に滑ってしまった。プレイする高さにまで飛び上がってきたときには顔が真っ赤だった。ハリーは、フレッドとジョージが目を見交わすのを目撃したが、いつもの二人に似合わずなにも言わなかったことに感謝した。

「ロン、パスして」アンジェリーナが何事もなかったかのように呼びかけた。ロンはクアッフルをアリシアにパスした。そこからハリーにボールがもどり、ジョージにパスされた。

「ヘーイ、ポッター、傷はどんな感じだい?」マルフォイが声をかけてくる。「寝てなくてもいいのか? 医務室に行かなくてすんだのは、これで、うん、まるまる一週間だ。記録的じゃないか?」

ジョージがアンジェリーナにパスし、アンジェリーナはハリーにバックパスした。不意を衝《つ》かれたハリーは、それでも指の先でキャッチし、すぐにロンにパスした。ロンは飛びついたが、数センチのところでミスした。

「なにをやってるのよ、ロン」アンジェリーナが不機嫌な声を出した。ロンはまた急降下してクアッフルを追っていた。「ぼんやりしないで」

ふたたびプレイする高さまで上ってきたロンの顔は、クアッフルとどちらが赤いか判定が難しかった。マルフォイもスリザリン・チームもいまや大爆笑だった。

三度目でロンはクアッフルをキャッチした。それでほっとしたのか、今度はパスに力が入りすぎ、クアッフルは両手を伸ばして受け止めようとしたケイティの手をまっすぐすり抜け、思いっ切り顔に当たった。

「ごめん！」ロンがうめいて、けがをさせはしなかったかとケイティのほうに飛び出した。

「ポジションにもどって！　そっちは大丈夫だから！」アンジェリーナが大声を出した。「チームメートにパスしてるんだから、箒《ほうき》からたたき落とすようなことはしないでよ、頼むから。そういうことはブラッジャーにまかせるんだ！」

ケイティは鼻血を出していた。下のほうで、スリザリン生が足を踏み鳴らして野次っている。フレッドとジョージがケイティに近寄っていった。

「ほら、これ飲めよ」フレッドがポケットからなにか小さな紫色の物を取り出して渡した。「一発で止まるぜ」

「よぉし」アンジェリーナが声をかけた。「フレッド、ジョージ、バットとブラッジャーを持って。ロン、ゴールポストのところに行くんだ。ハリー、私が放せと言ったらスニッチを放して。もちろん、チェイサーの目標はロンのゴールだ」

ハリーは双子のあとに続いて、スニッチを取りに飛んだ。

「ロンのやつ、ヘマやってくれるぜ、まったく」三人でボールの入った木箱のそばに着地し、ブラッジャーとスニッチを取り出しながら、ジョージがブツブツ言った。

「上がってるだけだよ」ハリーが言い訳をした。「今朝、僕と練習したときは大丈夫だったし」

「ああ、まあな、仕上がりがちょっと早すぎたんじゃないか」フレッドが憂鬱《ゆううつ》そうに言う。

三人は空中にもどった。アンジェリーナの笛の合図で、ハリーはスニッチを放し、フレッドとジョージはブラッジャーを飛ばせた。その瞬間から、ハリーは他のチームメートがなにをしているかにほとんど気が行かなかった。ハリーの役目は、パタパタ飛ぶ小さな金のボールを捕まえることで、キャッチすればチームは一五〇点を得る。しかし、捕まえるには相当のスピードと技が必要なのだ。ハリーはスピードを上げ、チェイサーの間を縫って、回転したり曲線を描いたりした。暖かな秋の風が顔を打ち、遠くで騒いでいるスリザリン生の声は、まったく意味をなさないうなりにしか聞こえない。しかし、たちまちホイッスルが鳴り、ハリーはまた停止した。

「ストップ――ストップ――ストップ！」アンジェリーナがさけんだ。「ロン――真ん中のポストがガラ空きだ！」

ハリーはロンを見た。左側の輪の前に浮かんでいて、他の二本がノーガードだ。

「あ……ごめん……」

「チェイサーの動きを見ているとき、うろうろ動きすぎなんだ！」

アンジェリーナが注意する。

「どれかの輪を守る必要ができるまでは、センターを守るか、さもなきゃ三つの輪の周囲を旋回すること。なんとなく左右に流れちゃだめだよ。だから三つもゴールを奪われるんだ！」

「ごめん……」ロンが繰り返した。真っ赤な顔が、明るい青空に映える信号のように光っている。

「それに、ケイティ、その鼻血、なんとかならないの？」

「たんたんひとくなるのよ！」ケイティが鼻血を袖《そで》で止めようとしながら、ふがふがと言った。

ハリーはちらりとフレッドを見た。フレッドは心配そうにポケットに手を突っ込んでいる。見ていると、フレッドはなにか紫色のものを引っ張り出し、ちょっとそれを調べると、しまった、という顔でケイティを見た。

「さあ、もう一度いこうか」アンジェリーナが言った。スリザリン生は「♪グリフィンドールの負ーけ、グリフィンドールの負ーけ」と囃《はや》しはじめていたが、アンジェリーナは無視した。しかし、箒《ほうき》の座り方がどことなく突っ張っていた。

三分も飛ばないうちに、またアンジェリーナのホイッスルが鳴った。ハリーはちょうど反対側のゴールポストのまわりを旋回しているスニッチを見つけたところだったので、残念無念だったが停止した。ハリーは一番近くにいたアリシアに聞いた。

「今度はなんだい？」

「ケイティ」アリシアが一言で答えた。

振り返ると、アンジェリーナ、フレッド、ジョージが全速力でケイティに向かって飛んでいくのが見えた。ハリーとアリシアもケイティのほうへと急いだ。アンジェリーナが危機一髪で練習を中止にしたことが明らかだった。ケイティは蠟《ろう》のように白い顔で、血だらけになっていた。

「医務室に行かなくちゃ」アンジェリーナが言った。

「おれたちが連れて行くよ」フレッドが言った。「ケイティは——えー——まちがって——『流血豆《りゅうけつまめ》』を飲んじまったかもしれない——」

「ビーターもいないし、チェイサーも一人いなくなったし、まあ、続けてもむだだわ」アンジェリーナが塞ぎ込んで言った。フレッドとジョージはケイティを挟んで支えながら、城に向かって飛んでいった。「さあ、みんな。引き揚げて着替えよう」

全員がとぼとぼと更衣室にもどる間、スリザリン生は相変わらず囃《はや》し立てていた。

「練習はどうだった？」三十分後、ハリーとロンが肖像画の穴を通ってグリフィンドールの談話室に入ると、ハーマイオニーがかなり冷たく聞いた。

「練習は——」ハリーが言いかけた。

「めちゃめちゃさ」ロンがハーマイオニーの横の椅子にドサッと腰掛けながら、虚ろな声で言った。ロンを見て、ハーマイオニーの冷淡さが和らいだようだ。

「そりゃ、はじめての練習じゃない」ハーマイオニーが慰めるように言った。「時間がかかるわよ。そのうち――」

「めちゃめちゃにしたのが僕だなんて言ったか？」ロンが噛《か》みついた。

「言わないわ」ハーマイオニーは不意を衝《つ》かれたような顔をした。「ただ、私――」

「ただ、君は、僕が絶対ヘボだって思ったんだろう？」

「ちがうわ、そんなこと思わないわ！　ただ、あなたが『めちゃめちゃだった』って言うから、それで――」

「僕、宿題をやる」ロンは腹立たしげに言い放ち、荒々しく足を踏み鳴らして男子寮の階段へと姿を消した。ハーマイオニーはハリーを見た。

「あの人、めちゃめちゃだったの？　そうなの？」

「ううん」ハリーは忠義立てした。

ハーマイオニーが眉《まゆ》をぴくりとさせた。

「そりゃ、ロンはもっと上手くプレイできたかもしれない」ハリーがもごもごご言った。「でも、これがはじめての練習だったんだ。君が言うように……」

その夜は、ハリーもロンも宿題がはかばかしくは進まなかった。ロンはクィディッチの練習での自分のヘボぶりで頭が一杯だろうと、ハリーにはわかっていた。ハリー自身も、「♪グリフィンドールの負ーけ」の囃《はや》し言葉が耳について、なかなか振りはらえなかった。

日曜は二人とも一日中談話室で本に埋もれた。談話室はいったん生徒で一杯になり、すぐに空になった。晴れ渡る空の下、ほとんどのグリフィンドール生は校庭に出て、今年はあと数日しか味わえない陽の光を楽しんでいた。夕方になるとハリーは、まるで頭蓋骨の内側でだれかが脳みそをたたいているような気分になっていた。

「ねえ、宿題は毎日少しずつ片づけとくようにしたほうがいいな」ハリーがロンに向かってつぶやいた。マクゴナガル先生の「無生物出現呪文《むせいぶつしゅつげん》」の長いレポートをやっと終え、惨《みじ》めな気持ちで、シニストラ先生の負けずに長く面倒な「木星の月の群れ」のレポートに取りかかるところだった。

「そうだな」ロンは少し充血した目をこすり、五枚目の羊皮紙《ようひし》の書き損じを、そばの暖炉の火に投げ入れた。「ねえ……ハーマイオニーに、やり終えた宿題、ちょっと見せてくれないかって、頼んでみようか？」

ハリーはちらっとハーマイオニーを見た。クルックシャンクスを膝《ひざ》に乗せ、ジニーと楽しげにペチャクチャしゃべっている。その前で、宙に浮いた二本の編み棒が、形のはっきりしないしもべ妖精用ソックスを編み上げていた。

「だめだ」ハリーが言った。「見せてくれないのはわかり切ってるだろ」

二人は宿題を続けた。窓の外が徐々に暗くなり、談話室から少しずつ人が消えていった。十一時半に、ハーマイオニーがあくびをしながら二人のそばに寄ってきた。

「もうすぐ終わる？」

「いや」ロンが一言で答えた。

「木星の一番大きな月はガニメデよ。カリストじゃないわ」ロンの肩越しに「天文学」のレポートを指さしながら、ハーマイオニーが言った。

「それに、火山があるのはイオよ」

「ありがとうよ」ロンはうなりながら、まちがった部分をぐちゃぐちゃに消した。

「ごめんなさい。私、ただ――」

「ああ、ただ批判しにきたんだったら――」

「ロン――」

「お説教を聞いてる暇はないんだ、いいか、ハーマイオニー。僕はもう首までどっぷり――」

「ちがうのよ――ほら！」

ハーマイオニーは一番近くの窓を指さした。ハリーとロンが同時にそちらを見た。きちんとしたコノハズクが窓枠に止まり、部屋の中にいるロンを見つめていた。

「ヘルメスじゃない？」ハーマイオニーが驚いたように言った。

「ひえー、ほんとだ！」ロンは小声で言うと、羽根ペンを放り出して立ち上がった。「パーシーがなんで僕に手紙なんか？」

ロンは窓際に行って窓を開けた。ヘルメスが飛び込み、ロンのレポートの上に着地し、片足を上げた。手紙がくりつけてある。ロンが手紙を外すと、ふくろうはすぐに飛び立っていった。ロンが描いた木星の月、イオの上にインクの足跡がベタベタ残った。

「まちがいなくパーシーの筆跡だ」ロンは椅子にもどり、深く腰掛けて巻紙の宛名書きを見つめながら言った。

〝ホグワーツ、グリフィンドール寮、ロナルド・ウィーズリーへ〟

ロンは二人を見上げた。「どういうことだと思う？」

「開けてみて！」ハーマイオニーが待ち切れないように急かし、ハリーもうなずいた。

ロンは巻紙を開いて読み出した。先に読み進むほど、ロンのしかめ面がひどくなった。読み終わると、うんざりした顔で、ハリーとハーマイオニーに手紙を突き出した。二人は両側から覗き込み、顔を寄せ合って一緒に読んだ。

親愛なるロン
たったいま、君がホグワーツの監督生《かんとくせい》になったと聞かされた（しかも魔法大臣から直々にだ。大臣は君の新しい先生であるアンブリッジ先生から聞いた）。

この知らせは僕にとってうれしい驚きだ。まずはお祝いを言わなければならない。正直言うと、君は僕の足跡を追うのではなく、いわば「フレッド・ジョージ路線」をたどるのではないかと、僕は常に危惧《きぐ》していた。だから、君が権威をばかにするのをやめ、きちんとした責任を負うことを決意したと聞いたときの僕の気持ちは、君にもわかるだろう。

しかし、ロン、僕はお祝い以上のことを君に言いたい。忠告したいのだ。だからこうして、通常の朝の便ではなく、夜に手紙を送っている。この手紙は、詮索《せんさく》好きな目の届かないところで、気まずい質問を受けないように読んで欲しい。

魔法大臣が、君が監督生だと知らせてくれたときに、ふと漏《も》らしたことから推測すると、君はいまだにハリー・ポッターと親密らしい。ロン、君に言いたいのは、あの少年と付き合い続けることほど、君のバッジを失う危険性を高めるものはないということだ。そう、君はこんなことを聞いてきっと驚くだろう――君はまちがいなく、ポッターはいつでもダンブルドアのお気に入りだった、と言うだろう――しかし、僕はどうしても君に言わなければならない義務がある。ダンブルドアがホグワーツを取り仕切るのも、もうそう長くはないかもしれない。重要人物たちは、ポッターの行動について、まったくちがった意見を——そしておそらく、より正確な意見を——持っている。いまはこれ以上言うまい。しかし、明日の「日刊予言者新聞《にっかんよげんしゃしんぶん》」を読めば、風向きがどの方向なのかがわかるだろう——記事に僕の名前が見つかるかもしれない！

まじめな話、君はポッターと同類扱いされてはならない。そんなことになれば、君の将来にとって大きな痛手だ。僕は卒業後のことも含めて言っているのだ。我々の父親がハリーの裁判に付き添っていたことから君も承知のとおり、ポッターはこの夏、ウィゼンガモット最高裁の大法廷で懲戒尋問《ちょうかいじんもん》を受け、結果はあまり芳しくなかった。僕の見るところ、単に手続き的なことで放免になった。僕が話をした人の多くは、いまだにハリーが有罪だと確信している。

ポッターとのつながりを断ち切ることを、君は恐れるかもしれない——なにしろポッターは情緒不安定で、ことによったら暴力を振るうかもしれない——しかし、それが少しでも心配なら、そのほか君を困らせるようなポッターの挙動に気づいたら、ドローレス・アンブリッジに話すように強く勧める。本当に感じのいい人で、喜んで君にアドバイスするはずだ。

このことに関連して、僕からもう一つ忠告がある。先ほどちょっと触れたことだが、ホグワーツでのダンブルドア体制はまもなく終わるだろう。ロン、君が忠誠を誓うのは、ダンブルドアではなく学校と魔法省なのだ。アンブリッジ先生はホグワーツで、魔法省が切に願っている必要な改革をもたらす努力をしていらっしゃるのに、これまで教職員からほとんど協力を得られていないと聞いて、僕は非常に残念に思う（もっとも来週からはアンブリッジ先生がやりやすくなるはずだ――これも明日の「日刊予言者新聞」を読んでみたまえ！　僕からはこれだけ言っておこう――いま現在アンブリッジ先生に進んで協力する姿勢を見せた生徒は、二年後に首席になる可能性が非常に高い！）。

夏の間、君に会う機会が少なかったのは残念だ。親を批判するのは苦しい。しかし、両親がダンブルドアを取り巻く危険な輩《やから》と交わっているかぎり、一つ屋根の下に住むことは、残念だが僕にはできない（母さんに手紙を書くことがあったら知らせてやって欲しいのだが、スタージス・ポドモアとかいう、ダンブルドアの仲間が、魔法省に侵入した廉《かど》で最近アズカバンに送られた。両親も、これで、自分たちが付き合っている連中がつまらない小悪党だということに目を開かせられるかもしれない）。僕は、そんな連中と交わっているという汚名から逃れることができて幸運だった――魔法大臣は僕にこの上なく目をかけてくれる――ロン、家族の絆に目が曇り、君までが両親のまちがった信念や行動に染まることがないように望んでいる。僕は、あの二人もやがて、自らの大変なまちがいに気づくことを切に願っている。そのときはもちろん、僕は二人の十分な謝罪を受け入れる用意がある。

僕の言ったことをよく考えて欲しい。とくにハリー・ポッターについてを。

もう一度、監督生就任おめでとう。

兄のパーシー

ハリーはロンを見た。

「さあ」ハリーはまったくのお笑い種《ぐさ》という感じで切り出した。「もし君が――ええと――なんだっけ?」――ハリーはパーシーの手紙を見直した――「ああ、そうそう――僕との『つながりを断ち切る』つもりでも、僕は暴力を振るわないと誓うよ」

「返してくれ」ロンは手を差し出した。「あいつは――」ロンは手紙を半分に破いた。言葉も切れ切れだった。「世界中で――」ロンは手紙を四つに破いた。「一番の――」八つに破いた。「大ばかやろうだ」。ロンは破った手紙を暖炉に投げ入れた。

「さあ、夜明け前にこいつをやっつけなきゃ」ロンはシニストラ先生の論文をふたたび手元に引き寄せながら、ハリーに向かってきびきびと言った。

ハーマイオニーは、なんとも言えない表情を浮かべてロンを見つめていた。

「あ、それ、こっちによこして」ハーマイオニーが唐突に言った。

「え？」ロンが聞き返した。

「それ、ちょうだい。目を通して、なおしてあげる」ハーマイオニーが言った。

「本気か？　ああ、ハーマイオニー、君は命の恩人だ」ロンが言った。「僕、なんと言って――？」

「あなたたちに言ってほしいのは、『僕たちは、もうけっしてこんなにぎりぎりまで宿題を延ばしません』だわ」

両手を突き出して二人のレポートを受け取りながら、ハーマイオニーはちょっとおかしそうな顔をした。

「ハーマイオニー、ほんとにありがとう」ハリーは弱々しく礼を言い、レポートを渡すと、目をこすりながら肘掛《ひじかけ》椅子に深々と座り込んだ。

真夜中を過ぎ、談話室には三人とクルックシャンクスのほかはだれもいない。ハーマイオニーが二人のレポートのあちこちに手を入れる羽根ペンの音と、事実関係を確かめるためにテーブルに散らばった参考書をめくる音だけが聞こえた。ハリーは疲れ切っていた。胃袋が奇妙に空っぽでむかむかするのは、疲労感とは無関係で、暖炉の火の中でチリチリに焼け焦げている手紙が原因だった。

ホグワーツの生徒の半分はハリーのことをおかしいと思い、正気ではないとさえ思っていることを、ハリーは知っていた。「日刊予言者新聞《にっかんよげんしゃしんぶん》」が何か月もハリーについて悪辣《あくらつ》な中傷をしてきたことも知っている。しかし、それをパーシーの手書きで見るのはまた別だった。パーシーがロンにハリーと付き合うなと忠告し、アンブリッジに告げ口しろとまで言う手紙を読むと、他のなによりも生々しく感じられた。パーシーとはこれまで四年間付き合いがあった。夏休みには家に遊びにいき、クィディッチ・ワールドカップでは同じテントに泊まった。去年の三校対抗試合では、二番目の課題でパーシーから満点をもらいさえした。それなのにいま、パーシーは僕のことを、情緒不安定で暴力を振るうかもしれないと思っている。

急に自分の名付け親を哀れに思う気持ちが込み上げてきた。いまのハリーの気持ちを本当に理解できるのは、同じ状況に置かれていたシリウスだけかもしれないと思ったからだ。魔法界のほとんどすべての人が、シリウスを危険な殺人者で、ヴォルデモートの強力な支持者だと思い込んでいる。シリウスはそういう誤解に耐えて生きてきた。十四年も……。

ハリーは目を瞬《しばたた》いた。火の中にありえないものが見えたのだ。それはちらりと目に入って、たちまち消えた。まさか……そんなはずは……気のせいだ。シリウスのことを考えていたからだ……。

「オーケー、清書して」ハーマイオニーがレポートと、自分の書いた羊皮紙《ようひし》を一枚、ロンにぐいと差し出した。「それから、私の書いた結論を書き加えて」

「ハーマイオニー、君って、ほんとに、僕がいままで会った最高の人だ」ロンが弱々しく言った。「もし僕が今後ふたたび君に失礼なことを言ったら――」

「――そしたらあなたが正常にもどったと思うわ」ハーマイオニーが言った。「ハリー、あなたのはオッケーよ。ただ、最後のところがちょっと。シニストラ先生のおっしゃったことを聞きちがえたのだと思うけど、エウロパは氷で覆われているの。コーヒーじゃないわ。――ハリー？」

ハリーは両膝《ひざ》をついて椅子から床に滑り降り、焼け焦げだらけのボロ暖炉マットに四つん這《ば》いになって炎を見つめていた。

「あー――ハリー？」ロンが怪訝《けげん》そうに聞いた。「なんでそんなところにいるんだい？」

「たったいま、シリウスの顔が火の中に見えたんだ」ハリーが言った。

ハリーは冷静に話した。なにしろ、去年もこの暖炉の火に現れたシリウスの顔と話をした。しかし、今度は果たして本当に見えたのかどうか自信がなかった……あっという間に消えてしまったのだから……。

「シリウスの顔？」ハーマイオニーが繰り返した。「三校対抗試合で、シリウスがあなたと話したかったときそうしたけど、あのときと同じ？　でも、いまはそんなことしないでしょう。それはあんまり――シリウス！」

ハーマイオニーが炎を見つめて息を呑《の》んだ。ロンは羽根ペンをぽろりと落とした。ちらちら踊る炎の真ん中に、シリウスの首が座っていた。長い黒髪が笑顔を縁取っている。

「みんながいなくなる前に、君たちが寝室に行ってしまうんじゃないかと気を揉《も》んでいたよ」シリウスが言った。「一時間ごとに様子を見ていたんだ」

「一時間ごとに火の中に現れていたの？」ハリーは半分笑いながら言った。

「ほんの数秒だけ、安全かどうか確認するのにね」

「もしだれかに見られていたら？」ハーマイオニーが心配そうに言った。

「まあ、女の子が一人――見かけからは一年生かな――さっきちらりと見たかもしれない。だが、心配しなくていい」ハーマイオニーがあっと手で口を覆ったので、シリウスが急いでつけ加えた。「その子がもう一度見たときにはわたしはもう消えていた。変な形をした薪かなにかだと思ったにちがいないよ」

「でも、シリウス、こんなとんでもない危険を冒して――」ハーマイオニーがなにか言いかけた。

「君、モリーみたいだな」シリウスが言った。「ハリーの手紙に暗号を使わずに答えるにはこれしかなかった――暗号は破られる可能性がある」

ハリーの手紙と聞いたとたん、ハーマイオニーもロンもハリーをじっと見た。

「シリウスに手紙を書いたこと、言わなかったわね」ハーマイオニーがなじるように言った。

「忘れてたんだ」ハリーの言葉に嘘はなかった。ふくろう小屋でチョウ・チャンに出会って、その前に起きたことはすっかり頭から吹き飛んでしまったのだ。「そんな目で僕を見ないでくれよ、ハーマイオニー。あの手紙からはだれも秘密の情報なんて読み取れやしない。そうだよね、シリウスおじさん？」

「ああ、あの手紙はとても上手かった」シリウスがにっこりした。「とにかく、邪魔が入らないうちに、急いだほうがいい——君の傷痕《きずあと》だが」

「それがなにか——？」ロンが言いかけたが、ハーマイオニーが遮《さえぎ》った。

「あとで教えてあげる。シリウス、続けて」

「ああ、痛むのはいい気持ちじゃないのはよくわかる。しかし、それほど深刻になる必要はないと思う。去年はずっと痛みが続いていたんだろう？」

「うん。それに、ダンブルドアは、ヴォルデモートが強い感情を持ったときに必ず痛むと言っていた」ロンとハーマイオニーがぎくりとするのを、いつものように無視してハリーは続けた。「だから、わからないけど、たぶん僕が罰則《ばっそく》を受けていたあの夜、あいつが本当に怒っていたとかじゃないかな」

「そうだな。あいつがもどってきたからには、もっと頻繁に痛むことになるだろう」シリウスが言った。

「それじゃ、罰則《ばっそく》を受けていたとき、アンブリッジが僕に触れたこととは関係がないと思う?」ハリーが聞いた。

「ないと思うね」シリウスが言った。「アンブリッジのことは噂《うわさ》でしか知らないが、『死喰い人』でないことは確かだ――」

「『死喰い人』並みにひどいやつだ」ハリーが暗い声で言った。

ロンもハーマイオニーもまったくそのとおりとばかりうなずいた。

「そうかもしれない」しかし、世界は善人と『死喰い人』の二つに分かれるわけじゃない。シリウスが苦笑いした。「あの女はたしかにいやなやつだ――ルーピンがあの女のことをなんと言っているか聞かせたいよ」

「ルーピンはあいつを知ってるの?」ハリーがすかさず聞いた。アンブリッジが最初の授業で危険な半獣という言い方をしたのを思い出していた。

「いや」シリウスが言った。「しかし、二年前に『反人狼法《はんじんろうほう》』を起草したのはあの女だ。それでルーピンは就職がほとんど不可能になった」

ハリーは、ルーピンが最近ますますみすぼらしくなっていることを思い出し、アンブリッジがいっそう嫌いになった。

「狼人間にどうして反感を持つの？」ハーマイオニーが怒った。

「きっと、怖いのさ」シリウスはハーマイオニーの怒った様子を見てほほえんだ。「どうやらあの女は半人間を毛嫌いしている。去年は、水中人を一網打尽にして標識をつけようというキャンペーンもやった。水中人をしつこく追い回すなんていうのは時間とエネルギーのむだだよ。クリーチャーみたいなろくでなしが平気でうろうろしているというのに」

ロンは笑ったが、ハーマイオニーは気を悪くしたようだった。

「シリウス！」ハーマイオニーがふたたびなじるように言った。「まじめな話、あなたがもう少しクリーチャーのことで努力すれば、きっとクリーチャーは応えるわ。だって、あなたはクリーチャーが仕える家の最後の生き残りなんですもの。それにダンブルドア校長もおっしゃったけど――」

「それで、アンブリッジの授業はどんな具合だ？」シリウスは取り合わない。「半獣を皆殺しにする訓練でもしてるのか？」

「ううん」クリーチャーを弁護する話の腰を折られてお冠《かんむり》のハーマイオニーを無視して、ハリーが答えた。「あいつは僕たちにいっさい魔法を使わせないんだ！」

「つまんない教科書を読んでるだけさ」ロンが言った。

「ああ、それで辻褄《つじつま》が合う」シリウスが言った。「魔法省内部からの情報によれば、ファッジは君たちに闘う訓練をさせたくないらしい」

「闘う訓練？」ハリーが信じられないという声を上げた。「ファッジは僕たちがここでなにをしてると思ってるんだ？ 魔法使い軍団かなにかを組織してるとでも思ってるのか？」

「まさに、そのとおり。そうだと思っている」シリウスが言った。「むしろ、ダンブルドアがそうしていると思っている、と言うべきだろう――ダンブルドアが私設軍団を組織して、魔法省と抗争するつもりだとね」

一瞬みな黙りこくった。そしてロンが口を開いた。「こんなばかげた話、聞いたことがない。ルーナ・ラブグッドのホラ話を全部ひっくるめてもだぜ」

「それじゃ、私たちが『闇の魔術に対する防衛術』を学べないようになったのは、私たちが魔法省に呪いをかけることをファッジが恐れているからなの？」ハーマイオニーは憤慨した。

「そう」シリウスが続けた。「ファッジは、ダンブルドアは権力をにぎるためにはあらゆる手段を取るだろうと思い込んでいる。ダンブルドアに対して日に日に被害妄想を強めている。でっち上げの罪で、ダンブルドアが逮捕されるのも時間の問題だ」

ハリーはふとパーシーの手紙を思い出した。

「明日の『日刊予言者新聞《にっかんよげんしゃしんぶん》』にダンブルドアのことが出るかどうか、知ってる？

ロンの兄さんのパーシーがなにかあるだろうって――」

「知らないね」シリウスが答えた。「この週末は騎士団のメンバーを一人も見ていない。みんな忙しい。この家にいるのは、クリーチャーとわたしだけだ……」

シリウスの声に、はっきりとやるせない辛《つら》さが混じっていた。

「それじゃ、ハグリッドのこともなにも聞いてない？」

「ああ……」シリウスが言った。「そうだな、ハグリッドはもうもどっているはずだったんだが、なにが起こったのかだれも知らない」ショックを受けたような三人の顔を見て、シリウスが急いで言葉を続けた。「しかし、ダンブルドアは心配していない。だから、三人ともそんなに心配するな。ハグリッドは絶対大丈夫だ……」

「だけど、もうもどっているはずなら……」ハーマイオニーが不安そうに小さな声を出した。

「マダム・マクシームが一緒だった。われわれはマダムと連絡を取り合っているが、帰路の途中ではぐれたと言っている。――しかし、ハグリッドがけがをしていると思わせるようなことはなにもない――と言うか、完全に大丈夫だということを否定するようなものもなにもない」

なんだか納得できないまま、ハリーたち三人は心配そうに目を見交わした。

「いいか、ハグリッドのことをあまりいろいろ詮索《せんさく》して回るんじゃないよ」シリウスが急いでつけ加えた。「そんなことをすれば、ハグリッドがまだもどっていないことによけいに関心を集めてしまう。ダンブルドアはそれを望んではいない。ハグリッドはタフだ。大丈夫だよ」

それでも三人の気が晴れないようだったので、シリウスが言葉を続けた。

「ところで次のホグズミード行きはどの週末かな？　実は考えているんだが、駅では犬の姿でうまくいっただろう？　たぶん今度も――」

「だめ！」ハリーとハーマイオニーが同時に大声を上げた。

「シリウス、『日刊予言者新聞《にっかんよげんしゃしんぶん》』を見なかったの？」ハーマイオニーが気遣わしげに言った。

「ああ、あれか」シリウスがニヤッとした。「連中はしょっちゅう、わたしがどこにいるか当てずっぽに言ってるだけで、本当はさっぱりわかっちゃ――」

「うん。だけど、今度こそ手掛かりをつかんだと思う」ハリーが言った。「マルフォイが汽車の中で言ったことで考えたんだけど、あいつは犬がおじさんだったと見破ったみたいだ。シリウスおじさん、あいつの父親もホームにいたんだよ――ほら、ルシウス・マルフォイ――だから、こないで。どんなことがあっても。マルフォイがまたおじさんを見つけたら――」

「わかった、わかった。言いたいことはよくわかった」シリウスはひどくがっかりした様子だった。「ちょっと考えただけだ。君が会いたいんじゃないかと思ってね」

「会いたいよ。でもおじさんがまたアズカバンに放り込まれるのはいやだ」ハリーは訴えた。

一瞬沈黙が流れた。シリウスは火の中からハリーを見た。落ち窪んだ目の眉間《みけん》に縦じわが一本刻まれた。

「君はわたしが考えていたほど父親似ではないな」しばらくしてシリウスが口を開いた。はっきりと冷やかな声だった。「ジェームズなら危険なことをおもしろがっただろう」

「でも――」

「さて、もう消えたほうがよさそうだ。クリーチャーが階段を下りてくる音がする」シリウスが言った。ハリーはシリウスが嘘をついているのがわかった。「それじゃ、この次に火の中に現れることができる時間を手紙で知らせよう。いいか？　その危険には耐えられるか？」

ポンと小さな音がして、シリウスの首があった場所にふたたびちらちらと炎が上がった。

第15章　ホグワーツ高等尋問官

パーシーの手紙にあった記事を見つけるには、翌朝の「日刊予言者新聞《にっかんよげんしゃしんぶん》」を隅々まで読まなければならないだろうと、三人ともそう思っていた。ところが、配達ふくろうが飛び立ってミルクジャーの上を越すか越さないうちに、ハーマイオニーがあっと大きく息を呑《の》んで新聞をテーブルに広げた。そこには、ドローレス・アンブリッジの写真がでかでかと載っていた。にっこり笑いながら、大見出しの下から三人に向かってゆっくりと瞬きしている。

魔法省、教育改革に乗り出す
ドローレス・アンブリッジ、初代高等尋問官《こうとうじんもんかん》に任命

「アンブリッジ――『高等尋問官』？」ハリーが暗い声で言った。摘んでいた食べ

かけのトーストがずるりと落ちた。「いったいどういうことなんだい？」

ハーマイオニーが読み上げた。

魔法省は、昨夜突然新しい省令を制定し、ホグワーツ魔法魔術学校に対し、魔法省がこれまでにない強い統制力を持つようにした。

「大臣は現在のホグワーツのありように、ここしばらく不安を募らせていました。学校が承認しがたい方向に向かっているという父母の憂慮の声に、大臣はいま応えようとしています」魔法大臣下級補佐官のパーシー・ウィーズリーはこう語った。

魔法大臣コーネリウス・ファッジはここ数週間来、魔法学校の改善を図るための新法を制定しており、新省令は今回がはじめてではない。最近では八月三十日、教育令第二十二号が制定され、現校長が、空席の教授職に候補者を配することができなかった場合は、魔法省が適切な人物を選ぶことになった。

「そこでドローレス・アンブリッジが教師として任命されたわけです」

ウィーズリー補佐官は昨夜このように語った。「ダンブルドアがだれも見つけられなかったので、魔法大臣はアンブリッジを起用しました。もちろん、女史はたちまち成功を収め――

「女史がなんだって？」ハリーが大声を上げた。

「待って。続きがあるわ」ハーマイオニーが険しい表情で読み続けた。

――たちまち成功を収め、『闇の魔術に対する防衛術』の授業を全面的に改革するとともに、魔法大臣に対してはホグワーツの実態を現場から伝えています」

魔法省は、この実態報告の任務を正式なものとするため、教育令第二十三号を制定し、今回ホグワーツ高等尋問官《じんもんかん》という新たな職位を設けた。

「これは、教育水準低下がさけばれるホグワーツの問題と正面から取り組もうとする、魔法大臣の躍々《やくやく》たる計画の新局面です」とウィーズリー補佐官は語った。

「高等尋問官は同僚の教育者を査察《ささつ》する権利を持ち、教師たちが然《しか》るべき基準を満たしているかどうかを確認します。アンブリッジ教授に、現在の教授職に加えてこの職位への就任を打診しましたところ、先生がお引き受けくださったことを、我々はうれしく思っています」

魔法省の新たな施策は、ホグワーツの父母から熱狂的な支持を得た。

「ダンブルドアが公正かつ客観的な評価の下に置かれることになりましたので、私としては大いに安らかな気持ちです」ルシウス・マルフォイ氏（41）は昨夜ウイルトシャー州の館でこう語った。「子供のためを切に願う父兄の多くは、この数年間ダンブルドアが常軌《じょうき》を逸《いっ》した決定を下してきたことを懸念しておりました。魔法省がこうした状況を監視《かんし》してくださることになり、喜んでいます」

常軌を逸した決定の一つとして、この新聞でも報道したことがあるが、教員の任命が物議をかもしたことはまちがいない。例として、狼人間リーマス・ルーピン、半巨人ルビウス・ハグリッド、妄想癖の元闇祓《やみばら》いマッド-アイ・ムーディなどがいる。アルバス・ダンブルドアはかつて国際魔法使い連盟の上級大魔法使いであり、ウィゼンガモットの首席魔法戦士であったが、周知のとおり、もはや名門ホグワーツの運営の任に耐えないという噂《うわさ》が巷《ちまた》にあふれている。

「高等尋問官《じんもんかん》の任命は、ホグワーツに我々全員が信頼できる校長を迎えるための第一歩だと思いますね」魔法省内のある官僚は昨夜こう語った。

ウィゼンガモットの古参であるグリゼルダ・マーチバンクスとチベリウス・オグデンは、ホグワーツに高等尋問官職を導入したことに抗議し、辞任した。

「ホグワーツは学校です。コーネリウス・ファッジの出先機関ではありません。これは、アルバス・ダンブルドアの信用を失墜させようとする一連の汚らわしい手口の一つです」とマダム・マーチバンクスは語った（マダム・マーチバンクスと小鬼の破壊活動分子とのつながりの疑惑についての全容は、十七面に記載）。

ハーマイオニーは記事を読み終え、テーブルの向かい側にいる二人を見た。

「これで、なんであの人をアンブリッジなんかがきたのかがわかったわ。ファッジが『教育令』を出して、アンブリッジを学校に押しつけたのよ！　そして今度は、アンブリッジにほかの先生を監視《かんし》する権限を与えたんだわ！」ハーマイオニーは息が荒くなり、目がぎらぎらしていた。「信じられない！　こんなこと、許せない！」

「まったくだ」ハリーは右手に目をやった。テーブルの上で拳《こぶし》をにぎっている右手に、アンブリッジがハリーにむりやり刻み込ませた文字が、うっすらと白く浮き上がっていた。

ところがロンはにんまり笑っていた。

「なに？」ハリーとハーマイオニーがロンを睨《にら》んで同時に言った。

「ああ、マクゴナガルが査察《ささつ》される日が待ち遠しいよ」ロンがうれしそうに言った。「アンブリッジのやつ、痛い目にあうぞ」

「さ、行きましょう」ハーマイオニーがさっと立ち上がった。「早く行かなくちゃ。

もしもビンズ先生のクラスを査察《ささつ》するようなら、遅刻するのはまずいわ……」

しかし、アンブリッジ先生は「魔法史」の査察にはこなかった。授業は先週の月曜日と同じく退屈そのもの。二時限続きの「魔法薬」の授業で、三人がスネイプの地下牢教室にきたときにもアンブリッジ先生の姿はなかった。ハリーの月長石《げっちょうせき》のレポートが、右上にとげとげしい黒い字で大きく「D」となぐり書きされて返された。

「諸君のレポートが、OWL《ふくろう》であればどのような点をもらうかに基づいて採点してある」マントを翻《ひるがえ》して宿題を返して歩きながら、スネイプが薄ら笑いを浮かべて言う。「試験の結果がどうなるか、これで諸君も現実的にわかるはずだ」

スネイプは教室の前にもどり、生徒たちと向き合った。

「全般的に、今回のレポートは惨憺《さんたん》たる水準だ。OWLであれば、大多数が落第だろう。今週の宿題である『毒液の各種解毒剤』については、何倍もの努力を期待する。さもなくば、『D』を取るような劣等生には罰則《ばっそく》を科さねばなるまい」

マルフォイがフフンと笑い、聞こえよがしのささやき声で、「へえ！『D』なんか取ったやつがいるのか？」と言うのを聞きつけ、スネイプがにやりと笑った。

ハリーはハーマイオニーが横目でハリーの点数を見ようとしているのに気づき、急いで月長石のレポートを鞄に滑り込ませた。これは自分だけの秘密にしておきたいと思った。

今日の授業で、スネイプがふたたびハリーに落第点をつける口実を与えてなるものかと、ハリーは黒板の説明書きを一行も漏《も》らさず最低三回読み、それから作業に取りかかった。ハリーの「強化薬」はハーマイオニーのような澄んだトルコ石色とまではいかなかったが、少なくとも青で、ネビルのようなピンクではなかった。授業の最後に、スネイプの机にフラスコを提出したときは、勝ち誇った気持ちとほっとした気持ちが入り交じっていた。

「まあね、先週ほどひどくはなかったわね？」地下牢教室を出て階段を上り、玄関ホールを横切って昼食に向かいながら、ハーマイオニーが言った。「それに、宿題もそれほど悪い点じゃなかったし。ね？」

ロンもハリーも黙っていたので、ハーマイオニーが追討《おいう》ちをかけた。「つまり、まあまあの点よ。最高点は期待してなかったわ。ＯＷＬ基準で採点したのだったらそれはむりよ。でも、いまの時点で合格点なら、かなり見込みがあると思わない？」

ハリーの喉《のど》からどっちつかずの音が出た。

「もちろん、これから試験までの間にいろいろなことがあるでしょうし、成績をよくする時間はたくさんあるわ。でも、いまの時点での成績は一種の基準線でしょ？　そこから積み上げていけるし……」

三人は一緒にグリフィンドールのテーブルに着いた。

「そりゃ、もし『O』を取ってたら、私、ぞくぞくしたでしょうけど……」

「ハーマイオニー」ロンが声を尖《とが》らせた。「僕たちの点が知りたいんだったら、そう言えよ」

「そんな――そんなつもりじゃ――でも、教えたいなら――」

「僕は『P』さ」ロンがスープを取り分けながら言った。「満足かい？」

「そりゃ、なんにも恥じることないぜ」フレッドがジョージ、リー・ジョーダンと連れだって現れ、ハリーの右側に座った。「『P』なら立派なもんだ」

「でも――」ハーマイオニーが言った。「『P』って、たしか……」

「『良くない《プア》』、うん」リー・ジョーダンが言った。「それでも『D』よりはいいよな？　『どん底』よりは？」

ハリーは顔が熱くなるのを感じて、ロールパンに咽《む》せたふりをした。しばらくして顔を上げたが、残念ながらハーマイオニーはまだOWL《ふくろう》採点の話の真っ最中だった。

「じゃ、最高点は『O』で『大いによろしい』ね」ハーマイオニーが言った。「次は『A』で――」

「いや、『E』さ」ジョージが訂正した。「『E』は『期待以上』。おれなんか、フレッドとおれは全科目で『E』をもらうべきだったと、ずっとそう思ってる。だって、おれたちゃ、試験を受けたこと自体『期待以上』だものな」

みなが笑ったが、ハーマイオニーだけはせっせと聞き続けた。「じゃ、『E』の次が『A』で、『まあまあ』。それが最低合格点の『可《か》』なのね?」

「そっ」フレッドはロールパンを一個まるまるスープに浸し、それを口に運んで丸飲みにした。

「その下に『良くない』の『P』がきて――」ロンは万歳の格好をして茶化した。

「そして『最低』の『D』がくる」

「どっこい『T』を忘れるな」ジョージが言った。

「『T』?」ハーマイオニーがぞっとしたように聞いた。「『D』より下があるの? いったいなんなの? 『T』って?」

「『トロール』」ジョージが即座に答えた。

ハリーはまた笑ったが、ジョージが冗談を言っているのかどうかハリーにはわからなかった。OWLの全科目で「T」を取ったのを、ハーマイオニーに隠そうとしている自分の姿を想像し、これからはもっと勉強しようとハリーはその場で決心した。

「君たちはもう、授業査察《ささつ》を受けたか?」フレッドが聞いた。

「まだよ」ハーマイオニーがすぐに反応した。「受けたの?」

「たったいま、昼食の前」ジョージが言った。「『呪文学』さ」

「どうだった?」ハリーとハーマイオニーが同時に聞いた。

フレッドが肩をすくめた。

「大したことはなかった。アンブリッジが隅のほうでこそこそ、クリップボードにメモを取ってたな。フリットウィックのことだから、あいつを客扱いして全然気にしてなかった。アンブリッジもあんまりなにも言わなかったな。アリシアに二、三質問して、授業はいつもどんなふうかと聞いた。アリシアはとってもいいと答えた。それだけだ」

「フリットウィック爺《じい》さんが悪い点をもらうなんて考えられないよ」ジョージが言った。「生徒全員がちゃんと試験にパスするようにしてくれる先生だからな」

「午後はだれの授業だ？」フレッドがハリーに聞いた。

「トレローニー――」

「そりゃ、まぎれもない『T』だな」

「――それに、アンブリッジ自身もだ」

「さあ、いい子にして、今日はアンブリッジに腹を立てるんじゃないぞ」ジョージが言った。

「君がまたクィディッチの練習に出られないとなったら、アンジェリーナがぶち切れるからな」

「闇の魔術に対する防衛術」の授業を待つまでもなく、ハリーはアンブリッジに会うことになった。薄暗い「占い学」の部屋の一番後ろで、ハリーが夢日記を引っ張り出していると、ロンが肘《ひじ》でハリーの脇腹を突ついた。振り向くと、アンブリッジが床の撥《は》ね戸から現れるところだった。ペチャクチャと楽しげだったクラスが、たちまちしんとなった。突然騒音のレベルが下がったので、教科書の『夢のお告げ』を配りながら霞《かすみ》のように教室を漂っていたトレローニー先生が振り返った。

「こんにちは。トレローニー先生」アンブリッジお得意のにっこり顔で言った。「メモは受け取られましたわね？　査察の日時をお知らせしましたけど？」

トレローニー先生はいたくご機嫌斜めの様子で素っ気なくうなずき、アンブリッジ先生に背を向けて教科書配りを続けた。アンブリッジ先生はにっこりしたまま手近の肘掛《ひじかけ》椅子の背をぐいとつかみ、教室の一番前まで運んでトレローニー先生の椅子にほとんどくっつきそうなところに置いた。それから腰を掛け、花模様のバッグからクリップボードを取り出し、さあどうぞと期待顔で授業の始まるのを待った。

トレローニー先生はかすかに震える手でショールを固く体に巻きつけ、拡大鏡のようなレンズを通して生徒たちを見渡した。

「今日は、予兆的な夢のお勉強を続けましょう」

先生は気丈にも、いつもの神秘的な調子を保とうとしていたが、声が微妙に震えている。

「二人ずつ組になってくださいましね。『夢のお告げ』を参考になさって、一番最近ご覧になった夜の夢幻《ゆめまぼろし》を、お互いに解釈なさいな」

トレローニー先生は、いったん自分の椅子にもどるような素振りを見せたが、すぐそばにアンブリッジが座っているのを見てたちまち向きを変え、パーバティとラベンダーのほうに行った。二人は、パーバティの夢について熱心に話し合っていた。

ハリーは、『夢のお告げ』の本を開き、こっそりアンブリッジを窺《うかが》った。もうクリップボードになにか書き留めている。数分後、アンブリッジは立ち上がってトレローニーの後ろにくっついて教室を回り、先生と生徒の会話を聞いたり、あちこちで生徒に質問したりしはじめた。ハリーは急いで本の陰に頭を引っ込めた。

「なにか夢を考えて。早く」ハリーがロンに言った。「あのガマガエルのやつがこっちにくるかもしれないから」

「僕はこの前考えたじゃないか」ロンが抗議した。「君の番だよ。なんか話してよ」

「うーん、えーと……」ハリーは困り果てた。ここ数日、なんにも夢を見た覚えがない。「えーと、僕の見た夢は……スネイプを僕の大鍋《おおなべ》で溺《おぼ》れさせていた。うん、これでいこう……」

ロンが声を上げて笑いながら『夢のお告げ』を開いた。

「オッケー。夢を見た日付けに君の年齢を加えるんだ。それと夢の主題の字数も……『溺れる』かな? それとも『大鍋』か『スネイプ』かな?」

「なんでもいいよ。好きなの選んでくれ」ハリーはちらりと後ろを見ながら言った。トレローニー先生が、ネビルの夢日記について質問する間、アンブリッジ先生がぴったり寄り添ってメモを取っているところだった。

「夢を見た日はいつだって言ったっけ?」ロンが計算に没頭しながら聞いた。

「さあ、昨日かな。君の好きな日でいいよ」

ハリーは、アンブリッジがトレローニー先生になんと言っているか聞き耳を立てた。今度は、ハリーとロンのいるところから、ほんのテーブル一つ隔てたところに二人が立っていた。アンブリッジ先生はクリップボードにまたメモを取り、トレローニー先生は見るからにいらだっている。

「さてと」アンブリッジがトレローニーを見ながら言った。「あなたはこの職に就いてから、正確にどのぐらいになりますか?」

トレローニー先生は、査察《ささつ》などという侮辱からできるだけ身を護ろうとするかのように、腕を組み、肩を丸め、しかめ面でアンブリッジを見た。しばらく黙っていたが、答えを拒否できるほど無礼千万な質問ではないと判断したらしく、先生はいかにも苦々しげに答えた。

「かれこれ十六年ですわ」

「相当な期間ね」アンブリッジ先生はクリップボードにメモを取りながら言った。

「で、ダンブルドア先生があなたを任命なさったのかしら？」

「そうですわ」トレローニー先生は素っ気なく答えた。アンブリッジがまたメモを取った。

「あなたはあの有名な『予見者《よけんしゃ》』カッサンドラ・トレローニーの曾々孫《ひひまご》ですね？」

「ええ」トレローニー先生は少し肩をそびやかした。

クリップボードにまたメモ書き。

「でも――まちがっていたらごめんあそばせ――あなたは、同じ家系で、カッサンドラ以来はじめての『第二の眼《め》』の持ち主だとか？」

「こういうものは、よく隔世しますの――そう――三世代飛ばして」トレローニー先生が言った。

アンブリッジのガマ笑いがますます広がった。

「そうですわね」またメモを取りながら、アンブリッジ先生が甘い声で言った。「さあ、それではわたくしのために、なにか予言してみてくださる？」

にっこり顔のまま、アンブリッジは探るような目をした。

トレローニー先生は、我と我が耳を疑うかのように身を強張《こわば》らせた。

「おっしゃることがわかりませんわ」

先生は発作的に、がりがりにやせた首に巻きつけたショールをつかんだ。

「わたくしのために、予言を一つしていただきたいの」アンブリッジ先生がはっきり言った。

教科書の陰からこっそり様子を窺《うかが》い聞き耳を立てているのは、いまやハリーとロンだけではなかった。ほとんど教室全員の目が、トレローニー先生に釘づけになっている。先生はビーズや腕輪をジャラつかせながら、ぐうっと背筋を伸ばした。

「『内なる眼』は、命令で『予見』したりいたしませんわ！」とんでもない恥辱とばかりの答えだ。

「結構」アンブリッジ先生はまたまたクリップボードにメモを取りながら、静かに言った。

「あたくし——でも——でも……お待ちになって！」突然トレローニー先生が、いつもの霧の彼方のような声を出そうとした。しかし、怒りで声が震え、神秘的な効果がいくらか薄れていた。「あたくし……あたくしにはなにか見えますわ……なにかあなたに関するものが……なんということでしょう。なにか感じますわ……なにか暗いもの……なにか恐ろしい危機が……」

トレローニー先生は震える指でアンブリッジ先生を指したが、アンブリッジは眉《まゆ》をきゅっと吊り上げ、感情のないにっこり笑いを続けている。

「お気の毒に……まあ、あなたは恐ろしい危機に陥っていますわ！」トレローニー先生は芝居がかった言い方で締めくくった。

しばらく間が空き、アンブリッジ先生の眉《まゆ》は吊り上がったままだった。

「そう」アンブリッジはもう一度クリップボードにさらさらと書きつけながら、静かに言った。「まあ、それが精一杯ということでしたら……」

アンブリッジ先生はその場を離れ、あとには胸を波打たせながら、根が生えたように立ち尽くすトレローニー先生だけが残された。ハリーはロンと目を合わせた。そして、ロンがまったく自分と同じことを考えていると思った。トレローニー先生がいかさまだということは二人とも百も承知だが、なにより嫌いなアンブリッジに対しては、トレローニーの肩を持ちたい気分だったのだ――しかしそれも、数秒後にトレローニーが二人に襲いかかるまでのことだった。

「さて？」トレローニーは、いつもとは別人のようにきびきびと、ハリーの目の前で長い指をパチンと鳴らした。「それでは、あなたの夢日記の書き出しを拝見しましょう」

ハリーの夢の数々を、トレローニー先生が声を張り上げて解釈し終えるころには（すべての夢が――単にオートミールを食べた夢まで――ぞっとするような死に方で早死するという予言だったので）、ハリーの同情もかなり薄れていた。その間ずっと、アンブリッジは、一メートルほど離れてクリップボードにメモを取っていた。そして、終業ベルが鳴ると、真っ先に銀の梯子《はしご》を下りていき、十分後に生徒が「闇の魔術に対する防衛術」の教室に着いたときには、すでにそこでみなを待っていた。生徒たちが教室に入ったとき、アンブリッジ先生は鼻歌を歌いながらひとり笑いをしていた。『防衛術の理論』の教科書を取り出しながら、ハリーとロンは、「数占い」の授業に出ていたハーマイオニーに、「占い学」での出来事をしっかり話して聞かせた。しかし、ハーマイオニーがなにか質問する間もなく、アンブリッジ先生が「静粛に」と言い、教室はしんとなった。

「杖《つえ》をしまってね」アンブリッジ先生はにっこりしながらみなに指示した。もしかしたらと期待して杖を出していた生徒は、すごすごと鞄に杖をもどした。「前回の授業で第一章は終わりましたから、今日は十九ページを開いて、『第二章、防衛一般理論と派生理論』を始めましょう。おしゃべりは要りませんよ」

ニターッとひとりよがりに笑ったまま、先生は自分の席に着いた。一斉に十九ページを開きながら、生徒全員がはっきり聞こえるほどのため息をついた。ハリーは今学期中ずっと読み続けるだけの章があるのだろうかとぼんやり考えながら、目次を調べようとした。なんと、ハーマイオニーがまたしても手を挙げている。

アンブリッジ先生も気づいていたが、それだけでなく、そうした事態に備えて戦略を練ってきたようだ。ハーマイオニーに気づかないふりをする代わりに、アンブリッジ先生は立ち上がって前の座席を通り過ぎ、ハーマイオニーの真正面にきて、他の生徒に聞こえないように、体をかがめてささやいた。

「ミス・グレンジャー、今度はなんですか？」

「第二章はもう読んでしまいました」ハーマイオニーが言った。

「さあ、それなら、第三章に進みなさい」

「そこも読みました。この本は全部読んでしまいました」

アンブリッジ先生は目を瞬《しばたた》かせたが、たちまち平静を取りもどした。

「さあ、それでは、スリンクハードが第十五章で逆呪いについてなんと書いているか言えるでしょうね」

「著者は、逆呪いという名前は正確ではないと述べています」ハーマイオニーが即座に答えた。「著者は、逆呪いというのは、自分自身がかけた呪いを受け入れやすくするためにそう呼んでいるだけだと書いています」

アンブリッジ先生の眉《まゆ》が上がった。意に反して、感心してしまったのだとハリーにはわかった。

「でも、私はそう思いません」ハーマイオニーが続けた。

アンブリッジ先生の眉がさらに吊り上がり、目つきがはっきりと冷たくなった。

「そう思わないの?」

「思いません」

ハーマイオニーはアンブリッジとちがって、はっきりと通る声だったので、いまや教室中の注目を集めていた。

「スリンクハード先生は呪いそのものが嫌いなのではありませんか? でも、私は、防衛のために使えば、呪いはとても役に立つ可能性があると思います」

「おーや、あなたはそう思うわけ?」アンブリッジ先生はささやくことも忘れて、体を起こした。

「さて、残念ながらこの授業で大切なのは、ミス・グレンジャー、あなたの意見ではなく、スリンクハード先生のご意見です」

「でも――」ハーマイオニーが反論しかけた。

「もう結構」アンブリッジ先生はそう言うなり教室の前にもどり、生徒のほうを向いて立った。授業の前に見せた上機嫌は吹き飛んでいた。

「ミス・グレンジャー、グリフィンドール寮から五点減点いたしましょう」

とたんに教室中が騒然となった。

「理由は?」ハリーが怒って聞いた。

「かかわっちゃだめ!」ハーマイオニーがあわててハリーにささやいた。

「埒《らち》もないことでわたくしの授業を中断し、乱したからです」アンブリッジ先生がよどみなく言った。「わたくしは魔法省のお墨つきを得た指導要領でみなさんに教えるためにきています。生徒たちに、ほとんどわかりもしないことに関して自分の意見を述べさせることは、要領に入っていません。これまでこの学科を教えた先生方は、みなさんに好き勝手をさせたかもしれませんが、だれ一人として――クィレル先生は例外かもしれません。少なくとも、年齢にふさわしい教材だけを教えようと自己規制していたようですからね――魔法省の査察《ささつ》をパスした先生はいなかったでしょう」

「ああ、クィレルはすばらしい先生でした」ハリーが大声で言った。「ただ、ちょっとだけ欠点があって、ヴォルデモート卿《きょう》が後頭部から飛び出していたけど」

こう言い放ったとたん、底冷えするような完璧な沈黙が訪れた。そして――。

「あなたには、もう一週間罰則《ばっそく》を科したほうがよさそうね、ミスター・ポッター」

アンブリッジが滑らかに言った。

ハリーの手の甲の傷は、まだほとんど癒《い》えていなかった。そして翌朝にはまた出血し出した。夜の罰則の時間中、ハリーは泣き言を言わず、絶対にアンブリッジを満足させるものかと心に決めていた。「私は嘘をついてはいけない」と何度も繰り返して書きながら、一文字ごとに傷が深くなっても一言も声を漏《も》らさなかった。

二週目の罰則で最悪だったのは、ジョージの予測どおり、アンジェリーナの反応だった。火曜日の朝食で、ハリーがグリフィンドールのテーブルに到着するやいなや、アンジェリーナが詰め寄った。あまりの大声に、マクゴナガル先生が教職員テーブルからやってきて、二人に襲いかかった。

「ミス・ジョンソン、大広間でこんな大騒ぎをするとはいったい何事です！　グリフィンドールから五点減点！」

「でも先生――ポッターは性懲《しょうこ》りもなく、また罰則を食らったんです――」

「ポッター、どうしたというのです？」マクゴナガル先生は矛先《ほこさき》を変え、鋭くハリーに迫った。「罰則？　どの先生ですか？」

「アンブリッジ先生です」ハリーはマクゴナガル先生の四角いメガネの奥にぎらりと光る目を避けて、ボソボソッと答えた。

「ということは」マクゴナガル先生はすぐ後ろにいる好奇心満々のレイブンクロー生たちに聞こえないように声を落とした。「先週の月曜に私が警告したのにもかかわらず、またアンブリッジ先生の授業中に癇癪《かんしゃく》を起こしたということですか？」

「はい」ハリーは床に向かってつぶやいた。

「ポッター、自分を抑えないといけません！　とんでもない罰を受けることになりますよ！　グリフィンドールからもう五点減点！」

「でも――えっ――？　先生、そんな！」ハリーは理不尽さに腹が立った。「僕はあの先生に罰則を受けているのに、どうしてマクゴナガル先生まで減点なさるんですか？」

「あなたには罰則がまったく効いていないようだからです！」マクゴナガル先生は問答無用の言い方だ。「いいえ、ポッター、これ以上文句は許しません！　それに、あなた、ミス・ジョンソン、どなり合いは今後、クィディッチ・ピッチだけに止めておきなさい。さもないとチームのキャプテンの座を失うことになります！」

マクゴナガル先生は堂々と教職員テーブルにもどっていった。アンジェリーナはハリーに心底愛想が尽きたという一瞥《いちべつ》をくれてつんけんと歩き去った。ハリーはロンの隣に飛び込むように腰掛け、いきり立った。

「マクゴナガルがグリフィンドールから減点するなんて！　それも、僕の手が毎晩切られるからなんだぜ！　どこが公平なんだ？　どこが？」

「わかるぜ、おい」ロンが気の毒そうに言いながら、ベーコンをハリーの皿に取り分けた。「マクゴナガルはめっちゃくちゃさ」

しかし、ハーマイオニーは「日刊予言者新聞《にっかんよげんしゃしんぶん》」のページをガサゴソさせただけで、なにも言わなかった。

「君はマクゴナガルが正しいと思ってるんだろ？」ハリーは、ハーマイオニーの顔を覆っているコーネリウス・ファッジの写真に向かって怒りをぶつけた。

「あなたのことで減点したのは残念だわ。でも、アンブリッジに対して癇癪《かんしゃく》を起こしちゃいけないって忠告なさったのは正しいと思う」ハーマイオニーの声だけが聞こえた。なにか演説している様子のファッジの写真が、一面記事でさかんに身振り手振りしていた。

ハリーは「呪文学」の授業の間、ハーマイオニーと口をきかなかったが、「変身術」の教室に入ったとたん、臍《へそ》を曲げていたことなど忘れてしまった。アンブリッジとクリップボードが対になって隅に座っている姿が、朝食のときの記憶など、ハリーの頭から吹き飛ばしてしまったようだ。

「いいぞ」みながいつもの席に着くやいなや、ロンがささやいた。「アンブリッジがやっつけられるのを見てやろう」

マクゴナガル先生は、アンブリッジがそこにいることなどまったく意に介さない様子で、すたすたと教室に入ってきた。

「静かに」の一言で、たちまち教室がしんとなった。「ミスター・フィネガン、こちらにきて、宿題をみんなに返してください――ミス・ブラウン、ネズミの箱を取りにきてください――ばかなまねはおよしなさい。噛《か》みついたりしません――一人に一匹ずつ配って――」

「ェヘン、ェヘン」アンブリッジ先生は、今学期の最初の夜にダンブルドアの話を中断したと同じように、ばかばかしい咳ばらいという手段を取った。マクゴナガル先生はそれを無視した。シェーマスが宿題をハリーに返した。ハリーはシェーマスの顔を見ずに受け取り、点数を見てほっとした。なんとか「A」が取れていた。

「さて、それでは、よく聞いてください――ディーン・トーマス、ネズミに二度とそんなことをしたら、罰則《ばっそく》ですよ――カタツムリを『消失』させるのは、ほとんどのみなさんができるようになりましたし、まだ殻《から》の一部が残ったままの生徒も、呪文の要領は呑《の》み込めたようです。今日の授業では――」

「ェヘン、ェヘン」アンブリッジ先生だ。

「なにか？」マクゴナガル先生が顔を向けた。眉《まゆ》と眉がくっついて、長い厳しい一直線を描いていた。

「先生、わたくしのメモが届いているかどうかと思いまして。先生の査察《ささつ》の日時を――」

「当然受け取っております。さもなければ、私の授業になんの用があるのかとおたずねしたはずです」そう言うなり、マクゴナガル先生は、アンブリッジにきっぱりと背を向けた。生徒の多くが歓喜の目を見交わした。「先ほど言いかけていたように、今日はそれよりずっと難しい、ネズミを『消失』させる練習をします。さて、『消失呪文』は……」

「ェヘン、ェヘン」

「いったい」マクゴナガル先生はアンブリッジに向かって冷たい怒りを放った。「そのように中断ばかりなさって、私の通常の教授法がどんなものかおわかりになるのですか？　いいですか。私は通常、自分が話しているときに私語は許しません」

アンブリッジ先生は横面を張られたような顔をして、一言も言わず、クリップボードの上で羊皮紙《ようひし》をまっすぐに伸ばし、猛烈に書き込みはじめた。

そんなことは歯牙《しが》にもかけない様子で、マクゴナガル先生はふたたび生徒たちに向かって話しはじめた。

「先ほど言いかけましたように、『消失呪文』は、『消失』させる動物が複雑なほど難しくなります。カタツムリは無脊椎動物で、それほど大きな課題ではありませんが、ネズミは哺乳類で、ずっと難しくなります。ですから、この課題は、夕食のことを考えながらかけられるような魔法ではありません。さあ――唱え方は知っているはずです。どのぐらいできるか、拝見しましょう……」

「アンブリッジに癇癪《かんしゃく》を起こすななんて、よく僕に説教できるな！」

声をひそめてロンにそう言いながら、ハリーの顔がニヤッと笑っていた――マクゴナガル先生に対する怒りは、きれいさっぱり消えていた。

アンブリッジ先生はトレローニー先生のときとちがい、マクゴナガル先生について生徒たちの間を回るようなことはしなかった。マクゴナガル先生が許さないだろうと悟ったのかもしれない。その代わり、隅に座ったままより多くのメモを取った。最後にマクゴナガル先生が、生徒全員に教材を片づけるように指示したとき、アンブリッジ先生は厳《いか》めしい表情で立ち上がった。

「まあ、差し当たり、こんなでいいか」

ごにょごにょ動く長い尻尾《しっぽ》だけが残ったネズミを摘み上げ、ラベンダーが回収のために持って回っている箱にぽとんと落としながら、ロンが言った。

教室から出ていく生徒の列に加わりながら、ハリーはアンブリッジがマクゴナガル先生の机に近づくのを見てロンを小突《こづ》いた。ロンはハーマイオニーを小突き、三人とも盗み聞きするためにわざと列から遅れた。

「ホグワーツで教えて何年になりますか?」アンブリッジ先生がたずねた。

「この十二月で三十九年です」マクゴナガル先生は鞄をパチンと閉めながらきびきび答えた。

アンブリッジ先生がメモを取った。

「結構です」アンブリッジ先生が言った。「査察《ささつ》の結果は十日後に受け取ることになります」

「待ち切れませんわ」マクゴナガル先生は無関心な口調で冷たく答え、教室のドアに向かって闊歩《かっぽ》した。「早く出なさい、そこの三人」マクゴナガル先生はハリー、ロン、ハーマイオニーを急《せ》かして自分より先に追い出した。ハリーは思わず先生に向かってほほえみかけ、そして先生もたしかに笑い返したと思った。

次にアンブリッジに会うのは夜の罰則《ばっそく》のときだとハリーはそう思ったが、ちがっていた。「魔法生物飼育学」のために森へ向かって芝生を下りていくと、アンブリッジとクリップボードがグラブリー－プランク先生のそばで待ち受けていた。

「いつもはあなたがこのクラスの受け持ちではない。そうですね？」

生徒たちが架台《かだい》のところに到着したとき、ハリーはアンブリッジがそう質問するのを聞いた。架台には、捕獲されたボウトラックルが、まるで生きた小枝のようにガサガサとワラジムシを引っかき回していた。

「そのとおり」グラブリー－プランク先生は両手を後ろ手に背中で組み、踵《かかと》を上げ下げしながら答えた。「わたしゃハグリッド先生の代用教員でね」

ハリーは、ロン、ハーマイオニーと不安げに目配せし合った。マルフォイがクラッブ、ゴイルとなにかささやき合っていた。ハグリッドについてのでっち上げ話を魔法省の役人に吹き込むチャンスだと、手ぐすねを引いているのだろう。

「ふむ」アンブリッジ先生は声を落としたが、ハリーにはまだはっきり声が聞き取れた。

「ところで――校長先生はおかしなことに、この件に関しての情報をなかなかくださらないのですよ――あなたは教えてくださるかしら？　ハグリッド先生が長々と休暇を取っているのは、なにが原因なのでしょう？」

ハリーはマルフォイが待ってましたと顔を上げるのを見た。

「そりゃ、できませんね」グラブリー‐プランク先生がなんのこだわりもなく答えた。「この件は、あなたがご存知のこと以上には知らんです。ダンブルドアからふくろうがきて、数週間教える仕事はどうかって言われて受けた、それだけですわ。さて……それじゃ、始めようかね？」

「どうぞ、そうしてください」アンブリッジ先生はクリップボードになにか走り書きしながら言った。

アンブリッジはこの授業では作戦を変え、生徒の間を歩き回って魔法生物についての質問をした。だいたいの生徒がうまく答え、少なくともハグリッドに恥をかかせるようなことにはならなかったので、ハリーは少し気が晴れた。

ディーン・トーマスに長々と質問したあと、アンブリッジ先生はグラブリー‐プランク先生のそばにもどって聞いた。「全体的に見て、あなたは、臨時の教員として――つまり、客観的な部外者と言えると思いますが――あなたはホグワーツをどう思いますか？　学校の管理職からは十分な支援を得ていると思いますか？」

「ああ、ああ、ダンブルドアはすばらしい」

グラブリー‐プランク先生は心からそう言った。

「そうさね。ここのやり方には満足だ。ほんとに大満足だね」

本当かしらという素振りをちらりと見せながら、アンブリッジはクリップボードに少しだけなにか書いた。「それで、あなたはこのクラスで、今年なにを教える予定ですか――もちろん、ハグリッド先生がもどらなかった、としてですが？」

「ああ、OWL《ふくろう》に出てきそうな生物をざっとね。あんまり残っていないがね――この子たちはもうユニコーンとニフラーを勉強したし。わたしゃ、ポーロックとニーズルをやろうと思ってるがね。それに、ほら、クラップとナールもちゃんとわかるように……」

「まあ、いずれにせよ、あなたは物がわかっているようね」

アンブリッジ先生はクリップボードにはっきり合格とわかる丸印をつけた。〝あなたは〟と強調したのがハリーには気に入らなかったが、ゴイルに向かって聞いた次の質問はますます気に入らなかった。

「さて、このクラスでだれかがけがをしたことがあったと聞きましたが？」

ゴイルはまぬけな笑いを浮かべた。マルフォイが質問に飛びついた。

「それは僕です。ヒッポグリフに切り裂かれました」

「ヒッポグリフ?」アンブリッジ先生の走り書きが今回はあわただしくなった。

「それは、そいつがばかで、ハグリッドが言ったことをちゃんと聞いていなかったからだ」ハリーが怒って言った。

ロンとハーマイオニーがうめいた。アンブリッジ先生が、ゆっくりとハリーのほうに顔を向けた。

「もう一晩罰則《ばっそく》のようね」アンブリッジ先生がゆっくりと言った。「さて、グラブリー‐プランク先生、ありがとうございました。ここはこれで十分です。査察《ささつ》の結果は十日以内に受け取ることになります」

「はい、はい」グラブリー‐プランク先生はそう答え、アンブリッジ先生は芝生を横切って城へと帰っていった。


その夜、ハリーがアンブリッジの部屋を出たのは、真夜中近くだった。手の出血がひどくなり、巻きつけたスカーフを血に染めていた。寮にもどっても談話室にはだれもいないだろうと思っていたが、ロンとハーマイオニーが起きて待っていてくれた。うれしかった。ハーマイオニーが非難がましさを打ち捨てて同情的だったのが、ことさらにうれしかった。

「ほら」ハーマイオニーが心配そうに、黄色い液体の入った小さなボウルをハリーに差し出した。「手をこの中に浸すといいわ。マートラップの触手を裏ごしして酢に漬《つ》けた溶液なの。楽になるはずよ」

ハリーは血が出てずきずきする手をボウルに浸し、すーっと癒《いや》される心地よさを感じた。クルックシャンクスがハリーの両足を回り込み、ゴロゴロと喉《のど》を鳴らし、膝《ひざ》に飛び乗って座り込んだ。

「ありがとう」ハリーは左手でクルックシャンクスの耳の後ろをカリカリ掻《か》きながら、感謝を込めて言った。

「やっぱりこの罰則は苦情を言うべきだと思うけどな」ロンが低い声で言った。

「いやだ」ハリーはきっぱりと言った。

「これを知ったら、マクゴナガルは怒り狂うぜ――」

「ああ、たぶんね」ハリーが言った。「だけど、アンブリッジが次のなんとか令を出して、高等尋問官《じんもんかん》に苦情を申し立てる者はただちにクビにするって言うまで、どれだけの猶予があると思う？」

ロンは言い返そうと口を開いたが、なにも言葉が出てこなかった。ロンは、降参して口を閉じた。

「あの人はひどい女よ」ハーマイオニーが低い声で言った。「とんでもなくひどい人だわ。あのね、あなたが入ってきたときちょうどロンと話してたんだけど……私たち、あの女に対して、なにかしなきゃいけないわ」

「僕は、毒を盛れって言ったんだ」ロンが厳しい顔で言った。

「そうじゃなくて……つまり、アンブリッジが教師として最低だってこと。あの先生からは私たち、防衛なんてなんにも学べやしないってことなの」ハーマイオニーが論理立てた。

「だけど、それについちゃ、僕たちになにができるって言うんだ？」ロンがあくびをしながら言った。「手遅れだろ？　あいつは先生になったんだし、居座るんだ。ファッジがそうさせるに決まってる」

「あのね」ハーマイオニーがためらいがちに言った。「ねえ、私、今日考えていたんだけど……」ハーマイオニーが少し不安げにハリーをちらりと見て、それから思い切って言葉を続けた。「考えていたんだけど――そろそろ潮時じゃないかしら。むしろ――むしろ自分たちでやるのよ」

「自分たちでなにをするんだい？」手をマートラップ触手液《しょくしゅえき》に泳がせたまま、ハリーが怪訝《けげん》そうに聞いた。

「あのね――『闇の魔術に対する防衛術』を自習するのよ」ハーマイオニーが、今度は決然と言い切った。

「いいかげんにしろよ」ロンがうめいた。「この上まだ勉強させるのか？　ハリーも僕も、また宿題がたまってること知らないのかい？　しかも、まだ二週目だぜ」

「でも、これは宿題よりずっと大切よ！」ハーマイオニーが断言した。

ハリーとロンは目を丸くしてハーマイオニーを見た。

「この宇宙に、宿題よりもっと大切なものがあるなんて思わなかったぜ！」ロンが雑《ま》ぜっ返した。

「ばかなこと言わないで。もちろんあるわ」ハーマイオニーが切り返す。いま突然ハーマイオニーの顔は、ＳＰＥＷ《しもべ妖精福祉振興協会》の話をするときにいつも見せる、ほとばしるような情熱で輝いている。ハリーはなんだかまずいぞと思った。

「それはね、自分を鍛えるってことなのよ。ハリーが最初のアンブリッジの授業で言ったように、外の世界で待ち受けているものに対して準備をするのよ。それは、私たちが確実に自己防衛できるようにするということなの。もしこの一年間、私たちがなにも学ばなかったら――」

「僕たちだけじゃ大したことはできないよ」ロンがあきらめ切ったように言った。

「つまり、まあ、図書室に行って呪いを探し出したり、それを試してみたり、練習したりはできるだろうけどさ――」

「たしかにそうね。私も、本からだけ学ぶという段階は通り越してしまったと思うわ」ハーマイオニーが続けた。「私たちに必要なのは、先生よ。ちゃんとした先生。呪文の使い方を教えてくれて、まちがったらなおしてくれる先生」

「君がルーピンのことを言っているんなら……」ハリーが言いかけた。

「ううん、ちがう。ルーピンのことを言ってるんじゃないの」ハーマイオニーは否定した。「ルーピンは騎士団のことで忙しすぎるわ。それに、どっちみちホグズミードに行く週末ぐらいしかルーピンに会えないし、そうなると、とても十分な回数とは言えないわ」

「じゃ、だれなんだ？」ハリーはハーマイオニーに向かってしかめ面をした。

ハーマイオニーは大きなため息を一つついた。

「わからない？」ハーマイオニーの目がきらめいた。「私、あなたのことを言ってるのよ、ハリー」

一瞬、沈黙が流れた。夜のそよ風が、ロンの背後の窓ガラスをカタカタ鳴らし、暖炉の火をちらつかせた。

「僕のなんのことを？」ハリーが聞いた。

「あなたが『闇の魔術に対する防衛術』を教えるって言ってるの」

ハリーはハーマイオニーをじっと見た。それからロンを見た。ハーマイオニーが、たとえばＳＰＥＷのように突拍子もない計画を説明しはじめたときに、呆《あき》れ果ててロンと目を見交わすことがしばしばある。今度もそうだろうと思っていた。ところが、ロンは呆れ顔をしていない。ハリーは度肝《どぎも》を抜かれた。

ロンは顔をしかめていたが、明らかに考えていた。それからロンが口を開いた。

「そいつはいいや」

「なにがいいんだ？」ハリーはわけがわからない。

「君が」ロンが言った。「僕たちにそいつを教えるってことがさ」

「だって……」

ハリーはニヤッとした。二人でハリーをからかっているにちがいない。

「だって、僕は先生じゃないし、そんなこと僕には……」

「ハリー、あなたは『闇の魔術に対する防衛術』で、学年のトップだったわ」

「僕が？」ハリーはますますニヤッとした。「ちがうよ。どんなテストでも僕は君にかなわなかった――」

「実は、そうじゃないの」ハーマイオニーは冷静だ。「三年生のとき、あなたは私に勝ったわ――あの年にはじめてこの科目のことがよくわかった先生に習って、しかもはじめて二人とも同じテストを受けたわ。でも、ハリー、私が言ってるのはテストの結果じゃないの。あなたがこれまでやってきたことを考えて！」

「どういうこと？」

「あのさ、僕、自信がなくなったよ。こんなに血の巡りの悪いやつに教えてもらって大丈夫かな」ロンがにやにやしながらハーマイオニーにそう言うと、ハリーのほうを見た。

「どういうことかなぁ」ロンはゴイルが必死に考えるような表情を作った。「うう……一年生――君は『例のあの人』から『賢者の石』を救った」

「だけど、あれは運がよかったんだ」ハリーが反論に出た。「技とかじゃ――」

「二年生」ロンが途中で遮《さえぎ》った。「君はバジリスクをやっつけて、リドルを滅ぼした」

「うん。でもフォークスが現れなかったら、僕――」

「三年生」ロンが一段と声を張り上げた。「君は百人以上の吸魂鬼を一度に追いはらった――」

「あれは、だって、まぐれだよ。もし『逆転時計』*がなかったら――」

「去年」ロンはいまやさけぶような声になった。「君はまたしても『例のあの人』を撃退して生還した――」

「こっちの言うことを聞けよ！」

今度はロンだけでなくハーマイオニーまでもにやにやしているので、ハリーはほとんど怒ったように言い張った。

＊「ハリー・ポッターとアズカバンの囚人」参照

「黙って聞けよ。いいかい？　そんな言い方をすれば、なんだかすごいことに聞こえるけど、みんな運がよかっただけなんだ――半分ぐらいは、自分がなにをやっているかわからなかった。どれ一つとして計画的にやったわけじゃない。たまたま思いついたことをやっただけだ。それに、ほとんどいつも、なにかに助けられたし――」

ロンもハーマイオニーも相変わらずにやにやしているので、ハリーはまた癇癪《かんしゃく》を起こしそうになった。なぜそんなに腹が立つのか、自分でもよくわからなかった。

「わかったような顔をしてにやにやするのはやめてくれ。その場にいたのは僕なんだ」

ハリーは熱くなった。

「いいか？　なにが起こったかを知ってるのは僕だ。それに、どの場合でも、僕が、『闇の魔術に対する防衛術』がすばらしかったから切り抜けられたんじゃない。なんとか切り抜けたのは――それは、ちょうど必要なときに助けが現れたり、それに、僕の山勘《やまかん》が当たったからなんだ――だけど、全部やみくもに切り抜けたんだ。自分がなにをやったかなんて、これっぽちもわかってなかった――おい、にやにやするのはやめろってば！」

マートラップ液のボウルが床に落ちて割れた。いつの間にかハリーは立ち上がっていたが、いつ立ち上がったか覚えがない。クルックシャンクスはさっとソファーの下に逃げ込み、ロンとハーマイオニーの笑いが吹き飛んだ。

「君たちはわかっちゃいない！　君たちは――どっちもだ――あいつと正面切って対決したことなんかないじゃないか。まるで授業なんかでやるみたいに、ごっそり呪文を覚えて、あいつに向かって投げつければいいなんて考えてるんだろう？　ほんとにその場になったら、自分と死との間に、防いでくれるものなんかなんにもない――自分の頭と、肝っ玉と、そういうものしか――ほんの一瞬しかないんだ。殺されるか、拷問されるか、友達が死ぬのを見せつけられるか、そんな中で、まともに考えられるもんか――授業でそんなことを教えてくれたことはない。そんな状況にどう立ち向かうかなんて――。それなのに、君たちは暢気《のんき》なもんだ。まるで僕がこうして生きているのは賢い子だったからみたいに。ディゴリーはばかだったからしくじったみたいに――。君たちはわかっちゃいない。紙一重で僕が殺《や》られてたかもしれないんだぞ。ヴォルデモートが僕を必要としていなかったら、そうなっていたかもしれないんだ――」

「なあ、おい、僕たちはなにもそんなつもりで」ロンは仰天していた。「なにもディゴリーをコケにするなんて、そんなつもりは――君、思いちがいだよ――」

ロンは助けを求めるようにハーマイオニーを見た。ハーマイオニーは自分の感情の高ぶりに打ちのめされたような顔をしていた。

「ハリー」ハーマイオニーがおずおずと言った。「わからないの？　だから……だからこそ私たちにはあなたが必要なの……私たち、知る必要があるの。ほ、本当はどういうことなのかって……あの人と直面するってことが……ヴォ、ヴォルデモートと」

ハーマイオニーが、ヴォルデモートと名前を口にしたのははじめてだった。そのことが、他のなによりもハリーの気持ちを落ち着かせた。息を荒らげたままではあるが、ハリーはまた椅子に座った。そのときはじめて、ふたたび手がずきずきと疼《うず》いていることに気づいた。マートラップ液のボウルを割らなければよかったと後悔した。

「ねえ……考えてみてね」ハーマイオニーが静かに言った。「いい？」

ハリーはなんと答えていいかわからなかった。爆発してしまったことをすでに恥ずかしく思っていた。ハリーはうなずいたが、いったいなにに同意したのかよくわからなかった。

ハーマイオニーが立ち上がった。

「じゃ、私は寝室に行くわ」できるだけ普通の声で話そうと努力しているのが明らかだった。

「あム……おやすみなさい」

ロンも立ち上がった。

「行こうか？」ロンがぎこちなくハリーを誘った。

「うん……」ハリーが答えた。「すぐ……行くよ。これを片づけて」

ハリーは床に散らばったボウルを指さした。ロンはうなずいて立ち去った。

「レパロ、なおせ」

ハリーは壊れた陶器のかけらに杖《つえ》を向けてつぶやいた。かけらは飛び上がってくっつき合い、新品同様になったが、マートラップ液は覆水盆《ふくすいぼん》に返らずだった。やっと疲れが出て、ハリーはそのまま肘掛《ひじかけ》椅子に埋もれて眠りたいと思った。やっとの思いで立ち上がると、ハリーはロンの通っていった階段を上った。浅い眠りが、またもや何度もあの夢で妨げられた。いくつもの長い廊下と鍵のかかった扉だ。

翌朝目が覚めると、傷痕《きずあと》がまたちくちく痛んでいた。

第16章　ホッグズ・ヘッドで

「闇の魔術に対する防衛術」の実践法をハリーが指導する、という提案をしたあとまるまる二週間、ハーマイオニーは一言もその件には触れなかった。アンブリッジの罰則《ばっそく》がようやく終わり（手の甲に刻みつけられた言葉は、この先も完全には消えないのではないかとハリーは思った）、ロンはさらに四回のクィディッチの練習を、そのうち最後の二回はどなられずにこなし、三人とも「変身術」でネズミを「消失」させることになんとか成功（ハーマイオニーは子猫を「消失」させるところまで進歩）した九月も終ろうとするある荒れ模様の夜、図書室でスネイプの魔法薬の材料を三人して調べているとき、ふたたびその話題が持ち出された。

「どうかしら」ハーマイオニーが突然切り出した。「『闇の魔術に対する防衛術』のこと、ハリー、あれから考えた？」

「そりゃ、考えたさ」ハリーが不機嫌に言った。「忘れられるわけないもの。あの鬼婆《ばば》あが教えてるうちは――」

「私が言ってるのは、ロンと私の考えのことなんだけど――」

ロンが、驚いたような、脅すような目つきでハーマイオニーを見た。ハーマイオニーはロンにしかめ面をした。

「――いいわよ、じゃ、私の考えのことなんだけど――あなたが私たちに教えるっていう」

ハリーはすぐには答えず、『東洋の解毒剤』のページを流し読みしているふりをした。自分の胸にあることを言いたくなかったからだ。

この二週間、ハリーはこのことをずいぶん考えた。ばかげた考えで、できるはずがない。ハーマイオニーが提案した夜もそう思った。しかし、ふとしたときに、闇の生物や「死喰い人」と出くわした場面で使った呪文でハリーにとって一番役に立ったものはなにかと考えている自分に気づいた――つまり、事実、無意識に授業の計画を立てていたのだ。

「まあね」いつまでも『東洋の解毒剤』に興味を持っているふりをすることもできず、ハリーはゆっくり切り出した。

「ああ、僕――僕、少し考えてみたよ」

「それで？」ハーマイオニーが意気込んだ。

「そうだなあ」ハリーは時間稼ぎをしながら、ロンを見た。

「僕は最初から名案だと思ってたよ」ロンが断言した。ハリーがまたどなりはじめる心配はないとわかったので、会話に加わる気が出てきたらしい。

ハリーは椅子に腰掛けたまま、居心地悪そうにもぞもぞした。

「幸運だった部分が多かったって言ったのは、聞いたろう？」

「ええ、ハリー」ハーマイオニーがやさしく言った。「それでも、あなたが『闇の魔術に対する防衛術』に優れていないふりをするのは無意味だわ。だって、優れているんですもの。先学期、あなただけが『服従《ふくじゅう》の呪文』を完全に退《しりぞ》けたし、あなたは『守護霊《しゅごれい》』も創り出せる。一人前の大人の魔法使いにさえできないいろいろなことが、あなたはできるわ。ビクトールがいつも言ってたけど――」

あまり急にハーマイオニーを振り返ったので、ロンは首の筋をちがえたようで、首を揉《も》みながら口を挟んだ。「へえ？　それでビッキーはなんて言った？」

「おや、おや」ハーマイオニーは、相手にしなかった。「彼はね、自分も知らないようなことについても、ハリーはやり方を知ってるって言ったわ。ダームストラングの七年生だった彼がよ」

ロンはハーマイオニーを胡散《うさん》くさそうに見た。

「君、まだあいつと付き合ってるんじゃないだろうな？」

「だったらどうだって言うの？」ハーマイオニーが冷静に言ったが、頬がかすかに染まった。

「私にペンフレンドがいたって別に――」

「あいつは単に君のペンフレンドになりたいわけじゃない」ロンが咎《とが》めるように言った。

ハーマイオニーは呆《あき》れたように頭を振り、自分から目を逸《そ》らさないロンを無視してハリーに話しかけた。

「それで、どうなの？　教えてくれるの？」

「君とロンだけだ。いいね？」

「うーん」ハーマイオニーはまた少し心配そうな顔をした。「ねえ……ハリー、お願いだから、また切れたりしないでね……私、習いたい人はだれにでも教えるべきだと、ほんとにそう思うの。つまり、問題は、ヴォ、ヴォルデモートに対して――あぁ、ロン、そんな情けない顔をしないでよ――私たちが自衛するってことなんだもの。こういうチャンスをほかの人にも与えないのは、公平じゃないわ」

ハリーはちょっと考えてから言った。

「うん。でも、君たち二人以外に僕から習いたいなんて思うやつはいないと思う。僕は頭がおかしいんだ、そうだろ？」

「さあ、あなたの言うことを聞きたいって思う人間がどんなにたくさんいるか、あなた、きっとびっくりするわよ」ハーマイオニーが真剣な顔で言った。

「それじゃ」ハーマイオニーがハリーのほうに体を傾けた。――ロンはまだしかめ面でハーマイオニーを見ていたが、話を聞くために前屈みになって頭を近づけた――

「ほら、十月の最初の週末はホグズミード行きでしょ？　関心のある人は、あの村で集まるってことにして、そこで討論したらどうかしら？」

「どうして学校の外でやらなきゃならないんだ？」ロンが言った。

「それはね――」

ハーマイオニーはやりかけの「噛《か》み噛み白菜」の図の模写にもどりながら言った。

「アンブリッジが私たちの計画を嗅《か》ぎつけたら、あまりうれしくないだろうと思うからよ」

ハリーはホグズミード行きの週末を楽しみにそれまでを過ごしたが、一つだけ気になることがあった。九月の初めに暖炉の火の中に現れて以来、シリウスが石のように沈黙していることだ。こないで欲しいと言ったことが、シリウスを怒らせてしまったのは確かだ――しかし、シリウスが慎重さをかなぐり捨ててきてしまうのではないかと、ときどき心配になった。ホグズミードで、もしかしてドラコ・マルフォイの目の前で、黒い犬がハリーたちに向かって駆けてきたらどうする？

「まあな、シリウスが外に出て動き回りたいっていう気持ちはわかるよ」ロンとハーマイオニーに心配事を相談すると、ロンが言った。「だって、二年以上も逃亡生活だったろ？　そりゃ、笑い事じゃなかっただろうよ。でも少なくとも自由だったじゃないか？　ところがいまは、あのぞっとするようなしもべ妖精と一緒に閉じ込められっぱなしだ」

ハーマイオニーはロンを睨《にら》んだが、クリーチャーを侮辱したことはそれ以上追及しなかった。

「問題は」ハーマイオニーがハリーに言った。「ヴォ、ヴォルデモートが――ロン、そんな顔やめてったら――表に出てくるまでは、シリウスは隠れていなきゃいけないってことなのよ。つまり、ばかな魔法省が、ダンブルドアがシリウスについて語っていたことを真実として受け入れないかぎり、シリウスの無実には気づかないわけよ。あのおばかさんたちが、もう一度本当の『死喰い人』を逮捕しはじめれば、シリウスが『死喰い人』じゃないってことが明らかになるわ……だって、第一、シリウスには『闇の印』がないんだし」

「のこのこ現れるほど、シリウスはばかじゃないと思うよ」ロンが元気づけるように言った。「そんなことしたら、ダンブルドアがカンカンだ。シリウスはダンブルドアの言うことが気に入らなくても、聞き入れるよ」

ハリーがまだ心配そうなので、ハーマイオニーが続けた。

「あのね、ロンと二人で、まともな『闇の魔術に対する防衛術』を学びたいだろうと思われる人に打診して回ったら、興味を持った人が数人いたわ。その人たちに、ホグズミードで会いましょうって、伝えたわ」

「そう」ハリーはまだシリウスのことを考えながら曖昧な返事をした。

「心配しないことよ、ハリー」ハーマイオニーが静かに言った。「シリウスのことがなくったって、あなたはもう手一杯なんだから」

たしかにハーマイオニーの言うとおりだった。宿題はやっとのことでどうにか追いついている始末だ。もっとも、アンブリッジの罰則《ばっそく》で毎晩時間を取られることがなくなった分、前よりはずっとよくなっている。ロンはハリーよりも宿題が遅れていた。ロンには、ハリー同様週二回のクィディッチの練習がある上、監督生《かんとくせい》としての任務があった。ハーマイオニーは二人のどちらよりもたくさんの授業を取っていたのに、宿題を全部すませていたし、しもべ妖精の洋服を編む時間まで作っている。編み物の腕が上がったと、ハリーも認めざるをえなかった。いまではほとんど全部、帽子とソックスとの見分けがつくところまできていた。

ホグズミード行きの日は、明るい、風の強い朝で始まった。朝食のあと、生徒たちは行列してフィルチのチェックを受けた。フィルチは、両親か保護者の許可を受けた生徒の長いリストを持って照らし合わせている。シリウスがいなかったら、村に行くことさえできなかったことを思い出し、ハリーは胸がちくりと痛んだ。

ハリーが前にくると、怪しげな気配を嗅《か》ぎ出そうとするかのようにフィルチがフンフンと鼻の穴をふくらませた。それからこくっとうなずき、その拍子にまた顎《あご》をわなわな震わせはじめた。ハリーはそのまま石段を下り、外に出た。陽射しは明るいが寒い日だった。

「あのさ――フィルチのやつ、どうして君のことフンフンしてたんだ？」

校門に向かう広い馬車道を三人で元気よく歩きながら、ロンが聞いた。

「糞爆弾《くそばくだん》の臭いがするかどうか調べてたんだろう」ハリーはフフッと笑った。「言うの忘れてたけど……」

ハリーはシリウスに手紙を送ったこと、そこにフィルチが飛び込んできて手紙を見せろと迫ったことを話して聞かせた。ハーマイオニーはその話に興味を持ち、というより、ハリー自身よりずっと強い関心を示したのがちょっと驚きだった。

「あなたが糞爆弾を注文したと、だれかが告げ口したって、フィルチがそう言ったの？　でも、いったいだれが？」

「さあ」ハリーは肩をすくめた。「マルフォイかな。おもしろいことになると思ったんだろ」

三人は羽の生えたイノシシが載っている高い石柱の間を通り、村に向かう道を左に折れた。風で髪が乱れ、バラバラと目にかかった。

「マルフォイ？」ハーマイオニーが疑わしそうな顔をした。「うーん……そうかもね……」

それからホグズミードのすぐ外に着くまで、ハーマイオニーはじっとなにかを考え込んでいた。

「ところで、どこに行くんだい？」ハリーが聞いた。「『三本の箒《ほうき》』？」

「あーーううん」ハーマイオニーは我に返って言った。「ちがう。あそこはいつも一杯で、とっても騒がしいし。みんなに、『ホッグズ・ヘッド』に集まるように言ったの。ほら、もう一つのパブ、知ってるでしょ。表通りには面してないし、あそこはちょっと……ほら……胡散《うさん》くさいわ……でも生徒は普通あそこには行かないから、盗み聞きされることもないと思うの」

三人は大通りを歩いて「ゾンコの魔法悪戯《いたずら》専門店」の前を通り――当然そこには、フレッド、ジョージ、リーがいた――郵便局の前を過ぎ――そこからはふくろうが定期的に飛び立っている――そして横道に入った。その道のどん詰まりに小さな旅籠《はたご》が建っている。ドアの上に張り出した錆《さ》びついた腕木に、ボロボロの木の看板が掛かっていた。ちょん切られたイノシシの首が、周囲の白布を血に染める絵が描いてある。看板は風に吹かれてキーキーと音を立てている。三人はドアの前でためらった。

「さあ、行きましょうか」ハーマイオニーは少しおどおどしながら声に出し、ハリーが先頭に立って中に入った。

「三本の箒」とはまるでちがっていた。あそこの広々したバーは、輝くように暖かく清潔な印象だが、「ホッグズ・ヘッド」のバーは、小さくみすぼらしい、ひどく汚い部屋で、ヤギのようなきつい臭いがした。出窓はべっとり煤《すす》けて、陽の光が中までほとんど射し込まない。代わりにざらざらした木のテーブルの上で、ちびた蠟燭《ろうそく》が部屋を照らしている。床は一見、土を踏み固めた土間のように見えたが、歩いてみると、実は何世紀も積もり積もった埃《ほこり》が石床を覆っていることがわかった。

ハリーは、一年生のときにハグリッドがこのパブの話をしたことを思い出した。

「『ホッグズ・ヘッド』なんてとこにゃ、おかしなやつがうようよしてる」

そのパブで、フードをかぶった見知らぬよそ者からドラゴンの卵を賭けで勝ち取ったと、ハグリッドはそう言った。あのときハリーは、会っている間中ずっと顔を隠しているようなよそ者を、ハグリッドがなぜ怪しまなかったのかと不思議に思っていたが、ホッグズ・ヘッドでは顔を隠すのが流行《はや》りらしいとはじめてわかった。バーには、首から上全部を汚らしい灰色の包帯でぐるぐる巻きにしている男がいた。それでも、口を覆った包帯の隙間から、なにやら火のように煙を上げる液体を立て続けに飲んでいる。窓際のテーブルの一つには、すっぽりフードをかぶった一組が座っていた。強いヨークシャー訛《なま》りで話していなかったら、ハリーはこの二人が〝吸魂鬼〟だと思っただろう。暖炉脇の薄暗い一角には、爪先まで分厚い黒いベールに身を包んだ魔女がいる。ベールが少し突き出ているので、かろうじて魔女の鼻先だけが見えた。

「ほんとにここでよかったのかなぁ、ハーマイオニー」

カウンターに向かいながら、ハリーがつぶやいた。ハリーはとくに分厚いベールの魔女を見ていた。

「もしかしたら、あのベールの下はアンブリッジかもしれないって、そんな気がしないか？」

ハーマイオニーはベール姿を探るように見た。

「アンブリッジはもっと背が低いわ」ハーマイオニーが落ち着いて言った。「それにハリー、たとえアンブリッジがここにきても、私たちを止めることはできないわよ。私、校則を二回も三回も調べたけど、ここは立ち入り禁止じゃないわ。生徒がホッグズ・ヘッドに入ってもいいかどうかって、フリットウィック先生にもわざわざ確かめたの。そしたら、いいっておっしゃったわ。ただし、自分のコップを持参しなさいって強く忠告されたけど。それに、勉強の会とか宿題の会とか、考えられるかぎりすべて調べたけど、全部まちがいなく許可されているわ。だからといって、私たちがやっていることを派手に見せびらかすのは、あまりいいとは思わないけど」

「そりゃそうだろ」ハリーはさらりと言った。「とくに、君が計画してるのは、宿題の会なんてものじゃないからね」

バーテンが裏の部屋から出てきて、三人にじわりと近づいてきた。長い白髪に顎《あご》ひげをぼうぼうと伸ばした不機嫌な顔の爺《じい》さんだった。やせて背が高く、ハリーはなんとなく見覚えがあるような気がした。

「注文は？」爺さんがうなるように聞いた。

「バタービール三本お願い」ハーマイオニーが言った。

爺さんはカウンターの下に手を入れ、埃《ほこり》をかぶった汚らしい瓶《びん》を三本引っ張り出し、カウンターにドンと置いた。

「六シックルだ」

「僕が払う」ハリーが銀貨を渡しながら、急いで言った。

バーテンはハリーを眺め回し、ほんの一瞬傷痕《きずあと》に目を止めた。それから目を背け、ハリーの銀貨を古くさい木製のレジの上に置いた。木箱の引き出しが自動的に開いて銀貨を受け入れた。

ハリー、ロン、ハーマイオニーはバー・カウンターから一番離れたテーブルに引っ込み、腰掛けてあたりを見回した。汚れた灰色の包帯男は、カウンターを拳《こぶし》でコツコツたたき、バーテンからまた煙を上げた飲み物を受け取った。

「あのさあ」カウンターのほうをうずうずと見ながらロンがつぶやいた。「ここならなんでも好きなものを注文できるぞ。あの爺さん、なんでもおかまいなしに売ってくれるぜ。ファイア・ウィスキーって、僕、一度試してみたかったんだ――」

「あなたは、監《かん》――督《とく》――生《せい》です」ハーマイオニーがうなった。

「あ」ロンの顔から笑いが消えた。「そうかあ……」

「それで、だれが僕たちに会いにくるって言ったっけ？」ハリーはバタービールの錆《さ》びついたふたをねじってこじ開け、ぐいっと飲みながら聞いた。

「ほんの数人よ」ハーマイオニーは時計を確かめ、心配そうにドアのほうを見ながら、前と同じ答えを繰り返した。

「みんなに、だいたいこの時間にここにくるように言っておいたんだけど。場所は知ってるはずだわ――あっ、ほら、いまきたかもよ」

パブのドアが開いた。一瞬、埃《ほこり》っぽい陽の光が太い帯状に射し込み、部屋を二つに分断したが、次の瞬間、光の帯は、どやどやと入ってきた人影で遮《さえぎ》られて消えた。

先頭にネビル、続いてディーンとラベンダー。そのすぐ後ろにパーバティとパドマのパチル姉妹、そしてチョウが（ハリーの胃袋がでんぐり返った）いつもくすくす笑っている女子生徒仲間の一人を連れて入ってきた。それから、（たった一人で、夢でも見ているような顔で、もしかしたら偶然迷い込んだのではないかと思わせる）ルーナ・ラブグッド。そのあとは、ケイティ・ベル、アリシア・スピネット、アンジェリーナ・ジョンソン、コリンとデニスのクリービー兄弟、アーニー・マクミラン、ジャスティン・フィンチ‐フレッチリー、ハンナ・アボット。それからハリーが名前を知らないハッフルパフの女子生徒で、長い三つ編みを一本背中に垂らした子。レイブンクローの男子生徒が三人、名前はたしか、アンソニー・ゴールドスタイン、マイケル・コーナー、テリー・ブートだ。次はジニーと、そのすぐあとから鼻先がちょんと上向いたひょろひょろ背の高いブロンドの男の子。ハリーは、はっきりとは憶《おぼ》えていないが、ハッフルパフのクィディッチ・チームの選手だったと思う。しんがりはジョージとフレッド・ウィーズリーの双子で、仲良しのリー・ジョーダンと一緒に、三人ともゾンコでの買い物をぎゅう詰めにした紙袋を持って入ってきた。

「数人？」ハリーはかすれた声でハーマイオニーに問いかけた。「数人だって？」

「ええ、そうね、この考えはとっても受けたみたい」ハーマイオニーはうれしそうだ。「ロン、もう少し椅子を持ってきてくれない？」

バーテンは一度も洗ったことがないような汚らしいボロ布でコップを拭《ふ》きながら、固まって動かなくなっていた。このパブがこんなに満員になるのを見たのははじめてなのだろう。

「やあ」フレッドが最初にバー・カウンターに行き、集まった人数をすばやく数えながら注文した。「じゃあ……バタービールを二十五本頼むよ」

バーテンはぎろりとフレッドをひと睨《にら》みすると、まるで大切な仕事を中断されたかのように、いらだたしげにボロ布を放り出し、カウンターの下から埃《ほこり》だらけのバタービールを出しはじめた。

「乾杯だ」フレッドはみなに配りながら言った。「みんな、金出せよ。これ全部を払う金貨は持ち合わせちゃいないからな」

ペチャクチャとにぎやかな大集団がフレッドからビールを受け取り、ローブをごそごそさせて小銭を探すのを、ハリーはぼうっと眺めていた。いったいみな、なんのためにやってきたのかハリーには見当もつかなかったが、ふと演説を期待しているのではないかという恐ろしい考えにたどりつき、ハーマイオニーを振り返った。

「君はいったい、みんなになんて言ったんだ？」ハリーは低い声で聞いた。「みんな、なにを期待してるんだ？」

「言ったでしょ。みんな、あなたが言おうと思うことを聞きにきたのよ」ハーマイオニーがなだめるように言った。それでもハリーが怒ったように見つめているので、ハーマイオニーが急いでつけ加えた。「あなたはまだなにもしなくていいわ。まず私がみんなに話すから」

「やあ、ハリー」ネビルがハリーの向かい側に座ってにっこりした。

ハリーは笑い返す努力はしたが、言葉は出てこなかった。口の中が異常に乾いている。ちょうどチョウもハリーに笑いかけ、ロンの右側に腰を下ろすところだった。チョウの友達の赤みがかったブロンド巻き毛の女生徒は、にこりともせず、いかにも信用していないという目でハリーを見ている。本当はこんなところにはきたくなかったのだと、その目がはっきり語っていた。

新しく到着した生徒がハリー、ロン、ハーマイオニーのまわりに集まり、それぞれ空いている席に着いた。興奮気味の目あり、興味津々の目あり、ルーナ・ラブグッドは夢見るように宙を見つめている。みなに椅子が行き渡ると、話し声が次第に少なくなった。みなの目がハリーに集まった。

「えー」ハーマイオニーは緊張で、いつもより声が少し上ずっていた。「それでは、――えー――こんにちは」

みな、今度はハーマイオニーに注意を集中したが、目はときどきハリーのほうに走らせていた。

「さて……えーと……じゃあ、みなさん、なぜここに集まったか、わかっているでしょう。えーと……じゃあ、ここにいるハリーの考えでは――つまり（ハリーがハーマイオニーをきつい目で見た)、私の考えでは――いい考えだと思うんだけど、『闇の魔術に対する防衛術』を学びたい人が――つまり、アンブリッジが教えてるようなずじゃなくて、本物を勉強したい人という意味だけど――」(ハーマイオニーの声が急に自信に満ち、力強くなった)。「――なぜなら、あの授業はだれが見ても『闇の魔術に対する防衛術』とは言えません――」(そうだ、そうだ、とアンソニー・ゴールドスタインが合いの手を入れ、ハーマイオニーは気をよくしたようだった)。「――それで、いい考えだと思うのですが、私は、ええと、この件は自分たちで自主的にやってはどうかと考えました」

ハーマイオニーはひと息ついて、ハリーを横目で見てから言葉を続けた。

「そして、つまりそれは、適切な自己防衛を学ぶということであり、単なる理論ではなく、実践的な呪文を――」

「だけど、君は、『闇の魔術に対する防衛術』のOWL《ふくろう》もパスしたいんだろ？」マイケル・コーナーが横槍を入れた。

「もちろんよ」ハーマイオニーがすかさず答えた。「だけど、それ以上に、私はきちんと身を護る訓練を受けたいの。なぜなら……なぜなら……」

ハーマイオニーは大きく息を吸い込んで最後の言葉を言った。

「なぜならヴォルデモート卿《きょう》がもどってきたからです」

たちまち予想どおりの反応があった。チョウの友達は金切り声を上げ、バタービールをこぼして自分の服にひっかけた。テリー・ブートは思わずびくりと痙攣《けいれん》し、パドマ・パチルは身を震わせ、ネビルはヒエッと奇声を発しかけたが咳《せき》をしてなんとかごまかした。しかし、全員がますますらんらんとした目でハリーを見つめた。

「じゃ……とにかく、そういう計画です」ハーマイオニーが言った。「みなさんが一緒にやりたければ、どうやってやるかを決めなければなりません――」

「『例のあの人』がもどってきたっていう証拠がどこにあるんだ？」ブロンドのハッフルパフの選手が、食ってかかるような声で言った。

「まず、ダンブルドアがそう信じていますし――」ハーマイオニーが言いかけた。

「ダンブルドアがその人を信じてるって意味だろ」ブロンドの男子生徒がハリーのほうに顎《あご》をしゃくった。

「君、いったいだれ？」ロンが少しぶっきらぼうに聞いた。

「ザカリアス・スミス」男子生徒が答えた。「それに僕たちは、その人がなぜ『例のあの人』がもどってきたなんて言うのか、正確に知る権利があると思うな」

「ちょっと待って」ハーマイオニーがすばやく割って入った。「この会合の目的は、そういうことじゃないはずよ――」

「かまわないよ、ハーマイオニー」ハリーが口を開いた。

なぜこんなに多くの生徒が集まったのか、ハリーはいまわかった。ハーマイオニーはこういう成り行きを予想すべきだったのだ。このうちの何人かは――もしかしたらほとんど全員が――ハリーから直に話が聞けると期待してやってきたのだ。

「僕がなぜ『例のあの人』がもどってきたと言うのかって？」ハリーはザカリアスを正面切って見つめながら言った。「僕はやつを見たんだ。だけど、先学期ダンブルドアがなにが起きたのかを全校生に話したはずだ。だから、君がそのときダンブルドアを信じなかったのなら、僕のことも信じないだろう。僕はだれかを信用させるために、午後一杯をむだにするつもりはない」

ハリーが話す間、全員が息を殺して聞いているようだ。ハリーは、バーテンまでも聞き耳を立てているような気がした。バーテンはあの汚いボロ布で、同じコップを拭《ふ》き続け、汚れをますますひどくしていた。

ザカリアスがそれでは納得できないとばかり言った。

「ダンブルドアが先学期話したのは、セドリック・ディゴリーが『例のあの人』に殺されたことと、君がホグワーツまでディゴリーの亡骸《なきがら》を運んできたことだ。詳しいことは話さなかった。ディゴリーがどんなふうに殺されたのかは話してくれなかった。僕たち、みんなそれが知りたいんだと思うな――」

「ヴォルデモートがどんなふうに人を殺すのかをはっきり聞きたいからここにきた

のなら、生憎《あいにく》だったな」ハリーの癇癪《かんしゃく》はこのごろいつも爆発寸前だったが、いまも次第に沸騰《ふっとう》してきた。ハリーはザカリアス・スミスの挑戦的な顔から目を離さず、チョウを見ることも絶対にすまいと心に決めていた。「僕は、セドリック・ディゴリーのことを話したくない。わかったか！　だから、もしみんながそのためにここにきたなら、すぐ出ていったほうがいい」

ハリーはハーマイオニーのほうに怒りのまなざしを向けた。ハーマイオニーのせいだ。ハーマイオニーがハリーを見世物にしようとしたんだ。当然、みな、ハリーの話がどんなにとんでもないものか聞いてやろうときたにちがいない。

しかし、席を立つ者はいなかった。ザカリアス・スミスでさえ、ハリーをじっと見つめたままだった。

「それじゃ」ハーマイオニーの声がまた上ずった。「それじゃ……さっきも言ったように……みんなが防衛術を習いたいのなら、やり方を決める必要があるわ。会合の頻度とか場所とか――」

「ほんとなの？」長い三つ編みを一本背中に垂らした女子生徒が、ハリーを見ながら口を挟んだ。「守護霊《しゅごれい》を創り出せるって、ほんと？」

集まった生徒が関心を示してざわめいた。

「うん」ハリーは少し身構えるように言った。

その言葉でハリーの記憶が蘇《よみがえ》った。

「あ――君、マダム・ボーンズを知ってるのかい？」ハリーが聞いた。

女子生徒がにっこりした。

「私のおばよ」その生徒が答えた。「私、スーザン・ボーンズ。おばがあなたの尋問《じんもん》のことを話してくれたわ。それで――ほんとにほんとなの？　牡鹿《おじか》の守護霊を創るって？」

「ああ」ハリーが答えた。

「すげえぞ、ハリー！」リーが心底感心したように言った。「全然知らなかった！」

「お袋がロンに、吹聴《ふいちょう》するなって言ったのさ」

フレッドがハリーに向かってにやりとした。

「ただでさえ君は注意を引きすぎるからってな」

「それ、まちがっちゃいないよ」ハリーが口ごもり、何人かが笑った。

ぽつんと座っていたベールの魔女が、座ったままほんの少し体をもぞもぞさせた。

「それに、君はダンブルドアの校長室にある剣《つるぎ》でバジリスクを殺したのかい？」テリー・ブートが聞いた。「先学期あの部屋に行ったとき、壁の肖像画の一つが僕にそう言ったんだ……」

「有体《ゆうたい》の守護霊《しゅごれい》を？」

「あ――まあ、そうだ、うん」ハリーが言った。ジャスティン・フィンチ‐フレッチリーがヒューッと口笛を吹く。クリービー兄弟は尊敬で打ちのめされたように目を見交わし、ラベンダー・ブラウンは「うわぁ！」と小さくさけんだ。ハリーは少し首筋が熱くなるのを感じ、絶対にチョウを見ないように目を逸《そ》らした。

「それに、一年のとき」ネビルがみなに向かって言った。「ハリーは『言者《げんしゃ》の石』を救ったよ――」

「『賢者《けんじゃ》の』」ハーマイオニーが急いでひそひそ言った。

「そう、それ――『例のあの人』からだよ」ネビルが言い終えた。

ハンナ・アボットの両眼が、ガリオン金貨くらいにまん丸になった。

「それに、まだあるわ」チョウが言った（ハリーの目がはじかれたようにチョウに引きつけられた。チョウがハリーを見てほほえんでいる。ハリーの胃袋がまたもんどり打った）。「先学期、三校対抗試合で、ハリーがどんなにいろいろな課題をやり遂げたか――ドラゴンや水中人、大蜘蛛《ぐも》なんかをいろいろ切り抜けて……」

テーブルのまわりで、そうだそうだとみな、感心してざわめいた。ハリーは内臓がじたばたしていた。あまり得意げな顔に見えないように取り繕《つくろ》うのがひと苦労だ。チョウが褒《ほ》めてくれたことで、みなに絶対に言おうと心に決めていたことが、言い出しにくなってしまった。

「聞いてくれ」ハリーが言うと、みなたちまち静かになった。「僕……僕、なにも謙《けん》遜《そん》するとか、そういうわけじゃないんだけど……僕はずいぶん助けてもらって、そういういろんなことができたんだ……」

「ドラゴンのときはちがう。助けなんかなかった」マイケル・コーナーがすぐに言った。「あれはほんと、かっこいい飛行だった……」

「うん、まあね――」ハリーは、ここで否定するのはかえって野暮《やぼ》だと思った。

「それに、夏休みに『吸魂鬼』を撃退したときも、だれもあなたを助けやしなかったわ」スーザン・ボーンズが言い足した。

「ああ」ハリーが言った。「そりゃ、まあね、助けなしでやったことも少しはあるさ。でも、僕が言いたいのは――」

「君、のらりくらり言って、そういう技を僕たちに見せてくれないつもりかい？」ザカリアス・スミスは不満げだ。

「いいこと教えてやろう」ハリーがなにも言わないうちに、ロンが大声で言った。「減らず口をたたくな」

〝のらりくらり〟と言われてカチンときたのかもしれない。ロンは、ぶちのめしてやりたいとばかりにザカリアスを睨《にら》みつけていた。ザカリアスが赤くなった。

「だって、僕たちはポッターに教えてもらうために集まったんだ。なのに、ポッターは、本当はそんなことなんにもできないって言ってる」

「そんなこと言ってやしない」フレッドがうなった。

「耳の穴、かっぽじってやろうか？」ジョージがゾンコの袋から、なにやら長くて危険そうな金属の道具を取り出しながら吠えた。

「耳以外のどこでもいいぜ。こいつは別に、どこに突き刺したってかまわないんだ」フレッドが追討《おいうち》ちをかけた。

「さあ、じゃあ」ハーマイオニーがあわてて口を挟んだ。「先に進めましょう……要するに、ハリーから習いたいということで、みんな賛成したのね？」

ガヤガヤと同意を示す声が上がった。ザカリアスは腕組みをしたまま、なにも言わなかった。ジョージの持つ道具に気をとられていたせいかもしれない。

「いいわ」やっと一つ決定したので、ハーマイオニーはほっとした顔をした。「それじゃ、次は、何回集まるかだわね。少なくとも週に一回は集まらなきゃ意味がないと思います」

「待って」アンジェリーナが遮《さえぎ》った。「私たちのクィディッチの練習とかち合わないようにしなくちゃ」

「もちろんよ」チョウも言った。「私たちの練習ともよ」

「僕たちのもだ」とザカリアス・スミス。

「どこか、みんなに都合のよい夜が必ず見つかると思うわ」ハーマイオニーが少しいらつきながら応じた。「だけど、いい？　これはかなり大切なことなのよ。ヴォ、ヴォルデモートの『死喰い人』から身を護ることを学ぶんですからね――」

「そのとおり！」アーニー・マクミランが大声を出した。アーニーはもっとずっと前に発言があって当然だったのに、とハリーは思った。「個人的には、これはとても大切なことだと思う。今年僕たちがやることの中では一番大切かもしれない。たとえOWL《ふくろう》テストが控えていてもだ！」

アーニーはもったいぶってみなを見渡した。まるで、「それはちがうぞ！」と声がかかるのを待っているかのようだ。だれもなにも言わないので、アーニーは話を続けた。「個人的には、なぜ魔法省が、あんな役にも立たない先生を我々に押しつけたのか、理解に苦しむ。魔法省が、『例のあの人』の復活を認めたくないために否定しているのは明らかだ。しかし、我々が防衛呪文を使うことを積極的に禁じようとする先生をよこすとは――」

「アンブリッジが私たちに『闇の魔術に対する防衛術』の訓練を受けさせたくない理由は――」ハーマイオニーが言った。「それは、アンブリッジがなにか……なにか変な考えを持ってるからよ。ダンブルドアが私設軍隊のようなものに生徒を使おうとしてるとか。アンブリッジは、ダンブルドアが私たちを動員して、魔法省に盾突《たてつ》くと考えているわ」

この言葉に、ほとんど全員が愕然《がくぜん》としたが、ルーナ・ラブグッドだけは声を張り上げた。

「でも、それ、辻褄《つじつま》が合うよ。だって、結局コーネリウス・ファッジだって私設軍団を持ってるもン」

「え？」寝耳に水の情報に、ハリーは完全に狼狽した。

「うん、『ヘリオパス』の軍隊を持ってるよ」ルーナが重々しく言った。

「まさか、持ってるはずないわ」ハーマイオニーが斬り捨てる。

「持ってるもン」ルーナも負けない。

「『ヘリオパス』ってなんなの？」ネビルがきょとんとした。

「火の精よ」ルーナが飛び出した目を見開くと、ますますまともでない顔になった。「大きな炎を上げる背の高い生き物で、地を疾走し、行く手にあるものをすべて焼き尽くし――」

「そんなものは存在しないのよ、ネビル」ハーマイオニーはにべもない。

「あら、いるよ。いるもン！」ルーナがむきになって言い張る。

「すみませんが、いるという証拠があるの？」ハーマイオニーが言い放った。

「目撃者の話がたくさんあるよ。ただあんたは頭が固いから、なんでも目の前に突きつけられないとだめなだけ――」

「ェヘン、ェヘン」

ジニーの声色がアンブリッジにそっくりだったので、何人かがはっとして振り向き、笑った。

「防衛の練習に何回集まるか、決めるところじゃなかったの？」

「そうよ」ハーマイオニーがすぐに答えた。「ええ、そうだった。ジニーの言うとおりだわ」

「そうだな、一週間に一回ってのがグーだ」リー・ジョーダンが賛成した。

「ただし――」アンジェリーナが言いかけた。

「ええ、ええ、クィディッチのことはわかってるわよ」ハーマイオニーがぴりぴりしながら進めた。「それじゃ、次に、どこで集まるかを決めないと……」

このほうがむしろ難題で、みな黙り込んだ。

「図書室は？」しばらくしてケイティ・ベルが提案した。

「僕たちが図書室で呪いなんかかけてたら、マダム・ピンスがあんまり喜ばないんじゃないかな」ハリーが指摘した。

「使ってない教室はどうだ？」とディーン。

「うん」ロンが乗った。「マクゴナガルが自分の教室を使わせてくれるかもな。ハリーが三校対抗試合の練習をしたときにそうした」

しかし、マクゴナガルが今回はそんなに物わかりがよいわけがないと、ハリーには思えた。ハーマイオニーが勉強会や宿題会は問題ないと言っていたが、この集まりはそれよりずっと反抗的なものとみなされるだろう。

「いいわ、じゃ、どこか探すようにします」ハーマイオニーが結論づけた。「最初の集まりの日時と場所が決まったら、みんなに伝言を回すわ」

ハーマイオニーは鞄を探って羊皮紙《ようひし》と羽根ペンを取り出し、それからちょっとためらった。なにかを言おうとして、意を決しているかのようだった。

「私――私、考えたんだけど、ここに全員名前を書いて欲しいの、だれがきたかわかるように。それと」ハーマイオニーは大きく息を吸い込んだ。「私たちのしていることを言いふらさないと、全員が約束するべきだわ。名前を書けば、私たちの考えていることを、アンブリッジにもだれにも知らせないと約束したことになります」

フレッドが羊皮紙に手を伸ばし、嬉々として名前を書いた。しかし、何人かは、リストに名前を連ねることにあまり乗り気でないことに、ハリーは気づいた。

「えーと……」ジョージが渡そうとした羊皮紙を受け取らずに、ザカリアスがのらりくらりとしていた。「まあ……アーニーがきっと、いつ集まるかを僕に教えてくれるから」

しかし、アーニーも名前を書くことをかなりためらっている様子だ。ハーマイオニーはアーニーに向かって眉《まゆ》を吊り上げた。

「僕は――あの、僕たち、監督生《かんとくせい》だ」アーニーが苦しまぎれに言った。「だから、もしこのリストがばれたら……つまり、ほら……君も言ってたけど、もしアンブリッジに見つかったら――」

「このグループは、今年僕たちがやることの中で一番大切だって、君、さっき言ったろう」

ハリーが念を押した。

「僕――うん」アーニーが言った。「ああ、僕はそう信じてる。ただ――」

「アーニー、私がこのリストをそのへんに置きっぱなしにするとでも思ってるの？」

ハーマイオニーがいらだった。

「いや、ちがう。もちろん、ちがうさ」アーニーは少し安心したようだった。「僕――うん、もちろん名前を書くよ」

アーニーのあとはだれも異議を唱えなかった。ただ、チョウの友達が、名前を書くとき、少し恨みがましい顔をチョウに向けたのを、ハリーは見逃さなかった。最後の一人が――ザカリアスだった――署名すると、ハーマイオニーは羊皮紙《ようひし》を回収し、慎重に自分の鞄に入れた。グループ全体に奇妙な感覚が流れた。まるで、一種の盟約を結んだかのようだった。

「さあ、こうしちゃいられない」フレッドが威勢よくそう言うと立ち上がった。「ジョージやリーと一緒に、ちょっとわけありの買い物をしないといけないんでね。またあとでな」

他の全員も三三五五《さんさんごご》立ち去った。チョウは出ていく前に、鞄の留め金をかけるのにやたらと手間取っていた。長い黒髪が顔を覆うようにかかり、ゆらゆら揺れた。しかし、チョウの友達が腕組みをしてそばに立ち、舌を鳴らしたので、チョウは友達と一緒に出ていくしかなかった。友達に急かされてドアを出るとき、チョウは振り返ってハリーに手を振った。

「まあ、なかなかうまくいったわね」

数分後、ハリー、ロンと一緒に「ホッグズ・ヘッド」を出て、まばゆい陽の光の中にもどると、ハーマイオニーが満足げに言った。ハリーとロンは、まだバタービールの瓶《びん》を手にしていた。

「あのザカリアスの野郎、癪《しゃく》なやつだ」遠くに小さく姿が見えるザカリアス・スミスの背中を睨《にら》みつけながら、ロンが言った。

「私もあの人はあんまり好きじゃない」ハーマイオニーが言った。「だけど、あの人、私がハッフルパフのテーブルでアーニーとハンナに話をしているのをたまたまそばで聞いていて、とってもきたそうにしたの。だから、しょうがないでしょ？　だけど、正直、人数が多いに越したことはないわ——たとえば、マイケル・コーナーとか、その友達なんかは、マイケルがジニーと付き合っていなかったらこなかったでしょうしね——」

バタービールの最後の一口を飲み干すところだったロンは、咽《む》せてローブの胸にビールをブーッと吹いた。

「あいつが、なんだって？」ロンはカンカンになってわめき散らした。両耳がまるでカールした生の牛肉のようだった。「ジニーが付き合ってるって——妹がデートしてるって——なんだって？　マイケル・コーナーと？」

「あら、だからマイケルも友達と一緒にきたのよ。きっと——まあ、あの人たちが防衛術を学びたがっているのももちろんだけど、でもジニーがマイケルに事情を話さなかったら——」

「いつからなんだ——ジニーはいつから——？」

「クリスマス・ダンスパーティで出会って、先学期の終わりごろに付き合いはじめたみたいよ」ハーマイオニーは落ち着きはらって言った。三人はハイストリート通りに出ていた。ハーマイオニーは「スクリベンシャフト羽根ペン専門店」の前で立ち止まった。ショーウィンドウに、雉《きじ》羽根のペンがスマートに並べられていた。「んー……私、新しい羽根ペンが必要かも」

ハーマイオニーが店に入り、ハリーとロンもあとに続いた。

「マイケル・コーナーって、どっちのやつだった？」ロンが怒り狂って問い詰めた。

「髪の黒いほうよ」ハーマイオニーが言う。

「気に食わないほうのやつだ」間髪《かんはつ》を入れずにロン。

「あら、驚いたわ」ハーマイオニーが低い声で言った。

「だけど」ロンは、ハーマイオニーが銅の壺《つぼ》に入った羽根ペンを眺めて回るあとから、くっついて回った。「ジニーはハリーが好きだと思ってた！」

ハーマイオニーは哀れむような目でロンを見て、首を振った。

「ジニーはハリーが好きだったわ。だけど、もうずいぶん前にあきらめたの。ハリー、あなたのこと好きじゃないってわけではないのよ、もちろん」

ハーマイオニーは、黒と金色の長い羽根ペンを品定めしながら、ハリーに気遣うようにつけ加えた。

ハリーはチョウが別れ際に手を振ったことで頭が一杯だったので、この話題には怒りで身を震わせているロンほど関心がなかった。しかし、それまでは気づかなかったことに、突然気づいた。

「ジニーは、だから僕に話しかけるようになったんだね？」ハリーがハーマイオニーに聞いた。「ジニーは、これまで僕の前では口をきかなかったんだ」

「そうよ」ハーマイオニーがうなずく。「うん、私、これを買おうっと……」ハーマイオニーはカウンターで十五シックルと二クヌートを支払った。ロンはまだしつこくハーマイオニーの後ろにくっついている。

「ロン」

振り返った拍子にすぐ後ろにいたロンの足を踏んづけながら、ハーマイオニーが厳しい声で言った。

「これだからジニーは、マイケルと付き合ってることを、あなたに言わなかったのよ。あなたが気を悪くするって、ジニーにはわかってたの。お願いだからくどくどとお説教するんじゃないわよ」

「どういう意味だい？　だれが気を悪くするって？　僕、なにもくどくどなんか……」ロンは通りを歩いている間中、低い声でぶつくさ言い続けた。

ロンがマイケル・コーナーをブツブツ呪っている間、ハーマイオニーはハリーに向かって、しょうがないわねという目つきをし、低い声で言った。

「マイケルとジニーと言えば……あなたとチョウはどうなの？」

「なにが？」ハリーがあわてて言った。

まるで煮《に》えたった湯が急に胸に突き上げてくるようだった。寒さの中で顔がじんじん火照った――そんなに見え見えだったのだろうか？

「だって」ハーマイオニーがほほえんだ。「チョウったら、あなたのこと見つめっぱなしだったじゃない？」

ホグズミードの村がこんなに美しいとは、ハリーはいままで一度も気づかなかった。

第17章　教育令第二十四号

残りの週末をハリーは、今学期になってはじめてと言えるほど幸せな気分で過ごした。ハリーとロンは二人とも、日曜のほとんどをまたしてもたまった宿題を片づけるのに費やした。それ自体はとても楽しいとは言えなかったが、秋の名残《なごり》の陽射しがさんさんと降り注ぐ中、談話室のテーブルに背中を丸めて張りついているよりはと、宿題を手に湖のほとりの大きなぶなの木陰でくつろぐことにした。言うまでもなく宿題を全部すませているハーマイオニーは毛糸を持ち出し、編み棒に魔法をかけて空中に浮かべ、自分の横でキラリ、カチカチとまたまた帽子や襟巻きを編ませていた。

アンブリッジと魔法省とに抵抗する動きを画策し、しかも自分がその反乱の中心人物だという意識が、ハリーに計り知れない満足感を与えていた。土曜日の会合のことを、ハリーは何度も思い返して味わった。「闇の魔術に対する防衛術」をハリーに習うために、あんなにたくさん集まったんだ……ハリーがこれまでやってきたことのいくつかを聞いたときの、みなのあの顔……それに、チョウが三校対抗試合で僕のやったことを褒《ほ》めてくれた――しかも、あの生徒たちは、僕のことを嘘つきの異常者だとは思っていない。称賛すべき人間だと思っている。そう思うと、ハリーは大いに気分が高揚し、一番嫌いな学科が軒並み待ち受けている月曜の朝になっても、まだ楽しい気分が続いていた。

ハリーとロンは、寝室からの階段を下りながら、「ナマケモノ型グリップ・ロール」という新しい手を、今夜のクィディッチの練習に取り入れるというアンジェリーナの考えについて話し合っていた。朝日の射し込む談話室を半分ほど横切ったところで、二人は談話室に新しく貼り出された掲示の前に小さな人だかりができていることに気がついた。グリフィンドールの掲示板に大きな告示が貼りつけてある。あまり大きいので、他の掲示が全部隠れている。――呪文の古本いろいろ譲ります広告、アーガス・フィルチのいつもの校則備忘録、クィディッチ・チーム練習予定表、蛙《かえる》チョコカード交換しましょう広告、双子のウィーズリーの試食者募集の最新の広告、ホグズミード行きの週末の予定日、落とし物のお知らせ、などなどだ。新しい掲示は、大きな黒い文字で書かれ、一番最後に、こぎれいなくるくる丸文字でサインがしてあり、そのあとにいかにも公式文書らしい印鑑が押されている。

告　示

ホグワーツ高等尋問官令《じんもんかんれい》

学生による組織、団体、チーム、グループ、クラブなどは、ここにすべて解散される。

組織、団体、チーム、グループ、クラブとは、定例的に三人以上の生徒が集まるものと、ここに定義する。

再結成の許可は、高等尋問官(アンブリッジ教授)に願い出ることができる。

学生による組織、団体、チーム、グループ、クラブは、高等尋問官への届出と承認なしに存在してはならない。

組織、団体、チーム、グループ、クラブで、高等尋問官の承認なきものを結成し、またはそれに属することが判明した生徒は退校処分とする。

以上は、教育令第二十四号に則ったものである。

高等尋問官　ドローレス・ジェーン・アンブリッジ

ハリーとロンは心配そうな顔の二年生たちの頭越しに告示を読んだ。

「これ、ゴブストーン・クラブも閉鎖ってことなのかな？」二年生の一人が友達に問いかけた。

「君たちのゴブストーンは大丈夫だと思うけど」ロンが暗い声で言うと、二年生がびっくりして飛び上がった。「僕たちのほうは、そうそうラッキーってわけにはいかないよな？」二年生たちがあわてて立ち去ったあと、ロンがハリーに問いかけた。

ハリーはもう一度掲示を読み返していた。土曜日以来のはち切れるような幸福感が消えていた。怒りが体中にどくんどくんと脈打っている。

「偶然なんかじゃない」ハリーが拳《こぶし》をにぎりしめながら言った。「やつは知ってる」

「それはないよ」ロンがすぐさま言った。

「あのパブで聞いていた人間がいた。それに、当然って言えば当然だけど、あそこに集まった生徒の中で、いったい何人信用できるかわかったもんじゃない……だれだってアンブリッジに垂れ込める……」

それなのに、ハリーは、みなが自分を信用したなんて思っていた。みなが自分を賞賛しているなんていい気になっていたのだ……。

「ザカリアス・スミスだ！」ロンが間髪《かんはつ》を入れずさけび、拳をもう片方の手のひらにたたき込んだ。「いや――あのマイケル・コーナーのやつも、どうも目つきが怪しいと思ったんだ――」

「ハーマイオニーはもうこれを見たかな？」ハリーは振り返って女子寮のドアを見た。

「知らせにいこう」ロンが跳ねるように飛び出してドアを開け、女子寮への螺旋《らせん》階段を上りはじめた。

六段目まで上ったときだった。大声で泣きさけぶような、クラクションのような音がしたかと思うと、階段が溶けて一本に繋《つな》がり、ジェットコースターのような長いつるつるの石の滑り台になった。ロンは必死に両腕を風車のように振り回して走り続けようとしたが、それもほんのわずかの間で、結局仰向けに倒れ、できたての滑り台を滑り落ちて、仰向けのままハリーの足元で止まった。

「あー――僕たち、女子寮に入っちゃいけないみたいだな」ハリーが笑いを堪《こら》えながらロンを助け起こした。

四年生の女子生徒が二人、歓声を上げて石の滑り台を滑り下りてきた。

「おやおや、上に行こうとしたのはだーれ？」ポンと跳んで立ち上がり、ハリーとロンをじろじろ見ながら、二人がうれしそうにくすくす笑った。

「僕さ」ロンはまだ髪がくしゃくしゃだった。「こんなことが起こるなんて、知らなかったよ。不公平だ！」ロンがハリーを見ながら言った。女子生徒は、さかんにくすくすと笑いながら肖像画の穴に向かった。「ハーマイオニーは僕たちの寮にきてもいいのに、なんで僕たちはだめなんだ――?」

「ああ、それは古くさい規則なのよ」ハーマイオニーが二人の前にある敷物の上にきれいに滑り下り、立ち上がろうとしているところだった。「でも、『ホグワーツの歴史』に、創始者は男の子が女の子より信用できないと考えたって、そう書いてあるわ。それはそうと、どうして入ろうとしたの?」

「君に会うためさ――これを見ろ!」ロンがハーマイオニーを掲示板のところへ引っ張っていった。

ハーマイオニーの目が、すばやく告示の端から端へと滑った。表情が石のように固くなった。

「だれかがあいつにべらべらしゃべったにちがいない!」ロンが怒った。

「それはありえないわ」ハーマイオニーが低い声で言った。

「君は甘い」ロンが言った。「君自身が名誉を重んじ、信用できる人間だからといって――」

「ううん、だれもできないっていうのは、私が、みんなの署名した羊皮紙《ようひし》に呪いをかけたからよ」ハーマイオニーが厳《おごそ》かに言った。「だれかがアンブリッジに告げ口したら、いいこと? だれがそうしたか確実にわかるの。そのだれかさんは、とっても後悔することになるのよ」

「そいつらはどうなるんだ?」ロンが身を乗り出した。

「そうね、こう言えばいいかな」ハーマイオニーが言った。「エロイーズ・ミジョンのにきびでさえ、ほんのかわいいそばかすに見えてしまう。さあ、朝食に行きましょう。ほかのみんなはどう思うか聞きましょうよ……全部の寮にこの掲示が貼られたのかしら?」

大広間に入ったとたん、アンブリッジの掲示がグリフィンドールだけに貼られたのでないことがはっきりした。それぞれのテーブルをみな忙しく往《い》き来し、掲示のことを相談し合う声にも緊張感が漂い、大広間の動きはいつもより激しかった。ハリー、ロン、ハーマイオニーが席に着くやいなや、ネビル、ディーン、フレッド、ジョージ、ジニーが待ってましたとばかりにやってきた。

「読んだ?」

「あいつが知ってると思うか?」

「どうする?」

みながハリーを見ていた。ハリーはあたりを見回し、近くにだれも先生がいないことを確かめた。

「とにかく、やるさ。もちろんだ」ハリーは静かに言った。

「そうくると思った」ジョージがにっこりしてハリーの腕をぽんとたたいた。

「監督生《かんとくせい》さんたちもかい？」フレッドがロンとハーマイオニーを冷やかした。

「もちろんよ」ハーマイオニーが落ち着きはらってうなずいた。

「アーニーとハンナ・アボットがきたぞ」ロンが振り返りながら言った。「さあ、レイブンクローのやつらとスミス……だれもあばたっぽくないなあ」

ハーマイオニーがはっとしたような顔をした。

「あばたはどうでもいいわ。あの人たち、おばかさんね。いまここにきたらだめじゃない。本当に怪しまれちゃうわ――座ってよ！」

ハーマイオニーがアーニーとハンナに必死で身振り手振りを送り、ハッフルパフのテーブルにもどるようにと口の形だけで伝えた。

「あとで！　は――な――し――は――あと！」

「私、マイケルに言ってくる」ジニーが焦《じ》れったそうにベンチをくるりとまたいだ。「まったくばかなんだから……」

ジニーは、レイブンクローのテーブルに急いだ。ハリーはジニーを目で追った。チョウがそう遠くないところに座っていて、「ホッグズ・ヘッド」に連れてきた巻き毛の友達に話しかけている。アンブリッジの告示に恐れをなして、チョウはもう会合にはこないだろうか？

告示の本格的な反響は、大広間から「魔法史」の授業に向かう際にやってきた。

「ハリー！　ロン！」

アンジェリーナだった。完全に取り乱して、二人のほうに大急ぎでやってくる。

「大丈夫だよ」アンジェリーナがハリーの声の届くところまでくるのを待って、ハリーが静かに言った。「それでも僕たちやるから――」

「これにクィディッチも含まれてるってこと、知ってたか？」アンジェリーナがハリーの言葉を遮《さえぎ》って言った。「グリフィンドール・チームを再編成する許可を申請しないといけない」

「えーっ？」ハリーが声を上げた。

「そりゃないぜ」ロンが愕然《がくぜん》とした。

「掲示を読んだだろ？　チームも含まれてる！　だから、いいかい、ハリー……もう一回だけ言うよ……お願い、お願いだから、アンブリッジに二度と癇癪《かんしゃく》を起こさないで。じゃないと、あいつ、もう私たちにプレイさせないかもしれない！」

「わかった、わかったよ」ほとんど泣きそうなアンジェリーナを見て、ハリーが言った。「心配しないで。行儀よくするから……」

「アンブリッジ、きっと『魔法史』にいるぜ……」ビンズ先生の授業に向かいながら、ロンが暗い声で言った。「まだビンズの査察《ささつ》をしてないしな……絶対あそこにきてるぜ……」

しかし、ロンの勘は外れた。教室に入ると、そこにはビンズ先生しかいなかった。いつものように椅子から二、三センチ上に浮かんで、巨人の戦争に関する死にそうに単調な授業を続ける準備をしていた。ハリーは講義を聞こうともしなかった。ハーマイオニーが始終睨《にら》んだり小突《こづ》いたりするのを無視して羊皮紙《ようひし》に落書きしていたが、ことさらに痛い一発を脇腹に突っ込まれ、怒って顔を上げた。

「なんだよ?」

ハーマイオニーが窓を指さし、ハリーが目をやった。ヘドウィグが窓から張り出した狭い棚に止まり、分厚い窓ガラスを通してじっとハリーを見ている。足に手紙が結んである。ハリーはわけがわからなかった。朝食は終わったばかりだ。どうしていつものように、そのときに手紙を配達しなかったんだろう? 他のクラスメートも大勢、ヘドウィグを指さしていた。

「ああ、私、あのふくろう大好き。とってもきれいよね」

ラベンダーがため息交じりにパーバティに言うのが聞こえた。

ハリーはちらりとビンズ先生を見たが、ノートの棒読みを続けている。クラスの注意が、いつもよりもっと自分から離れているのにもまったく気づかず、平静そのものだ。ハリーはこっそり席を立ってかがみ込み、急いで横に移動して窓際に行き、留め金をずらしてそろりそろりと窓を開けた。

ハリーは、ヘドウィグが足を突き出して手紙を外してもらったあとはふくろう小屋に飛んで行くものと思っていた。ところが、窓の隙間がある程度広くなると、ヘドウィグは悲しげにホーと鳴きながら、チョンと中に入ってきた。ハリーはビンズ先生のほうを気にしてちらちら見ながら窓を閉め、ふたたび身をかがめて、ヘドウィグを肩に載せ、急いで席にもどった。席に着くと、ヘドウィグを膝《ひざ》に移し、足から手紙を外しにかかった。

そのときはじめて、ヘドウィグの羽が奇妙に逆立っているのに気づいた。変な方向に折れているのもある。しかも片方の翼がおかしな角度に伸びている。

「けがしてる！」ハリーはヘドウィグの上に覆いかぶさるように頭を下げてつぶやいた。ハーマイオニーとロンが寄りかかるようにして近寄った。ハーマイオニーは羽根ペンさえ下に置いていた。

「ほら――翼がなんか変だ――」

ヘドウィグは小刻みに震えていた。ハリーが翼に触れようとすると、小さく飛び上がり、全身の羽毛を逆立ててまるで体をふくらませたようになり、ハリーを恨めしげに見つめた。

「ビンズ先生」ハリーの大声に、教室中がハリーを見た。「気分が悪いんです」

ビンズ先生は、ノートから目を上げ、いつものことだが、目の前にたくさんの生徒がいるのを見て驚いたような顔をした。

「気分が悪い？」先生がぼんやりと繰り返した。

「とっても悪いんです」ハリーはきっぱりそう言い、ヘドウィグを背中に隠して立ち上がった。「僕、医務室に行かないといけないと思います」

「そう」ビンズ先生は、明らかに不意打ちを食らった顔だった。「そう……そうね。医務室……まあ、では、行きなさい。パーキンズ……」

教室を出るとすぐ、ハリーはヘドウィグを肩に載せ、急いで廊下を歩いた。そしてビンズの教室のドアが見えなくなったとき、はじめて立ち止まって考えた。だれかにヘドウィグを治してもらうとしたら、ハリーはもちろん第一にハグリッドを選んだろう。しかし、ハグリッドの居場所はまったくわからない。残るはグラブリー - プランク先生だけだ。助けてくれればいいが。

ハリーは窓から校庭を眺めた。荒れ模様の曇り空だった。ハグリッドの小屋のあたりに、グラブリー - プランク先生の姿はない。授業中でないとしたら、たぶん職員室だろう。ハリーは階段を下りはじめた。ハリーの肩でぐらぐら揺れるたび、ヘドウィグは弱々しくホーと鳴いた。

職員室のドアの前に、ガーゴイルの石像が一対立っていた。ハリーが近づくと、一つがしわがれ声を出した。「そこの坊や、授業中のはずだぞ」

「緊急なんだ」ハリーがぶっきらぼうに言った。

「おぉぉぉぅ、緊急かね？」もう一つの石像がかん高い声で言った。「それじゃ、おれたちなんかの出る幕じゃないってわけだな？」

ハリーはドアをたたいた。足音がして、ドアが開き、マクゴナガル先生がハリーの真正面に現れた。

「まさか、また罰則《ばっそく》を受けたのですか！」ハリーを見るなり先生が言った。四角いメガネがぎらりと光った。

「ちがいます、先生」ハリーはあわてて否定した。

「それでは、どうして授業に出ていないのです？」

「緊急らしいですぞ」二番目の石像が嘲《あざけ》るように言った。

「グラブリー‐プランク先生を探しています」ハリーが説明した。「僕のふくろうのことで。けがしてるんです」

「手負いのふくろう、そう言ったかね？」グラブリー‐プランク先生がマクゴナガル先生の横に現れた。パイプを吹かし、『日刊予言者新聞《にっかんよげんしゃしんぶん》』を手にしている。

「はい」ハリーはヘドウィグをそっと肩から下ろした。「このふくろうは、ほかの配達ふくろうより遅れて到着して、翼がとってもおかしいんです。診てください――」

グラブリー‐プランク先生はパイプをがっちり歯でくわえ、マクゴナガル先生の目の前でハリーからヘドウィグを受け取った。

「ふーむ」グラブリー‐プランク先生がしゃべるとパイプがひょこひょこ動いた。「どうやらなにものかに襲われたね。ただ、なにに襲われたのやら、わからんけどね。セストラルは、もちろんときどき鳥を狙うが、しかしホグワーツのセストラルは、ふくろうに手を出さんようにハグリッドがしっかり躾《しつけ》てある」

ハリーはセストラルがなんだか知らなかったし、どうでもよかった。ヘドウィグが治るかどうかだけを知りたかった。しかし、マクゴナガル先生は厳しい目でハリーを見て言った。

「ポッター、このふくろうがどのぐらい遠くからきたのか知っていますか？」

「えーと」ハリーが答えた。「ロンドンからだと思います、たぶん」

ハリーがちらりと先生を見ると、眉毛《まゆげ》が真ん中でくっついていた。「ロンドン」が「グリモールド・プレイス十二番地」だと見抜かれたことが、ハリーにはわかった。

グラブリー‐プランク先生はローブの中から片メガネを取り出して片目にはめ、ヘドウィグの翼を念入りに調べた。

「ポッター、この子を預けてくれたら、なんとかできると思うがね。いずれにしろ、数日は長い距離を飛ばせちゃいけないね」

「あ――ええ――どうも」ハリーがそう言ったとき、ちょうど終業ベルが鳴った。

「まかしときな」グラブリー-プランク先生はぶっきらぼうにそう言うと、背を向けて職員室にもどろうとした。

「ちょっと待って、ウィルヘルミーナ！」マクゴナガル先生が呼び止めた。「ポッターの手紙を！」

「ああ、そうだ！」ハリーはヘドウィグの足に結ばれていた巻紙のことを、一瞬忘れていた。グラブリー-プランク先生は手紙を渡し、ヘドウィグを抱えて職員室へと消えた。ヘドウィグは、こんなふうに私を見放すなんて信じられないという目でハリーを見つめていた。ちょっと気が咎《とが》めながらハリーが帰りかけたところを、マクゴナガル先生が呼びもどした。

「ポッター！」

「はい、先生？」

マクゴナガル先生は廊下の両端に目を走らせた。両方向から生徒がやってくる。

「注意しなさい」先生はハリーの手にした巻紙に目を止めながら、声をひそめて早口に言った。「ホグワーツを出入りするその通信網は、見張られている可能性があります。わかりましたね？」

「僕――」ハリーが言いかけたが、廊下を流れてくる生徒の波が、ほとんどハリーのところまできていた。マクゴナガル先生はハリーに向かって小さくうなずき、職員室に引っ込んでしまった。残されたハリーは、群れに流されて中庭へと押し出された。ロンとハーマイオニーが風の当たらない隅のほうに立っているのが見えた。マントの襟《えり》を立てて風を避けている。急いで二人のそばに行きながら、ハリーは巻紙の封を切った。シリウスの筆跡で五つの言葉が書かれているだけだった。

今日　同じ　時間　同じ　場所

「ヘドウィグは大丈夫？」ハリーが声の届くところまで近づくとすぐ、ハーマイオニーが心配そうに聞いた。

「どこに連れていったんだい？」ロンが聞いた。

「グラブリー‐プランクのところだ」ハリーが答えた。「そしたら、マクゴナガルに会った……それでね……」

そして、ハリーはマクゴナガル先生に言われたことを二人に話した。驚いたことに、二人ともショックを受けた様子はなかった。むしろ、意味ありげな目つきで顔を見合わせた。

「なんだよ？」ハリーはロンからハーマイオニー、そしてまたロンへと目を移した。

「あのね、ちょうどロンに言ってたところなの……もしかしたらだれかがヘドウィグの手紙を奪おうとしたんじゃないかしら？　だって、ヘドウィグはこれまで一度も、飛行中にけがしたことなんかなかったでしょ？」

「それにしても、だれからの手紙だったんだ？」ロンが手紙をハリーから取った。

「スナッフルズから」ハリーがこっそり言った。

「同じ時間、同じ場所？　談話室の暖炉のことか？」

「決まってるじゃない」ハーマイオニーもメモ書きを読みながら言った。「だれもこれを読んでなければいいんだけど」ハーマイオニーは落ち着かない様子だった。

「だけど、封もしてあるし」ハリーはハーマイオニーというより自分を納得させようとしていた。「それに、だれかが読んだとしたって、僕たちがこの前どこで話したかを知らなければ意味がわからないだろ？」

「それはどうかしら」始業のベルが鳴ったので、鞄を肩にかけなおしながら、ハーマイオニーが心配そうに言った。「魔法で巻紙の封をしなおすのは、そんなに難しいことじゃないはずよ……それに、だれかが煙突飛行ネットワークを見張っていたら……でも、くるなって警告のしようがないわ。だって、それも途中で奪われるかもしれないもの！」

三人とも考え込みながら、足取りも重く「魔法薬」の地下牢教室への石段を下りた。しかし、石段を下り切ったとき聞こえてきたドラコ・マルフォイの声で、我に返った。ドラコはスネイプの教室の前に立ち、公文書のようなものをひらひらさせて、みなが一言も聞き漏《も》らさないように必要以上に大声で話している。

「ああ、アンブリッジがスリザリンのクィディッチ・チームに、プレイを続けてよいという許可をすぐに出してくれたよ。今朝一番で先生に申請に行ったんだ。ああ、ほとんど右から左さ。つまり、先生は僕の父上をよく知っているし、父上は魔法省に出入り自由なんだ……グリフィンドールがプレイを続ける許可がもらえるかどうか、見物だねえ」

「抑えて」ハーマイオニーがハリーとロンに哀願するようにささやいた。二人はマルフォイを睨《にら》みつけ、拳《こぶし》をにぎりしめながら顔を強張《こわば》らせていた。「じゃないと、あいつの思うつぼよ」

「つまり」マルフォイが、灰色の眼を意地悪くぎらぎらさせながらハリーとロンのほうを見て、また少し声を張り上げた。「魔法省への影響力で決まるなら、あいつらはあまり望みがないだろうねえ……父上がおっしゃるには、魔法省はアーサー・ウィーズリーをクビにする口実を長年探しているらしい……それにポッターだが、父上は魔法省があいつを聖マンゴ病院に送り込むのももう時間の問題だっておっしゃるんだ……どうやら、魔法で頭がいかれちゃった人の特別病棟があるらしいよ」

マルフォイは顎《あご》をだらんと下げ、白目をむき、醜悪な顔をして見せた。クラッブとゴイルがいつもの豚のような声で笑い、パンジー・パーキンソンははしゃいでキャーキャー笑った。

なにかが肩にぶつかり、ハリーはよろけた。次の瞬間、ネビルだとわかった。ハリーの脇を駆け抜け、マルフォイに向かって突進していこうとしている。

「ネビル、やめろ！」

ハリーは飛び出してネビルのローブの背中をつかんだ。ネビルは拳《こぶし》を振り回し、もがきにもがいて、必死にマルフォイになぐりかかろうとしていた。マルフォイは、一瞬、相当にびっくりしたようだった。

「手伝ってくれ！」ロンに向かって鋭くさけびながら、ハリーはやっとのことで腕をネビルの首に回し、引きずってネビルをスリザリン生から遠ざけた。クラッブとゴイルが腕を屈伸させながら、いつでもかかってこいとばかりにマルフォイの前に進み出ていた。ロンがネビルの両腕をつかみ、ハリーと二人がかりでようやくグリフィンドールの列まで引きもどした。ネビルの顔は真っ赤だった。ハリーに首を押さえつけられて、言うことがさっぱりわからなかったが、切れ切れの言葉を口走っていた。

「おかしく……ない……マンゴ……やっつける……あいつめ……」

地下牢の扉が開き、スネイプが姿を現した。暗い目がずいっとグリフィンドール生を見渡し、ハリーとロンがネビルと揉《も》み合っているところで止まった。

「ポッター、ウィーズリー、ロングボトム。けんかか？」スネイプは冷たい、嘲《あざけ》るような声で言った。「グリフィンドール、一〇点減点。ポッター、ロングボトムを放せ。さもないと罰則《ばっそく》だ。全員、中へ」

ハリーはネビルを放した。ネビルは息をはずませ、ハリーを睨《にら》んだ。

「止めないわけにはいかなかったんだ」ハリーが鞄を拾い上げながら言った。「クラッブとゴイルが、君を八つ裂きにしてただろう」

ネビルはなにも言わなかった。パッと鞄をつかみ、肩を怒らせて地下牢教室に入っていった。

「驚き、桃の木」ネビルの後ろを歩きながら、ロンが呆《あき》れたように言った。「いったい、あれは、なんだったんだ？」

ハリーは答えなかった。魔法で頭をやられて聖マンゴ病院にいる患者の話が、なぜネビルをそんなに苦しめるのか、ハリーにはよくわかっていた。しかし、ネビルの秘密はだれにも漏《も》らさないとダンブルドアに約束した。ネビルでさえ、ハリーが知っていることを知らない。

ハリー、ロン、ハーマイオニーはいつものように後ろの席に座り、羊皮紙《ようひし》、羽根ペン、『薬草ときのこ千種』を取り出した。まわりの生徒たちが、いましがたのネビルの行動をひそひそと話していた。しかし、スネイプが、バターンという音を響かせて地下牢の扉を閉めると、たちまち教室は静かになった。

「気づいたであろうが」スネイプが低い、嘲《あざけ》るような声で言った。「今日は客人が見えている」

スネイプが地下牢の薄暗い片隅を身振りで示した。ハリーが見ると、アンブリッジ先生が膝《ひざ》にクリップボードを載せて、そこに座っていた。ハリーはロンとハーマイオニーを横目で見て、眉《まゆ》をちょっと上げて見せた。スネイプとアンブリッジ――ハリーの一番嫌いな先生が二人。どっちに勝って欲しいかは、判断が難しい。

「本日は『強化薬』を続ける。前回の授業で諸君が作った混合液はそのままになっているが、正しく調合されていれば、この週末に熟成しているはずである。――説明は――」スネイプが例によって杖《つえ》を振った。「――黒板にある。取りかかれ」

最初の三十分、アンブリッジは片隅でメモを取っていた。スネイプになんと質問するのかが気がかりなあまり、ハリーはまたしても魔法薬のほうが疎《おろそ》かになった。

「ハリー、サラマンダーの血液よ！」ハーマイオニーがハリーの手首をつかんで、まちがった材料を入れそうになるのを防いだ。もう三度目だった。「ざくろ液じゃないでしょ！」

「なるほど」ハリーは上の空で答え、瓶《びん》を下に置いて、隅のほうを観察し続けた。アンブリッジが立ち上がったところだった。「おっ」ハリーが小さく声を上げた。アンブリッジが二列に並んだ机の間を、スネイプに向かってずんずん歩いていく。スネイプはディーン・トーマスの大鍋《おおなべ》を覗き込んでいた。

「まあ、この授業は、この学年にしてはかなり進んでいますわね」アンブリッジがスネイプの背中に向かってきびきびと話しかけた。「でも、『強化薬』のような薬をこの子たちに教えるのは、いかがなものかしら。魔法省は、この薬を教材から外したほうがよいと考えますね」

スネイプがゆっくりと体を起こし、アンブリッジと向き合った。

「さてと……あなたはホグワーツでどのぐらい教えていますか？」アンブリッジが羽根ペンをクリップボードの上で構えながら聞いた。

「十四年」スネイプの表情からはなにも読めなかった。スネイプから眼を離さず、ハリーは、自分の液体に材料を数滴加えた。シューシューと脅すような音を立て、溶液はトルコ石色からオレンジ色に変色した。

「最初は『闇の魔術に対する防衛術』の職に応募したのでしたわね？」アンブリッジがスネイプに聞いた。

「さよう」スネイプが低い声で答えた。

「でもうまくいかなかったのね？」

「ご覧のとおり」スネイプの唇が冷笑した。

アンブリッジ先生がクリップボードに走り書きした。

「そして赴任して以来、あなたは毎年『闇の魔術に対する防衛術』に応募したんでしたわね？」

「さよう」ほとんど唇を動かさず、スネイプが低い声で答えた。相当怒っている。

「ダンブルドアが一貫してあなたの任命を拒否してきたのはなぜなのか、おわかりかしら？」アンブリッジが聞いた。

「本人に聞きたまえ」スネイプが邪険に言った。

「ええ、そうしましょう」アンブリッジ先生がにっこり笑いながら言った。

「それがなにか意味があるとでも？」スネイプが暗い目を細めた。

「ええ、ありますとも」アンブリッジ先生が言った。「ええ、魔法省は先生方の――あ――背景を、完全に理解しておきたいのですわ」

アンブリッジはスネイプに背を向けてパンジー・パーキンソンに近づき、授業について質問をしはじめた。スネイプが振り向いてハリーを見た。一瞬二人の目が合った。ハリーはすぐに自分の薬に目を落とした。いまや薬は汚らしく固まり、ゴムの焼けるような強烈な悪臭を放っていた。

「さて、またしても零点だ。ポッター」スネイプが憎々しげに言いながら、杖《つえ》の一振りでハリーの大鍋《おおなべ》を空にした。「レポートを書いてくるのだ。この薬の正しい調合と、いかにしてまた何故《なにゆえ》失敗したのか、次の授業に提出したまえ。わかったか？」

「はい」ハリーは煮《に》えくり返る思いで答えた。スネイプはすでに別の宿題を出していて、今夜はクィディッチの練習がある。あと数日は寝不足の夜が続くということだ。今朝あれほど幸せな気分で目が覚めたことが信じられない。いまは、こんな一日早く終わればいいと激しく願うばかりだ。

「『占い学』をサボろうかな」昼食後、中庭でハリーはふて腐れて言った。風がローブの裾《すそ》や帽子のつばにたたきつけるように吹いていた。「仮病を使って、その間にスネイプのレポートをやる。そうすれば、真夜中過ぎまで起きていなくてすむ」

「『占い学』をサボるのはだめよ」ハーマイオニーが厳しく言った。

「なに言ってんだい。『占い学』を蹴ったのはどなたさんでしたかね？　トレローニーが大嫌いなくせに！」ロンが憤慨した。

「私は別に大嫌いなわけではありませんよ」ハーマイオニーがつんとして言った。「ただ、あの人は先生としてまったくなってないし、ほんとにインチキ婆《ばあ》さんだと思うだけです。でも、ハリーはさっき『魔法史』も抜かしてるし、今日はもうほかの授業を抜かしてはいけないと思います！」

まさに正論だった。とても無視できない。そこで、三十分後、ハリーは暑苦しい、むんむん香りのする「占い学」の教室に座り、むかっ腹を立てていた。トレローニー先生はまたしても『夢のお告げ』の本を配っていた。こんなところに座って、でっち上げの夢の意味を解き明かす努力をしているより、スネイプの罰則《ばっそく》レポートを書いているほうがずっと有益なのに、とハリーは思った。

しかし、「占い学」のクラスで癇癪《かんしゃく》を起こしているのは、ハリーだけではなかった。トレローニー先生が『お告げ』の本を一冊、ハリーとロンのいるテーブルにたたきつけ、唇をぎゅっと結んで通り過ぎた。次の一冊はシェーマスとディーンに放り投げられ、危うくシェーマスの頭にぶつかりそうになった。最後の一冊はネビルの胸にぐいと押しつけ、あまりの勢いにネビルは座っていたクッションから滑り落ちた。

「さあ、おやりなさい！」トレローニー先生が大きな声を出した。かん高い、少しヒステリー気味の声だった。「やることはおわかりでございましょ！　それとも、なにかしら、あたくしがそんなにだめ教師で、みなさまに本の開き方もお教えしなかったのでございましょうか？」

全生徒が唖然《あぜん》として先生を見つめ、それから互いに顔を見合わせた。しかし、ハリーには事の次第が読めた。トレローニー先生がいきり立って背もたれの高い自分の椅子にもどり拡大された両目に悔し涙をためているのを見て、ハリーはロンのほうに顔を近づけてこっそり言った。「査察《ささつ》の結果を受け取ったんだと思うよ」

「先生？」パーバティ・パチルが声をひそめて聞いた（パーバティとラベンダーは、これまでトレローニー先生をかなり崇拝していた）。「先生、なにか――あの――どうかなさいましたか？」

「どうかしたかですって！」トレローニー先生の声は激情にわななないている。「そんなことはございません！　たしかに、辱《はずかし》めを受けました……あたくしに対する誹謗《ひぼう》中傷……いわれなき非難……いいえ、どうかしてはいませんことよ。絶対に！」

先生は身震いしながら大きく息を吸い込み、パーバティから眼を逸《そ》らし、メガネの下からぼろぼろと悔し涙をこぼした。

「あたくし、なにも申しませんわ」先生が声を詰まらせた。「十六年のあたくしの献身的な仕事……それが、気づかれることなしに過ぎ去ってしまったのですわ……でも、あたくし、辱めを受ける覚えはありませんわ……ええ、そうですとも！」

「先生、だれが先生を辱めているのですか？」パーバティがおずおずたずねた。

「体制でございます！」トレローニー先生は、芝居がかった、深い、波打つような声で言った。「そうでございますとも。心眼で『視《み》る』あたくしのようには見えない、あたくしが『悟る』ようには知ることのできない、目の曇った俗人たち……もちろん『予見者《よけんしゃ》』はいつの世にも恐れられ、迫害されてきましたわ……それが――嗚呼《ああ》

――あたくしたちの運命」

先生がゴクッと唾を飲み込み、濡れた頬にショールの端を押し当てた。そして袖《そで》の中から、刺繍《ししゅう》で縁取りされた小さなハンカチを取り出して洟《はな》をかんだが、その音の大きいこと、ピーブズがベロベロバ〜と悪態をつくときのような音だった。

ロンが冷やかし笑いをした。ラベンダーが〝最低！〟という目でロンを見た。

「先生」パーバティが声をかけた。「それは……つまり、アンブリッジ先生となにか――？」

「あたくしの前で、あの女のことは口にしないでくださいまし！」トレローニー先生はそうさけぶと急に立ち上がった。ビーズがジャラジャラ鳴り、メガネがぴかりと光った。「勉強をどうぞお続けあそばせ！」

その後トレローニー先生は、メガネの奥からぽろりぽろりと涙をこぼし、なにやら脅し文句のような言葉をつぶやきながら、生徒の間をカッカッと歩き回った。

「……むしろ辞めたほうが……この屈辱……停職……どうしてやろう……あの女、よくも……」

「君とアンブリッジは共通点があるよ」次の「闇の魔術に対する防衛術」でハーマイオニーに会うと、ハリーがこっそり言った。「アンブリッジも、トレローニーがインチキ婆《ばあ》さんだと考えてるのはまちがいない。……どうやらトレローニーは停職になるらしい」

ハリーがそう言っているうちに、アンブリッジが教室に入ってきた。髪に黒いビロードのリボンを蝶結《ちょうむす》びにして、ひどく満足そうな表情だ。

「みなさん、こんにちは」

「こんにちは、アンブリッジ先生」みなが気のない挨拶を唱えた。

「杖《つえ》をしまってください」

しかし、今日はあわててガタガタする気配もなかった。わざわざ杖を出している生徒などだれもいない。

『防衛術の理論』の三十四ページを開いて、第三章『魔法攻撃に対する非攻撃的対応のすすめ』を読んでください。それで――」

「――おしゃべりはしないこと」ハリー、ロン、ハーマイオニーが声をひそめて同時に口まねした。

「クィディッチの練習はなし」その夜、ハリー、ロン、ハーマイオニーが夕食のあとで談話室にもどると、アンジェリーナが虚ろな声で言った。

「僕、癇癪《かんしゃく》を起こさなかったのに」ハリーが驚愕《きょうがく》した。「僕、あいつになんにも言わなかったよ、アンジェリーナ。嘘じゃない、僕――」

「わかってる。わかってるわよ」アンジェリーナが萎《しお》れ切って言った。「先生は、少し考える時間が必要だって言っただけ」

「考えるって、なにを？」ロンが怒った。「スリザリンには許可したくせに、どうして僕たちはだめなんだ？」

しかし、ハリーには想像がついた。アンブリッジは、グリフィンドールのクィディッチ・チームをつぶすという脅しをちらつかせて楽しんでいる。その武器をそうたやすく手放しはしないと容易に想像できる。

「まあね」ハーマイオニーが言った。「明るい面もあるわよ――少なくとも、あなた、これでスネイプのレポートを書く時間ができたじゃない！」

「それが明るい面だって？」ハリーが噛《か》みついた。ロンは、よく言うよという顔でハーマイオニーを見つめた。「クィディッチの練習がない上に、魔法薬の宿題のおまけまでついて？」

ハリーはしぶしぶ鞄から魔法薬のレポートを引っ張り出し、椅子にドサッと座って宿題に取りかかった。シリウスが暖炉に現れるのはずっとあとだとわかっていても、宿題に集中しろと言うほうがむりだ。数分ごとに、もしかしてと暖炉の火に目が行ってしまう。それに、談話室はとてつもなくやかましかった。フレッドとジョージがついに「ずる休みスナックボックス」の一つを完成させたらしく、二人で交互にデモをやり、見物人をワーッと沸かせてやんやの喝采《かっさい》を浴びていた。

最初にフレッドが、砂糖菓子のようなもののオレンジ色の端を噛《か》み、前に置いたバケツに派手にゲーゲー吐《は》く。それから同じ菓子の紫色の端をむりやり飲み込むと、たちまち嘔吐《おうと》が止まる。リー・ジョーダンがデモの助手を務めていて、吐いた汚物をときどきのらりくらりと『消失』させていた。スネイプがハリーの魔法薬を消し去ったのと同じ呪文だ。

吐く音やら歓声やらが絶え間なく続き、フレッドとジョージがみなから予約を取る声も聞こえる中で、「強化薬」の正しい調合に集中するなどとてもできたものではない。歓声とフレッド、ジョージのゲーゲーがバケツの底に当たる音だけでも十分邪魔なのに、その上ハーマイオニーのやることも足しにならない。許せないとばかりに、ハーマイオニーがときどきフンと大きく鼻を鳴らすのは、かえって迷惑だった。

「行って止めればいいじゃないか！」ハリーががまんできずに言った。グリフィンの鉤爪《かぎづめ》の粉末の重量を四回もまちがえて消したときだ。

「できないの。あの人たち、規則から言うとなんら悪いことをしていないもの」ハーマイオニーが歯軋《はぎし》りした。「自分が変なものを食べるのは、あの人たちの権利の範囲内だわ。それに、ほかのおばかさんたちが、そういう物を買う権利がないっていう規則も見当たらない。なにか危険だということが証明されなければね。それに、危険そうには見えないし」

ジョージが勢いよくバケツに吐き出し、菓子の一方の端を嚙んですっくと立ち、両手を大きく広げてにっこり笑いながらいつまでもやまない拍手に応えるのを、ハーマイオニー、ハリー、ロンは、じっと眺めていた。

「ねえ、フレッドもジョージも、O{\tiny ふくろう}W{\tiny ふくろう}Lで三科目しか合格しなかったのはどうしてかなあ」フレッド、ジョージ、リーの三人が、集まった生徒が我勝ちに差し出す金貨を集めるのを見ながら、ハリーが言った。「あの二人、本当にできるよ」

「あら、あの人たちにできるのは、役にも立たない派手なことだけよ」ハーマイオニーが見くびるように言った。

「役に立たないだって?」ロンの声が引きつった。「ハーマイオニー、あの連中、もう二十六ガリオンは稼いだぜ」

双子のウィーズリーを囲んでいた人垣が解散するまでしばらくかかり、それからフレッド、ジョージ、リーが座り込んで稼ぎを数えるのはもっと長くかかった。そして、談話室にハリー、ロン、ハーマイオニーの三人だけになったときは、とうに真夜中を過ぎていた。ハーマイオニーのしかめ面を尻目に、ガリオン金貨の箱をこれみよがしにジャラジャラ言わせながら、フレッドがようやく男子寮へのドアを閉めて中に消えた。ハリーの魔法薬のレポートはほとんど進んでいなかったが、今夜はあきらめけることにした。参考書を片づけていると、肘掛椅子《ひじかけいす》でうとうとしていたロンが、寝呆け声を出して目を覚まし、ぼんやり暖炉の火を見た。

「シリウス！」ロンが声を上げた。

ハリーがさっと振り向いた。ぼさぼさの黒髪の頭が、また暖炉の炎に座っていた。

「やあ」シリウスの顔が笑いかけた。

「やあ」ハリー、ロン、ハーマイオニーが、三人とも暖炉マットに膝《ひざ》をつき、声を揃えて挨拶した。クルックシャンクスはゴロゴロと大きく喉《のど》を鳴らしながら火に近づき、熱いのもかまわずシリウスの頭に顔を近づけようとしている。

「どうだね？」シリウスが聞いた。

「まあまあ」ハリーが答えた。ハーマイオニーはクルックシャンクスを引きもどし、ヒゲが焦げそうになるのを救った。「魔法省がまた強引に法律を作って、僕たちのクィディッチ・チームが許可されなくなって――」

「または、秘密の『闇の魔術防衛』グループがかい？」シリウスが言った。

一瞬、三人とも沈黙した。

「どうしてそのことを知ってるの？」ハリーが詰問した。

「会合の場所は、もっと慎重に選ばないとね」シリウスがますますにやりとした。

「選《よ》りに選って『ホッグズ・ヘッド』とはね」

「だって、『三本の箒《ほうき》』よりはましだったわ！」ハーマイオニーが弁解がましく反論した。「あそこはいつも人がいっぱいだもの――」

「ということは、そのほうが盗み聞きするのも難しいはずなんだがね」シリウスが言った。「ハーマイオニー、君もまだまだ勉強しなきゃならないな」

「だれが盗み聞きしたの？」ハリーが問いただした。

「マンダンガスさ、もちろん」シリウスはそう言い、三人がきょとんとしているので笑った。「ベールをかぶった魔女があいつだったのさ」

「あれがマンダンガス？」ハリーはびっくりした。「『ホッグズ・ヘッド』で、いったいなにをしていたの？」

「なにをしていたと思うかね？」シリウスがもどかしげに言った。「君を見張っていたのさ、当然」

「僕、まだ追《つ》けられているの？」ハリーが怒ったように聞いた。

「ああ、そうだ」シリウスが言った。「そうしておいてよかったというわけだ。週末に暇ができたとたん、真っ先に君がやったことが、違法な防衛グループの組織だったんだから」

しかし、シリウスは怒った様子も心配する様子もなかった。むしろ、ハリーをことさら誇らしげな目で見ていた。

「ダングはどうして僕たちから隠れていたの？」ロンが不満そうに言った。「会えたらよかったのに」

「あいつは二十年前に『ホッグズ・ヘッド』出入り禁止になった」シリウスが言った。「それに、あのバーテンは記憶力がいい。スタージスが捕まったとき、ムーディの二枚目の『透明マント』もなくなってしまったので、ダングは近ごろ魔女に変装することが多くなってね……それはともかく……まず、ロン――君の母さんからの伝言を必ず伝えると約束したんだ」

「へえ、そう？」ロンが不安そうな声を出した。

「伝言は、『どんなことがあっても違法な『闇の魔術防衛』グループには加わらないこと。きっと退学処分になります。あなたの将来がめちゃめちゃになります。もっとあとになれば、自己防衛を学ぶ時間は十分あるのだから、いまそんなことを心配するのはまだ若すぎます』ということだ。それから」(シリウスは他の二人に目を向けた)。「ハリーとハーマイオニーへの忠告だ。グループをこれ以上進めないように。もっとも、この二人に関しては、指図する権限がないことは認めている。ただ、お願いだから、自分は二人のためによかれと思って言っているのだということを忘れないように、とのことだ。手紙が書ければ全部書くのだが、もしふくろうが途中で捕まったら、みんながとても困ることになるだろうし、今夜は当番なので自分で言いにくることができない」

「なんの当番？」ロンがすかさず聞いた。

「気にするな。騎士団のなにかだ」シリウスが言った。「そこでわたしが伝令になったというわけだ。わたしがちゃんと伝言したと、母さんに言っといてくれ。どうもわたしは信用されていないのでね」

またしばらくみな沈黙した。クルックシャンクスがニャアと鳴いて、シリウスの頭を引っかこうとした。ロンは暖炉マットの穴をいじっていた。

「それじゃ、僕が防衛グループには入らないって、シリウスはそう言わせたいの？」しばらくしてロンがぼそぼそ言った。

「わたしが？　とんでもない！」シリウスが驚いたように言った。「わたしは、すばらしい考えだと思っている」

「ほんと？」ハリーは気持ちが浮き立った。

「もちろん、そう思う」シリウスが言った。「君の父さんやわたしが、あのアンブリッジ鬼婆《おにばば》あに降参して言うなりになると思うのか？」

「でも――先学期、おじさんは、ぼくに慎重にしろ、危険を冒すなってばっかり――」

「先学年は、ハリー、だれかホグワーツの内部の者が、君を殺そうとしてたんだ！」シリウスがいらだったように言った。「今学期は、ホグワーツの外の者が、わたしたちを皆殺しにしたがっていることはわかっている。だから、しっかり自分の身を護る方法を学ぶのは、わたしはとてもいい考えだと思う！」

「そして、もし私たちが退校になったら？」ハーマイオニーが訝《いぶか》しげな表情をした。

「ハーマイオニー、すべては君の考えだったじゃないか？」ハリーはハーマイオニーを見据えた。

「そうよ。ただ、シリウスの考えはどうかなと思っただけ」ハーマイオニーが肩をすくめた。

「そうだな、学校にいて、なにも知らずに安穏としているより、退学になっても身を護ることができるほうがいい」

「そうだ、そうだ」ハリーとロンが熱狂した。

「それで」シリウスが言った。「グループはどんなふうに組織するんだ？　どこに集まる？」

「うん、それがいまちょっと問題なんだ」ハリーが言った。「どこでやったらいいか、わかんない」

「『叫《さけ》びの屋敷』はどうだ？」シリウスが提案した。

「へーい、そりゃいい考えだ！」ロンが興奮した。しかし、ハーマイオニーが否定的な声を出したので、三人がハーマイオニーを見た。シリウスの首が炎の中で向きを変えた。

「あのね、シリウス。あなたの学校時代に、『叫《さけ》びの屋敷』に集まったのはたった四人だったわ」ハーマイオニーが言った。「それに、あなたたちは全員、動物に変身できたし、そうしたいと思えば、窮屈でもたぶん全員が一枚の『透明《とうめい》マント』に収まることもできたと思うわ。でも私たちは二十八人で、だれも『動物もどき』じゃないし、『透明マント』よりは『透明テント』が必要なくらい――」

「もっともだ」シリウスはすこしがっかりしたようだった。「まあ、君たちで、必ずどこか見つけるだろう。五階の大きな鏡の裏に、昔はかなり広い秘密の抜け道があったんだが、そこなら呪いの練習をするのに十分な広さがあるだろう」

「フレッドとジョージが、そこは塞がってるって言ってた」ハリーが首を振った。

「陥没したかなんかで」

「そうか……」シリウスは顔をしかめた。「それじゃ、よく考えてまた知らせる――」

シリウスが突然言葉を切った。顔が急にぎくりとしたように緊張した。横を向き、明らかに暖炉の固いレンガ壁の向こうを見ている。

「シリウスおじさん？」ハリーが心配そうに聞いた。
しかし、シリウスは消えていた。ハリーは一瞬唖然《あぜん》として炎を見つめた。それから
ロンとハーマイオニーを見た。
「どうして、いなく――？」
ハーマイオニーはぎょっと息を呑《の》み、炎を見つめたまま急に立ち上がった。
炎の中に手が現れた。なにかをつかもうとまさぐっている。ずんぐりした短い指
に、醜悪な流行後れの指輪をごてごてとはめている。
三人は一目散に逃げた。男子寮のドアのところでハリーが振り返ると、アンブリッ
ジの手がまだ、炎の中でなにかをつかむ動きを繰り返していた。まるで、さっきまで
シリウスの髪の毛があった場所をはっきり知っているかのように。そして、絶対に捕
まえてみせるとでもいうように。

第18章　ダンブルドア軍団

「アンブリッジはあなたの手紙を読んでたのよ、ハリー。それ以外考えられないわ」

「ヘドウィグを襲ったのはアンブリッジだと思うんだね？」ハリーは怒りが突き上げてきた。

「おそらくまちがいないわ」ハーマイオニーが深刻な顔で言った。「あなた、ほら、カエルが逃げるわよ」

ウシガエルが、うまく逃げられそうだぞと、テーブルの端をめがけてピョンピョン跳んでいた。ハリーは杖《つえ》をカエルに向けた――「アクシオ！　カエル！」――すると、カエルはぶすっとしてハリーの手に吸い寄せられた。

「呪文学」は勝手なおしゃべりを楽しむには、常にもってこいの授業だ。だいたいは人や物がさかんに動いているので、盗み聞きされる危険性はほとんどない。今日の教室は、ウシガエルのゲロゲロ、カラスのカーカーという鳴き声で満ちあふれ、しかも土砂降りの雨が教室の窓ガラスを激しくたたいてガタガタ言わせていた。ハリー、ロン、ハーマイオニーの三人が、アンブリッジがシリウスを危ういところまで追い詰めたことを小声で話し合っていても、だれにも気づかれない。

「フィルチが、糞爆弾《くそばくだん》の注文のことであなたを咎《とが》めてから、私、ずっとこうなるんじゃないかって思ってたのよ。だって、まるで見え透いた嘘なんだもの」ハーマイオニーがささやいた。「つまり、あなたの手紙を読んでしまえば、糞爆弾を注文してないってことは明白になったはずだから、あなたが問題になることはなかったわけよ――すぐにばれる冗談でしょ？　でも、それから私、考えたの。だれかが、あなたの手紙を読む口実が欲しかったんだとしたら？　それなら、アンブリッジにとっては完璧な方法よ――フィルチに告げ口して、汚れ仕事はフィルチにやらせ、手紙を没収させる。それから、フィルチから取り上げる方法を見つけるか、それを見せなさいと要求する――フィルチは異議を申し立てない。生徒の権利のためにがんばったことなんかないものね？　ハリー、あなた、カエルをつぶしかけてるわよ！」

ハリーは下を見た。本当にウシガエルをきつくにぎりすぎて、カエルの目が飛び出していた。ハリーはあわててカエルを机の上にもどした。

「昨夜は、ほんとに、ほんとに危機一髪だった」ハーマイオニーが振り返るように言った。「あれだけ追い詰めたことを、アンブリッジ自身が知っているのかしら。『シレンシオ、黙れ』」

ハーマイオニーが「黙《だま》らせ呪文」の練習に使ったウシガエルは、ゲロゲまでで急に声が出なくなり、恨めしげにハーマイオニーに目をむいた。

「もしアンブリッジがスナッフルズを捕まえていたら――」

ハーマイオニーの言おうとしたことをハリーが引き取った。

「――たぶん今朝、アズカバンに送り返されていただろうな」

ハリーはあまり気持ちを集中せずに杖《つえ》を振った。ウシガエルがふくれ上がって緑の風船のようになり、ピーピーと高い声を出した。

「シレンシオ！　黙れ！」

ハーマイオニーが杖をハリーのカエルに向け、急いで唱えた。カエルは二人の前で、声を上げずに萎《しぼ》んだ。

「とにかく、シリウスは、もう二度とやってはいけない。それだけよ。ただ、どうやってシリウスにそれを知らせたらいいかわからない。ふくろうは送れないし」

「もう危険は冒さないと思うけど」ロンが言った。「それほどばかじゃない。あの女に危うく捕まりかけたって、わかってるさ。シレンシオ」

ロンの前の大きな醜いワタリガラスが嘲《あざけ》るようにカーと鳴いた。

「黙れ！　シレンシオ！」

カラスはますますやかましく鳴いた。

「あなたの杖の動かし方が問題よ」ハーマイオニーは、批判的な目でロンを観察している。「そんなふうに振るんじゃなくて、鋭く突くって感じなの」

「ワタリガラスはカエルより難しいんだ」ロンが癇《かん》に障《さわ》ったように反論した。

「いいわよ。取り替えましょ」

ハーマイオニーがロンのカラスを捕まえ、自分の太ったウシガエルと交換しながら呪文を唱えた。

「シレンシオ！」

ワタリガラスは相変わらず鋭い嘴《くちばし》を開けたり閉じたりしていたが、もう音は出てこなかった。

「大変よろしい、ミス・グレンジャー！」フリットウィック先生のキーキー声で、ハリー、ロン、ハーマイオニーの三人とも飛び上がった。「さあ、ミスター・ウィーズリー、やってごらん」

「な――？　あ――ァ、はい」ロンはあわてふためいた。「えー――シレンシオ！」

ロンの突きが強すぎて、ウシガエルの片目を突いてしまい、カエルは耳をつんざく声でグワッ、グワッと鳴きながらテーブルから飛び降りた。

ハリーとロンだけが「黙《だま》らせ呪文」の追加練習をするという宿題を出されたが、二人ともまたかと思っただけだった。

外は土砂降りなので、生徒たちは休憩時間も城内にとどまることを許された。三人は二階の込み合ったやかましい教室に、空いている席を見つけた。ピーブズがシャンデリア近くに眠そうにぷかぷか浮いて、ときどきインクつぶてをだれかの頭に吹きつけている。三人が座るか座らないうちに、アンジェリーナが、むだ話に忙しい生徒たちをかき分けてやってきた。

「許可をもらったよ！」アンジェリーナが言った。「クィディッチ・チームを再編成できる！」

「やった！」ロンとハリーが同時にさけんだ。

「うん」アンジェリーナがにっこりした。「マクゴナガルのところに行ったんだ。たぶん、マクゴナガルはダンブルドアに訴えたんだと思う。とにかく、アンブリッジが折れた。ざまみろ！だから、今夜七時に競技場にきて欲しい。ロスした時間を取りもどさなくっちゃ。最初の試合まで、三週間しかないってこと、自覚してる？」

アンジェリーナは、生徒の間をすり抜けるように歩き去りながら、ピーブズのインクつぶてを危うくかわし（代わりにそれは、そばにいた一年生に命中した）、姿が見えなくなった。

窓から外を眺めて、ロンの笑顔がちょっと翳《かげ》った。外はたたきつけるような雨で、ほとんど不透明だった。

「やめばいいけど。ハーマイオニー、どうかしたのか？」

ハーマイオニーも窓を見つめていたが、なにか見ている様子ではなかった。焦点は合っていないし、顔をしかめている。

「ちょっと考えてるの……」雨が流れ落ちる窓に向かってしかめ面をしたまま、ハーマイオニーが答えた。

「シリー――スナッフルズのことを？」ハリーが聞いた。

「ううん……ちょっとちがう……」ハーマイオニーが一言一言噛《か》みしめるように言った。「むしろ……もしかして……私たちのやってることは正しいんだし……考えると……そうよね？」

ハリーとロンが顔を見合わせた。

「なるほど、明確なご説明だったよ」ロンが言った。「君の考えをこれほどきちんと説明してくれなかったら、僕たち気になってしょうがなかったろうけど」

ハーマイオニーは、たったいまロンがそこにいることに気づいたような目でロンを見た。

「私がちょっと考えていたのは」ハーマイオニーの声が、今度はしっかりしていた。「私たちのやっている『闇の魔術に対する防衛術』のグループを始めるということが、果たして正しいかどうかってことなの」

「ええっ？」ハリーとロンが同時に言った。

「ハーマイオニー、君が言い出しっぺじゃないか！」ロンが憤慨した。

「わかってるわ」ハーマイオニーは両手を組んで、もじもじさせている。「でも、スナッフルズと話したあとで……」

「でも、スナッフルズは大賛成だったよ」ハリーが遮《さえぎ》った。

「そう」ハーマイオニーがまた窓の外を見つめた。「そうなの。だからかえって、この考えが結局正しくないのかもしれないって思って……」

ピーブズが三人の頭上に腹這《はらば》いになって浮かび、豆鉄砲を構えていた。三人は反射的に鞄を頭の上に持ち上げ、ピーブズが通り過ぎるのを待った。

「はっきりさせようか」鞄を床の上にもどしながら、ハリーが怒ったように言った。「シリウスが賛成した。だから君は、もうあれはやらないほうがいいと思ったと言うのか？」

ハーマイオニーは緊張した情けなさそうな顔をしていた。今度は両手をじっと見つめながら、ハーマイオニーが口を開いた。

「本気でシリウスの判断力を信用してるの？」

「ああ、信用してる！」ハリーは即座に答えた。「いつでも僕たちにすばらしいアドバイスをくれた！」

インクのつぶてが三人をシュッとかすめて、ケイティ・ベルの耳を直撃した。ハーマイオニーは、ケイティが勢いよく立ち上がって、ピーブズにいろいろなものを投げつけるのを眺め、しばらく黙っていたが、言葉を慎重に選びながら話しはじめた。

「グリモールド・プレイスに閉じ込められてから……シリウスが……ちょっと……無謀になった……そう思わない？　ある意味で……こう考えられないかしら……私たちを通して生きているんじゃないかって？」

「どういうことなんだ？　〝僕たちを通して生きている〟って？」ハリーが言い返した。

「それは……つまり、魔法省直属のだれかの鼻先で、シリウス自身が秘密の防衛結社を作りたいんだろうと思うの……いまの境遇ではほとんどなにもできなくて、シリウスは本当に嫌気が差しているんだと思うわ……それで、なんと言うか……私たちをけしかけるのに熱心になっているような気がするの」

ロンは当惑し切った顔をした。

「シリウスの言うとおりだ」ロンが言った。「君って、ほんとにママみたいな言い方をする」

ハーマイオニーは唇を噛《か》み、なにも言わなかった。ピーブズがケイティに襲いかかり、インク瓶《びん》の中身をそっくり全部その頭にぶちまけたとき、始業のベルが鳴った。

天気はそのあともよくならなかった。七時、ハリーとロンが練習のためにクィディッチ競技場に出かけたが、あっという間にずぶ濡れになり、ぐしょ濡れの芝生に足を取られて滑った。空は雷が鳴りそうな鉛色で、更衣室の明かりと暖かさは、ほんの束の間の安息を与えてくれる。ジョージとフレッドは、自分たちの作った「ずる休みスナックボックス」をどれか一つ使って、飛ぶのをやめようかと話し合っている。

「……だけど、おれたちの仕掛けを、あの女は見破ると思うぜ」フレッドが、唇を動かさないようにして言った。「『ゲーゲー・トローチ』を昨日彼女に売り込まなきゃよかったなあ」

「『発熱ヌガー』を試してみてもいいぜ」ジョージがつぶやいた。「あれなら、まだ、だれも見たことがないし――」

「それ、効くの？」屋根を打つ雨音が激しくなり、建物のまわりで風がうなる中、ロンがすがるように聞いた。

「まあ、うん」フレッドが言った。「体温はすぐ上がるぜ」

「だけど、膿《うみ》の入ったでっかいでき物もできるな」ジョージが言った。「しかも、それを取り除く方法は未解決だ」

「でき物なんて、見えないけど」ロンが双子をじろじろ見た。

「ああ、まあ、見えないだろう」フレッドが暗い顔で言った。「普通、公衆の面前にさらすところにはない」

「しかし、箒《ほうき》に座ると、これがなんとも痛い。なにしろ――」

「よーし、みんな。よく聞いて」キャプテン室から現れたアンジェリーナが大声で言った。「たしかに理想的な天候ではないけれど、スリザリンとの試合が、こんな天候だということもありうる。だから、どう対処するか、策を練っておくのはいいことだ。ハリー、たしかハッフルパフとの嵐の中での試合のとき、雨でメガネが曇るのを止めるのに、なにかやったね？」

「ハーマイオニーがやった」ハリーはそう言うと、杖《つえ》を取り出して自分のメガネをたたき、呪文を唱えた。

「インパービアス！　防水せよ！」

「全員それをやるべきだな」アンジェリーナが言った。「雨が顔にさえかからなきゃ、視界はぐっとよくなる――じゃ、みんな一緒に、それ――『インパービアス！』。オッケー。行こうか」

杖をユニフォームのポケットにもどし、箒を肩に、みなアンジェリーナのあとについて更衣室を出た。

一歩一歩ぬかるみが深くなる中を、みなグチョグチョと音を立てて競技場の中心部まで歩いた。「防水呪文」をかけていても、視界は最悪だった。周囲はたちまち暗くなり、滝のような雨が競技場を洗い流していた。

「よし、笛の合図で」アンジェリーナがさけんだ。

ハリーは泥を四方八方にまき散らして地面を蹴り、上昇した。風で少し押し流される。こんな天気でどうやってスニッチを見つけるのか、見当もつかない。練習に使っている大きなブラッジャーでさえ見えないのだ。練習を始めるとすぐ、ブラッジャーに危うくたたき落とされそうになり、ハリーは、それを避けるのに「ナマケモノ型グリップ・ロール」をやるはめになった。残念ながら、アンジェリーナは見ていてくれなかった。それどころか、アンジェリーナはなにも見えていないようだ。選手は互いになにをやっているやら、さっぱりわかっていなかった。風はますます激しさを増した。下の湖面に雨が打ちつけ、ビシビシ音を立てるのが、こんな遠くにいるハリーにさえ聞こえた。

アンジェリーナはほぼ一時間みなをがんばらせたが、ついに敗北を認めた。ぐしょ濡れで不平たらたらのチームを率いて更衣室にもどったアンジェリーナは、練習は時間のむだではなかったと言い張ったが、自分でも自信がなさそうな声だった。フレッドとジョージはことさら苦しんでいる様子だった。二人ともガニ股で歩き、ちょっと動くたびに顔をしかめた。タオルで頭を拭《ふ》きながら、二人がこぼしているのがハリーの耳に入った。

「おれのは二、三個つぶれたな」フレッドが虚ろな声で言った。

「おれのはつぶれてない」ジョージが顔をしかめながら言った。「ずきずき痛みやがる……むしろ前より大きくなったな」

「痛っ！」ハリーが声を上げた。

ハリーはタオルをしっかり顔に押しつけ、痛みで目をぎゅっと閉じた。額《ひたい》の傷痕《きずあと》がまた焼けるように痛む。ここ数週間、こんな激痛はなかった。

「どうした？」何人かの声がした。

ハリーはタオルを顔から離した。メガネをかけていないせいで、更衣室がぼやけて見える。それでも、みなの顔がハリーを見ているのがわかった。

「なんでもない」ハリーがぼそっと言った。「僕――自分で自分の目を突いちゃった。それだけ」

しかし、ハリーはロンに目配せし、みなが外に出ていったあとで二人だけあとに残った。選手たちはマントに包《くる》まり、帽子を耳の下まで深くかぶって出ていった。

「どうしたの？」最後にアリシアが出ていくとすぐ、ロンが聞いた。「傷？」

ハリーがうなずいた。

「でも……」ロンが怖々《こわごわ》窓際に歩いていき、雨を見つめた。「あの人──『あの人』がいま、そばにいるわけないだろ？」

「ああ」ハリーは額《ひたい》をさすり、ベンチに座り込みながらつぶやいた。「たぶん、ずうっと遠くにいる。でも、痛んだのは……あいつが……怒っているからだ」

そんなことを言うつもりはなかった。別の人間がしゃべるのを聞いたかのようだった──しかし、ハリーは直感的に、そうにちがいないと思った。どうしてなのかはわからないが、そう思ったのだ。ヴォルデモートがどこにいるのかも、なにをしているのかも知らないが、たしかに激怒してる。

「『あの人』が見えたの？」ロンが恐ろしそうに聞いた。「君……幻覚かなにか、見でもしたのか？」

ハリーは足元を見つめたままじっと座り、痛みが治まり、気持ちも記憶も落ち着くのを待っていた。

もつれ合ういくつかの影。どなりつける声の響き……。

「やつはなにかをさせたがっている。だけど、それなのに、なかなかそれがうまくいかない」

またしても言葉が口をついて出てくる。ハリー自身が驚いた。しかも、それが本当のことだという確信があった。

「でも……どうしてわかるんだ？」ロンが聞いた。

ハリーは首を横に振り、両手で目を覆って手のひらでぐっと押した。目の中に小さな星が飛び散った。ロンがベンチの隣に座り、ハリーを見つめているのを感じる。

「前のときもそうだったの？」ロンが声をひそめて聞いた。「アンブリッジの部屋で傷痕《きずあと》が痛んだとき？『例のあの人』が怒ってたの？」

ハリーは首を横に振った。

「それならなんなのかなあ？」

ハリーは記憶をたどった。アンブリッジの顔を見つめていた……傷痕が痛んだ……そして、胃袋におかしな感覚が……なんだか奇妙な、飛び跳ねるような感覚……幸福な感覚……しかし、そうだ、あのときは気づかなかったが、あのときの自分自身はとても惨《みじ》めな気持ちだった。だから奇妙だったんだ……。

「この前は、やつが喜んでいたからなんだ」ハリーが言った。「本当に喜んでいた。やつは思ったんだ……なにかいいことが起こるって。それに、ホグワーツに僕たちが帰る前の晩……」ハリーは、グリモールド・プレイスのロンと一緒の寝室で、傷痕が痛んだあの瞬間を思い出していた……。「やつは怒り狂ってた……」

ロンを見ると、口をあんぐり開けてハリーを見ている。

「君、おい、トレローニーに取って代われるぜ」ロンが恐れと尊敬の入り交じった声で言った。

「僕、予言してるんじゃないよ」ハリーが言った。

「ちがうさ。なにをしているかわかるかい？」ロンが恐ろしいような感心したような声で言った。

「ハリー、君は『例のあの人』の心を読んでる！」

「ちがう」ハリーが首を振った。「むしろ……気分を読んでるんだと思う。どんな気分でいるのかがちらっとわかるんだ。ダンブルドアが先学期に、そんなようなことが起こっているって言ってた。ヴォルデモートが近くにいるとか、憎しみを感じていると、僕にそれがわかるんだって。でも、いまは、やつが喜んでいるときにも感じるんだ……」

一瞬の沈黙があった。雨風が激しく建物にたたきつけていた。

「だれかに言わなくちゃ」ロンが言った。

「この前はシリウスに言った」

「今回のことも言えよ！」

「できないよ」ハリーが暗い顔で言った。「アンブリッジがふくろうも暖炉も見張ってる。そうだろ?」

「じゃ、ダンブルドアはもう知ってる」

「いま、言ったろう。ダンブルドアだ」

ハリーは気短《きみじか》に答えて立ち上がり、マントを壁の釘から外して肩に引っかけた。

「また言ったって意味ないよ」

ロンはマントのボタンをかけ、考え深げにハリーを見た。

「ダンブルドアは知りたいだろうと思うけど」ロンは未練を残す。

ハリーは肩をすくめた。

「さあ……これから『黙《だま》らせ呪文』の練習をしなくちゃ」

泥だらけの芝生を滑ったりつまずいたりしながら、二人は話をせずに、急いで暗い校庭を進んだ。ハリーは必死で考えた。いったいヴォルデモートがさせたがっていること、そして思うように進まないこととはなんだろう?

「……ほかにも求めているものがある……やつがまったく極秘で進めることができる計画だ……極秘にしか手に入らないもの……武器のようなものというかな。前のときには持っていなかったものだ」

この言葉を何週間も忘れていた。ホグワーツでのいろいろな出来事にすっかり気を取られ、アンブリッジとの目下の戦いや、魔法省のさまざまな不当な干渉のことを考えるのに忙殺されていた……しかし、いま、この言葉が蘇《よみがえ》り、ハリーはもしやと思った……ヴォルデモートが怒っているのも、なんだかわからないその武器にまったく近づくことができないからと考えれば辻褄《つじつま》が合う。騎士団はあいつの目論見《もくろみ》を挫《くじ》き、それが手に入らないように阻止しているのだろうか？　それはどこに保管されているのだろう？　いま、だれが持っているのだろう？

「ミンビュラス　ミンブルトニア」

ロンの声がしてハリーは我に返り、肖像画の穴を通って談話室に入った。

ハーマイオニーは早めに寝室に行ってしまったらしい。残っているのは、近くの椅子に丸まっているクルックシャンクスと、暖炉のそばのテーブルに置かれた、さまざまな形のでこぼこしたしもべ妖精用毛糸帽子だけだ。ハリーはハーマイオニーがいないのがかえってありがたかった。傷痕《きずあと》の痛みを議論するのも、ダンブルドアのところへ行けとハーマイオニーに促されるのもいやだった。ロンはまだ心配そうな目でちらちらハリーを見ていたが、ハリーは呪文集を引っ張り出し、レポートを仕上げる作業に取りかかった。もっとも、集中するふりをしていただけで、ロンがもう寝室に行くと言ったときにも、ハリーはまだほとんどなにも書いてはいなかった。

真夜中になり、真夜中が過ぎても、ハリーは、トモシリソウ、ラビッジ、オオバナノコギリソウの使用法についての同じ文章を、一言も頭に入らないまま何度も読み返していた。

　これらの薬草は、脳を火照らせるのに非常に効き目があり、そのため、性急さ、向こう見ずな状態を魔法使いが作り出したいと望むとき、『混乱・錯乱薬』用に多く使われる……。

……ハーマイオニーが、シリウスはグリモールド・プレイスに閉じ込められて向こう見ずになっていると言ったっけ……。

……脳を火照らせるのに非常に効き目があり、そのため……。

……「日刊予言者新聞《にっかんよげんしゃしんぶん》」は、僕がヴォルデモートの気分がわかると知ったら、僕の脳が火照っていると思うだろうな……。

……そのため、性急さ、向こう見ずな状態を魔法使いが作り出したいと望むとき、『混乱・錯乱薬』用に多く使われる……。

……混乱、まさにそうだ。どうして僕はヴォルデモートの気分がわかったのだろう？

二人のこの薄気味の悪い絆はなんなのだ？　ダンブルドアでも、これまで十分に満足のいく説明ができなかったこの絆は？

……魔法使いが作り出したいと望むとき、……。

……ああ、とても眠い……。

……性急さ……を作り出したいと……。

……肘掛《ひじかけ》椅子は暖炉のそばで、暖かく心地よい。雨がまだ激しく窓ガラスに打ちつけている。クルックシャンクスがゴロゴロ喉《のど》を鳴らし、暖炉の炎がはぜる……。手が緩み、本が滑り、鈍いゴトッという音とともに暖炉マットに落ちた。ハリーの頭がぐらりと傾《かし》いだ。

またしてもハリーは、窓のない廊下を歩いている。足音が静寂の中に反響している。通路の突き当たりの扉が次第に近くなり、心臓が興奮で高鳴る……あそこを開けることさえできれば……その向こう側に入れれば……。

手を伸ばした……もう数センチで指が触れる……。

「ハリー・ポッターさま！」

ハリーは驚いて目を覚ました。談話室の蠟燭《ろうそく》はもう全部消えていた。しかし、なにかがすぐそばにいる。

「だ……れ？」ハリーは椅子にまっすぐ座りなおした。談話室の暖炉の火はほとんど消え、部屋はとても暗かった。

「ドビーめが、あなたさまのふくろうを持っています！」キーキー声が言った。

「ドビー？」

ハリーは、暗がりの中で声の聞こえた方向を見透かしながら、寝呆け声を出した。

ハーマイオニーが残していったニットの帽子が半ダースほど置いてあるテーブルの

横に、屋敷しもべ妖精のドビーが立っていた。大きな尖《とが》った耳が、山のような帽子の下から突き出ている。ハーマイオニーがこれまで編んだものを全部かぶっているのではないかと思うほど縦に帽子を積み重ねてかぶっているので、頭が一メートル近く伸びたように見える。一番てっぺんの毛糸玉の上に、たしかに傷の癒《い》えたヘドウィグが止まり、ホーホーと落ち着いた鳴き声を上げていた。

「ドビーめはハリー・ポッターのふくろうを返す役目を、進んでお引き受けいたしました」しもべ妖精は、うっとりと憧れの人を見る目つきで、キーキー言った。「グラブリー-プランク先生が、ふくろうはもう大丈夫だとおっしゃいましたでございます」ドビーが深々とお辞儀をしたので、鉛筆のような鼻先がボロボロの暖炉マットをこすり、ヘドウィグは怒ったようにホーと鳴いてハリーの椅子の肘《ひじ》掛《か》けに飛び移った。

「ありがとう、ドビー！」

ヘドウィグの頭をなでながら、夢の中の扉の残像を振りはらおうと、ハリーは目を強く瞬《しばたた》いた……あまりに生々しい夢だった。ドビーをもう一度よく見た。スカーフを数枚巻きつけ、数え切れないほどのソックスを履いている。おかげで、体と不釣合《ふつりあ》いに足が大きく見えた。

「あの……君が、ハーマイオニーの置いといた服を全部取っていたの？」

「いいえ、とんでもございません」ドビーはうれしそうに言った。「ドビーめはウィンキーにも少し取ってあげました。はい」

「そう。ウィンキーはどうしてるの?」ハリーが聞いた。

ドビーの耳が少しうなだれた。

「ウィンキーはいまでもたくさん飲んでいます。はい」ドビーは、テニスボールほどもある巨大な緑の丸い目を伏せて、悲しそうに言った。「いまでも服が好きではありません、ハリー・ポッター。ほかの屋敷しもべ妖精も同じでございます。もうだれもグリフィンドール塔をお掃除しようとしないのでございます。帽子や靴下があちこちに隠してあるからでございます。侮辱されたと思っているのでございます。はい。ドビーめが全部一人でやっておりますです。でも、ドビーめは気にしません。はい。なぜなら、ドビーめはいつでもハリー・ポッターにお会いしたいと願っております。そして、今夜、はい、願いがかないました!」ドビーはまた深々とお辞儀した。

「でも、ハリー・ポッターは幸せそうではありません」ドビーは体を起こし、おずおずとハリーを見た。「ドビーめは、あなたさまが寝言を言うのを聞きました。ハリー・ポッターは悪い夢を見ていたのですか?」

「それほど悪い夢っていうわけでもないんだ」ハリーはあくびをして目をこすった。「もっと悪い夢を見たこともあるし」

しもべ妖精は大きな球のような目でハリーをしげしげと見た。それから両耳をうなだれて、真剣な声で言った。

「ドビーめは、ハリー・ポッターをお助けしたいのです。ハリー・ポッターがドビーを自由にしましたから。そして、ドビーめはいま、ずっとずっと幸せですから」

ハリーはほほえんだ。

「ドビー、君には僕を助けることはできない。でも、気持ちはありがたいよ」

ハリーはかがんで、「魔法薬」の教科書を拾った。このレポートは結局、明日仕上げなければならない。ハリーは本を閉じた。そのとき、暖炉の残り火が、手の甲のうっすらとした傷痕《きずあと》を白く浮き上がらせた──アンブリッジの罰則《ばっそく》の跡だ。

「ちょっと待って──ドビー、君に助けてもらいたいことがあるよ」ある考えが浮かび、ハリーはゆっくりと言った。

ドビーは向きなおって、にっこりした。

「なんでもおっしゃってくださいませ。ハリー・ポッターさま！」

「場所を探しているんだ。二十八人が『闇の魔術に対する防衛術』を練習できる場所で、先生方に見つからないところ。とくに」ハリーは本の上で固く拳《こぶし》をにぎった。傷痕が蒼白《あおじろ》く光った。「アンブリッジ先生には」

ドビーの顔から笑いが消えて、両耳がうなだれるだろうと予想した。むりですとか、どこか探してみるがあまり期待は持たないようにとでも言うだろうと思った。まさか、ドビーが両耳をうれしそうにパタパタさせピョンと小躍りするとは、まさか両手を打ち鳴らそうとは、思ってもみなかった。

「ドビーめは、ぴったりな場所を知っております。はい！」ドビーはうれしそうに言った。「ドビーめはホグワーツにきたとき、ほかの屋敷しもべ妖精が話しているのを聞きました。はい。仲間内では『あったりなかったり部屋』とか、『必要の部屋』として知られております！」

「どうして？」ハリーは好奇心に駆られた。

「なぜなら、その部屋に入れるのは」ドビーは真剣な顔だ。「本当に必要なときだけなのです。ときにはありますが、ときにはない部屋でございます。それが現れるときには、いつでも求める人の欲しいものが備わっています。ドビーめは、使ったことがございます」

しもべ妖精は声を落とし、悪いことをしたような顔をした。

「ウィンキーがとっても酔ったときに。ドビーはウィンキーを『必要の部屋』に隠しました。そうしたら、ドビーは、バタービールの酔い覚まし薬をそこで見つけました。それに、眠って酔いを覚ます間寝かせるのにちょうどよい、しもべ妖精サイズのベッドがあったのでございます……それに、フィルチさまは、お掃除用具が足りなくなったとき、そこで見つけたのを、はい、ドビーは存じています。そして――」

「そして、ほんとにトイレが必要なときは」ハリーは急に、去年のクリスマス・パーティで、ダンブルドアが言ったことを思い出した。「その部屋はおまるで一杯になる?」

「ドビーめは、そうだと思います。はい」ドビーは一所懸命うなずいた。「驚くような部屋でございます」

「そこを知っている人はどのぐらいいるのかな?」ハリーは椅子に座りなおした。

「ほとんどおりません。だいたいは、必要なときにたまたまその部屋に出くわします。はい。でも、二度と見つからないことが多いのです。なぜなら、その部屋がいつもそこにあって、お呼びがかかるのを待っているのを知らないからでございます」

「すごいな」ハリーは心臓がどきどきした。「ドビー、ぴったりだよ。部屋がどこにあるのか、いつ教えてくれる?」

「いつでも。ハリー・ポッターさま」ハリーが夢中なので、ドビーはうれしくてたまらない様子だ。「よろしければ、いますぐにでも!」

一瞬、ハリーはドビーと一緒に行きたいと思った。上の階から急いで「透明マント」を取ってこようと、椅子から半分腰を浮かしかけた。そのときまたしても、ちょうどハーマイオニーがささやくような声が耳元で聞こえた。〝向こう見ず〟。考えてみれば、もう遅いし、ハリーは疲れ切っていた。

「ドビー、今夜はだめだ」ハリーは椅子に沈み込みながら、しぶしぶ言った。「これはとっても大切なことなんだ……しくじりたくない。ちゃんと計画する必要がある。ねえ、『必要の部屋』の正確な場所と、どうやって入るのかだけ教えてくれないかな?」

水浸しの野菜畑をピチャピチャ渡って二時限続きの「薬草学」に向かう生徒たちのローブが、風にあおられてはためき、翻《ひるがえ》った。雨音はまるで雹《ひょう》のように温室の屋根を打ち、スプラウト先生が言っていることがほとんど聞き取れない。午後の「魔法生物飼育学」は嵐が吹きすさぶ校庭ではなく一階の空いている教室に移され、昼食時には、アンジェリーナがチームの選手のところを回り、クィディッチの練習は取りやめだと伝えた。選手たちは大いにほっとした。

「よかった」アンジェリーナにそれを聞かされたとき、ハリーが小声で言った。「場所を見つけたんだ。最初の『防衛術』の会合は今夜八時、八階の『ばかのバーナバス』がトロールに棍棒《こんぼう》で打たれている壁掛けの向かい側。ケイティとアリシアに伝えてくれる?」

アンジェリーナはちょっとどきりとしたようだったが、伝えると約束した。ハリーは食べかけのソーセージとマッシュポテトを貪《むさぼ》るのにもどった。かぼちゃジュースを飲もうと顔を上げると、ハーマイオニーが見つめているのに気づいた。

「なン？」ハリーがもごもごしながら聞いた。

「うーん……ちょっとね。ドビーの計画って、いつも安全だとはかぎらないし。憶《おぼ》えていないの？　ドビーのせいで、あなた、腕の骨が全部なくなっちゃったこと」

「この部屋はドビーの突拍子もない考えじゃないんだ。ダンブルドアもこの部屋のことは知ってる。クリスマス・パーティのとき、話してくれたんだ」

ハーマイオニーの顔が晴れた。

「ダンブルドアが、そのことをあなたに話したのね？」

「ちょっとついでにだったけど」ハリーは肩をすくめた。

「ああ、そうなの。なら大丈夫」ハーマイオニーは急に明るくそう言うと、あとはなにも反対しなかった。

「ホッグズ・ヘッド」でリストにサインした仲間たちを探し出し、その晩どこで会合するかを伝えるのに、ロンも含めた三人でその日の大半を費やした。チョウ・チャンとその友達の女子生徒を探し出すのはジニーのほうが早かったので、ハリーはちょっとがっかりした。とにかく、夕食が終わるころまでには、この知らせがホッグズ・ヘッドに集まった二十五人全員に伝わったと、ハリーは確信を持った。

七時半、ハリー、ロン、ハーマイオニーはグリフィンドールの談話室を出た。ハリーは古ぼけた羊皮紙《ようひし》をにぎりしめていた。五年生は、九時まで外の廊下に出ていてもよいことになってはいたが、三人とも、神経質にあたりを見回しながら八階に向かった。

「止まれ」最後の階段の上で羊皮紙を広げながら、ハリーは警告を発し、杖《つえ》で羊皮紙を軽くたたいて呪文を唱えた。

「我、ここに誓う。我、よからぬことを企む者なり」

羊皮紙にホグワーツの地図が現れた。小さな黒い点が動き回り、それぞれに名前がついていてだれがどこにいるかが示されている。

「フィルチは三階だ」ハリーが地図を目に近づけながら言った。「それと、ミセス・ノリスは五階だ」

「アンブリッジは？」ハーマイオニーが心配そうに聞いた。

「自分の部屋だ」ハリーが指で示した。「オッケー、行こう」

三人は、ドビーがハリーに教えてくれた場所へと廊下を急いだ。大きな壁掛けタペストリーに「ばかのバーナバス」が、愚かにもトロールにバレエを教えようとしている絵が描いてある。その向かい側の、なんの変哲もない石壁がその場所だ。

「オーケー」

を見ている。

ハリーが小声で言った。虫食いだらけのトロールの絵が、バレエの先生になるはずだったバーナバスを、容赦なく棍棒《こんぼう》で打ち据《す》えていたが、その手を休めてハリーたちを見ている。

「ドビーは、気持ちを必要なことに集中させながら、壁のここの部分を三回往《い》ったり来たりしろって言ってた」

三人で実行に取りかかった。石壁の前を通りすぎ、窓のところできっちり折り返して逆方向に歩き、反対側にある等身大の花瓶《かびん》のところでまた折り返した。ロンは集中するのに眉間《みけん》にしわを寄せ、ハーマイオニーは低い声でブツブツつぶやき、ハリーはまっすぐ前を見つめて両手の拳《こぶし》をにぎりしめた。

戦いを学ぶ場所が必要です……ハリーは思いを込めた……どこか練習するところをください……どこか連中に見つからないところを……。

「ハリー！」

三回目に石壁を通り過ぎて振り返ったとき、ハーマイオニーが鋭い声を上げた。

石壁にピカピカに磨き上げられた扉が現れていた。ロンは少し警戒するような目で扉を見つめている。ハリーは真鍮《しんちゅう》の取っ手に手を伸ばし、扉を引いて開け、先に中に入った。広々とした部屋は、八階下の地下牢教室のように揺らめく松明《たいまつ》に照らされていた。

壁際には木の本棚が並び、椅子の代わりに大きな絹のクッションが床に置かれている。一番奥の棚には、いろいろな道具が収められていた。「かくれん防止器」、「秘密発見器」、それに、先学期、偽《にせ》ムーディの部屋に掛かっていたものにちがいないと思われるひびの入った大きな「敵鏡《てきかがみ》」。

「これ、『失神術《しっしん》』を練習するときにいいよ」ロンが足でクッションを一枚突つきながら、夢中になって言った。

「それに、見て！　この本！」ハーマイオニーは興奮して、大きな革張りの学術書の背表紙に次々と指を走らせた。「『通常の呪いとその逆呪い概論』……『闇の魔術の裏をかく』……『自己防衛呪文学』……うわーっ……」ハーマイオニーは顔を輝かせてハリーを見た。何百冊という本があるおかげで、ついにハーマイオニーは自分が正しいことをしていることを確信したようだ。

「ハリー、すばらしいわ。ここには欲しいものが全部ある！」

それ以上よけいなことはいっさい言わず、ハーマイオニーは棚から『呪われた人のための呪い』を引き抜き、手近なクッションに腰を下ろし、読みはじめた。

扉を軽くたたく音がした。ハリーが振り返ると、ジニー、ネビル、ラベンダー、パーバティ、ディーンが到着したところだった。

「ふわーぁ」ディーンが感服して見回した。「ここはいったいなんだい？」

ハリーが説明しはじめたが、途中でまた人が入ってきて、また最初からやりなおしだった。八時までには、全部のクッションが埋まっていた。ハリーは扉に近づき、鍵穴から突き出している鍵を回した。カシャッと小気味よい大きな音とともに鍵がかかり、みながハリーを見つめて静かになった。ハーマイオニーは読みかけの『呪われた人のための呪い』のページに栞《しおり》を挟み、本を横に置いた。

「えぇと」ハリーは少し緊張していた。「ここが練習用に僕たちが見つけた場所です。それで、みんなは――え――ここでいいと思ったみたいだし」

「素敵だわ！」チョウがそう言うと、他の何人かも、そうだそうだと声を揃えた。

「変だなあ」フレッドがしかめ面で部屋を眺め回した。「おれたち、一度ここで、フィルチから隠れたことがある。ジョージ、憶えてるか？　だけど、そのときは単なる箒《ほうき》置き場だったぞ」

「おい、ハリー、これはなんだ？」ディーンが部屋の奥のほうで「かくれん防止器」と「敵鏡」を指していた。

「闇の検知器だよ」ハリーはクッションの間を歩いて道具のほうに行った。「基本的には、闇の魔法使いとか敵が近づくと、それを示してくれるんだけど、あまり頼っちゃいけない。道具がだまされることがある……」

ハリーはひび割れた「敵鏡」をちょっと見つめた。中に影のような姿がうごめいていた。どの姿もはっきりなにかはわからない。ハリーは鏡に背を向けた。

「えぇと、最初に僕たちがやらなければならないのはなにかを、僕、ずっと考えていたんだけど、それで――あ――」

ハリーは、手が挙がっているのに気づいた。

「なんだい、ハーマイオニー？」

「リーダーを選出すべきだと思います」ハーマイオニーが言った。

「ハリーがリーダーよ」

チョウがすかさず言った。ハーマイオニーを、どうかしているんじゃないのという目で見ている。

ハリーはまたまた胃袋がとんぼ返りした。

「そうよ。でも、ちゃんと投票すべきだと思うの」ハーマイオニーは怯《ひる》まない。「それで正式になるし、ハリーに権限が与えられるもの。じゃ――ハリーが私たちのリーダーになるべきだと思う人？」

全員が挙手した。ザカリアス・スミスでさえ、不承不承《ふしょうぶしょう》だったが手を挙げた。

「え――うん、ありがとう」ハリーは顔が熱くなるのを感じた。「それじゃ――なんだよ、ハーマイオニー？」

「それと、名前をつけるべきだと思います」手を挙げたままで、ハーマイオニーが生き生きと答えた。「そうすれば、チームの団結精神も高まるし、一体感が出ると思わない？」

「反アンブリッジ連盟ってつけられない？」アンジェリーナが期待を込めて発言した。

「じゃなきゃ、『魔法省はみんなまぬけ』、MMMはどうだ？」フレッドだった。

「私、考えてたんだけど」ハーマイオニーがフレッドを睨《にら》みながら言った。「どっちかっていうと、私たちの目的がだれにもわからないような名前がいいのよ。この集会の外でも安全に名前を呼べるように」

「防衛協会は？」チョウが言った。「英語の頭文字を取ってDA。それなら、私たちがなにを話しているか、だれにもわからないでしょう？」

「うん、DAっていうのはいいわね」ジニーが言った。「でも、ダンブルドア・アーミーの頭文字でDAね。だって、魔法省が一番恐いのはダンブルドア軍団でしょ？」

あちこちから、いいぞ、いいぞと囃《はや》す声や笑い声が上がった。

「DAに賛成の人？」

ハーマイオニーが取り仕切り、クッションに膝立《ひざだ》ちになって数を数えた。

「大多数です――動議は可決！」

ハーマイオニーはみなが署名した羊皮紙《ようひし》を壁にピンで留め、その一番上に大きな字で「ダンブルドア軍団」と書き加えた。

「じゃ」ハーマイオニーが座ると、いよいよハリーが本題に入った。「それじゃ、練習しようか？　僕が考えたのは、まず最初にやるべきなのは、『エクスペリアームス、武器よ去れ』、そう、『武装解除術《ぶそうかいじょじゅつ》』だ。かなり基本的な呪文だっていうことは知っている。だけど、本当に役立つ――」

「おい、おい、頼むよ」ザカリアス・スミスが腕組みし、呆《あき》れたように目を天井に向けた。

『例のあの人』に対して、『武器よ去れ』が僕たちを守ってくれると思うのかい？」

「僕はやつに対してこれを使った」ハリーは落ち着いていた。「六月に、この呪文が僕の命を救った」

スミスはぽかんと口を開いた。ほかのみなは黙っている。

「だけど、これじゃ君には程度が低すぎるって思うなら、出ていっていい」ハリーが言い放った。

スミスは動かなかった。ほかのだれも動かなかった。

「オーケー」たくさんの目に見つめられ、ハリーはいつもより少し口が乾《かわ》いていた。「それじゃ、全員、二人ずつ組になって練習しよう」

指令を出すのもなんだかむず痒《がゆ》かったが、みながそれに従うのはそれよりずっとむず痒かった。全員がさっと立ち上がり、組になった。ネビルは、やはり相手がいなくて取り残された。

「僕と練習しよう」ハリーが言った。「よーし――三つ数えて、それからだ――いーち、にー、さん――」

突然部屋中が、「エクスペリアームス」のさけびで一杯になった。杖《つえ》が四方八方に吹き飛んだ。当たりそこねた呪文が本棚に当たり、本が宙を飛んだ。ハリーの速さに、ネビルはとうてい敵わなかった。ネビルの杖が手を離れ、くるくる回って天井にぶつかり火花を散らせた。それから本棚の上にカタカタ音を立てて落ち、そこからハリーは「呼び寄せ呪文」で杖を回収した。まわりをざっと見ると、基本から始めるべきだという考えが正しかったことがわかった。お粗末な呪文が飛び交っている。相手をまったく武装解除できず、弱い呪文が通り過ぎるときに、相手を二、三歩後ろに跳《の》び退かせるとか、顔をしかめさせるだけの例が多かった。

「エクスペリアームス！　武器よ去れ！」ネビルの呪文に不意を衝《つ》かれて、ハリーは杖が手を離れて飛んでいくのを感じた。

「できた！」ネビルが狂喜した。「いままでできたことないのに――僕、できた！」

「うまい！」ハリーは励ました。

本当の決闘では、相手が杖をだらんと下げて、逆の方向を見ていることなどありえない、という指摘はしないことにした。

「ねえ、ネビル。ちょっとの間、ロンとハーマイオニーと交互に練習してくれるかい？　僕、ほかのみんながどんなふうにやってるか、見回ってくるから」

ハリーは部屋の中央に進み出た。ザカリアス・スミスに変な現象が起きていた。アンソニー・ゴールドスタインの武器を解除しようと呪文を唱えるたびに、スミス自身の杖《つえ》が飛んでいってしまう。しかもアンソニーはなんの呪文も唱えている様子がない。まわりを少し見回すだけで、ハリーは謎を見破った。フレッドとジョージがスミスのすぐそばにいて、交互にスミスの背中に杖を向けている。

「ごめんよ、ハリー」ハリーと目が合ったとたん、ジョージが急いで謝った。「がまんできなくてさ」

ハリーはまちがった呪文のかけ方をなおそうと、他の組を見て回った。ジニーはマイケル・コーナーと組んでいたが、かなりできる。ところが、マイケルは、下手なのか、ジニーに呪いをかけるのをためらっているかのどちらかだ。アーニー・マクミランは杖を不必要に派手に振り回し、相手につけ入る隙を与えていた。クリービー兄弟は熱心だったがミスが多く、まわりの本棚からさんざん本が飛び出すのは、主にこの二人のせいだった。ルーナ・ラブグッドも同じくむらがあり、ときどきジャスティン・フィンチ‐フレッチリーの手から杖《つえ》をきりきり舞いさせて吹き飛ばすかと思えば、髪の毛を逆立たせるだけのときもあった。

「オーケー、やめ！」ハリーがさけんだ。「やめ！　やめだよ！」

ホイッスルが必要だな、とハリーは思った。すると、たちまち一番手近に並んだ本の上に、ホイッスルが載っているのが見つかった。ハリーはそれを取り上げて、強く吹いた。全員、杖を下ろした。

「なかなかよかった」ハリーが言った。「でも、まちがいなく改善の余地があるね」

ザカリアス・スミスがハリーを睨《にら》みつけた。「もう一度やろう」

ハリーはまた見回りながら、今度はあちこちで立ち止まって助言した。徐々に全体のでき具合がよくなってきた。ハリーはしばらくの間、チョウとその友達の組を避けていた。しかし、他の組をみな二回ずつ見回ったあと、これ以上この二人を無視するわけにはいかなくなった。

「ああ、だめだわ」ハリーが近づくと、チョウがちょっと興奮気味に言った。「エクスペリアーミウス！　じゃなかった、エクスペリメリウス！――あ、マリエッタ、ごめん！」

巻き毛の友達の袖《そで》に火が点《つ》いた。マリエッタは自分の杖で消し、ハリーのせいだとばかり睨みつけた。

「あなたのせいで上がってしまったわ。いままではうまくできたのに！」チョウがうち萎《しお》れた。

「とてもよかったよ」ハリーは嘘をついた。しかし、チョウが眉《まゆ》を吊り上げたので、言いなおした。「いや、そりゃ、いまのはよくなかったけど、君がちゃんとできることは知ってるんだ。向こうで見ていたから」

チョウが声を上げて笑った。友達のマリエッタは、ちょっと不機嫌な顔で二人を見て、そこから離れていった。

「放っておいて」チョウがつぶやいた。「あの人、ほんとはここにきたくなかったの。でも私が引っ張ってきたのよ。ご両親から、アンブリッジのご機嫌を損ねるようなことはするなって禁じられているの。ほら――お母様が魔法省に勤めているから」

「君のご両親は？」ハリーが聞いた。

「そうね、私の場合も、アンブリッジに疎《うと》まれるようなことはするなって言われたわ」チョウは誇らしげに胸を張った。「でも、あんなことがあったあとなのに、私が『例のあの人』に立ち向かわないとでも思っているなら……。だってセドリックは――」チョウは困惑した表情で言葉を切った。二人の間に、気まずい沈黙が流れた。

テリー・ブートの杖がヒュッとハリーの耳元をかすめて、アリシア・スピネットの鼻に思い切りぶつかった。

「あのね、私のパパは、反魔法省運動をとっても支持しているもンッ！」ハリーのすぐ後ろで、ルーナ・ラブグッドの誇らしげな声がした。相手のジャスティン・フィンチ‐フレッチリーが、頭の上まで巻き上げられたローブからなんとか抜け出そうとすったもんだしてるうちに、ルーナは明らかにハリーたちの会話を盗み聞きしていた。

「パパはね、ファッジがどんなにひどいことをしたって聞かされても驚かないって、いつもそう言ってるもンッ。だって、ファッジが小鬼を何人暗殺させたか！　それに、『神秘部』を使って恐ろしい毒薬を開発してて、反対する者にはこっそり毒を盛るんだ。その上、ファッジにはアンガビュラー・スラッシキルターがいるもンッね――」

「質問しないで」ハリーは、なにか聞きたそうに口を開きかけたチョウにささやいた。チョウはくすくす笑った。

「ねぇえ、ハリー」部屋の向こう端からハーマイオニーが呼びかけた。「時間は大丈夫？」

時計を見てハリーは驚いた。もう九時十分過ぎだ。すぐに談話室にもどらないと、フィルチに捕まって規則破りで処罰される恐れがある。ハリーはホイッスルを吹き、全員が「エクスペリアームス」のさけびをやめると、最後に残った杖《つえ》が二、三本、カタカタと床に落ちた。

「うん、とってもよかった」ハリーが言った。「でも、時間オーバーだ。もうこのへんでやめたほうがいい。来週、同じ時間に、同じ場所でいいかな？」

「もっと早く！」ディーン・トーマスがうずうずしながら言った。そうだそうだと、うなずく生徒も多かった。

しかし、アンジェリーナがすかさず言った。「クィディッチ・シーズンが近い。こっちも練習が必要だよ！」

「それじゃ、こんどの水曜日だ」ハリーが言った。「練習を増やすなら、そのとき決めればいい。さあ、早く出よう」

ハリーはまた「忍びの地図」を引っ張り出し、八階にだれか先生はいないかと、慎重に調べた。それから、みなを三人から四人の組にして外に出し、全員が無事に寮に着いたかどうかを確認するのに、地図上の小さな点をはらはらしながら見つめた。ハッフルパフ生は厨房《ちゅうぼう》に通じているのと同じ地下の廊下へ、レイブンクロー生は城の西側の塔へ、そしてグリフィンドール生は「太った婦人《レディ》」の肖像画に通じる廊下へ。

「ほんとに、とってもよかったわよ、ハリー」最後にハリー、ロンと三人だけが残ったとき、ハーマイオニーが言った。

「うん、そうだとも」扉をすり抜けながら、ロンが熱を込めて言った。

三人は扉を通り抜け、それがなんの変哲もない元の石壁にもどるのを見つめた。
「僕がハーマイオニーの武装解除したの、ハリー、見た？」
「一回だけよ」ハーマイオニーが傷ついたように言った。「私のほうが、あなたより
ずっと何回も――」
「一回だけじゃないぜ。少なくとも三回は――」
「あーら、あなたが自分で自分の足につまずいて、その拍子に私の手から杖《つえ》をたた
き落としたのを含めればだけど――」
二人は談話室に帰るまで言い争っていた。しかしハリーは聞いていなかった。半分
は「忍びの地図」に目を向けているせいもあるけれど、チョウが言ったことを考えて
いた――ハリーのせいで上がってしまったと。

第19章　ライオンと蛇

それからの二週間、ハリーは胸の中に魔除けの護符《ごふ》を持っているような気持ちだった。輝かしい秘密のおかげでアンブリッジの授業にも耐えられ、それどころか、アンブリッジのぞっとするようなぎょろ目を直視しても、穏やかにほほえむことさえできた。ハリーとDAがアンブリッジの目と鼻の先で抵抗している。アンブリッジと魔法省が恐れているそのものずばりをやってのけている。授業中、ウィルバート・スリンクハードの教科書を読んでいるはずのときには、最近の練習の思い出にふけり、満足感に浸っていた。ネビルがハーマイオニーの武装解除を見事にやってのけたこと、コリン・クリービーが努力を重ね、三回目の練習日に「妨害《ぼうがい》の呪い」を習得したこと、パーバティ・パチルが強烈な「粉々《こなごな》呪文」を発して、「かくれん防止器」がいくつか載ったテーブルを粉々に砕いてしまったこと。

DA集会を、決まった曜日の夜に設定するのはほとんど不可能なことがわかった。

三つのクィディッチ・チームの練習日がそれぞれちがう上、悪天候で始終変更されるのを考慮しなければならなかったからだ。しかし、ハリーは気にしなかった。むしろ集会の日が予測できないほうがよいという気がした。だれかが団員を見張っていたとしても、行動パターンを見抜くのは難しかったろう。

ハーマイオニーはまもなく、急に変更しなければならなくなっても、集会の日付けと時間を全員に知らせるすばらしく賢いやり方を考え出した。寮のちがう生徒たちが大広間で、あまり頻繁に他のテーブルに行って話をしていたのでは怪しまれてしまう。ハーマイオニーはDA団員一人一人に、偽《にせ》のガリオン金貨を渡した（ロンは金貨のバスケットを最初に見たとき、本物の金貨を配っているのだと思って興奮した）。

「金貨の縁に数字があるでしょう？」

四回目の会合のあとで、ハーマイオニーが説明のために一枚を掲げて見せた。松明《たいまつ》の灯《あか》りで、金貨が燦然《さんぜん》と豊かに輝いた。

「本物のガリオン金貨には、それを鋳造した小鬼を示す続き番号が打ってあるだけです。だけど、この偽金貨の数字は、次の集会の日付けと時間に応じて変化します。日時が変更になると、金貨が熱くなるから、ポケットに入れておけば感じ取れます。一人一枚ずつ持っていて、ハリーが次の日時を決めたら、ハリーの金貨の日付けを変更します。私が金貨全部に「変幻自在《へんげんじざい》」の呪文をかけたから、一斉にハリーの金貨をまねて変化します」

ハーマイオニーが話し終えても、しんとしてなんの反応もなかった。ハーマイオニーは自分を見上げている顔を見回し、ちょっと自信なげにおろおろした。

「ええっと――いい考えだと思ったんだけど」ハーマイオニーは落胆したような声を出した。「だって、アンブリッジがポケットの中身を見せなさいって言っても、金貨を持ってること自体は別に怪しくないでしょ？　でも……まあ、みんなが使いたくないなら――」

「君、『変幻自在術』が使えるの？」テリー・ブートが言った。

「ええ」ハーマイオニーが答えた。

「だって、それ……それ、NEWT《いもり》試験レベルだぜ。それって」テリーが声を呑《の》んだ。

「ああ」ハーマイオニーは控えめに言おうとしていた。「ええ……まあ……うん……そうでしょうね」

「君、どうしてレイブンクローにこなかったの？」テリーが、七不思議でも見るようにハーマイオニーを見つめながら問い詰めた。「その頭脳で？」

「ええ、組分け帽子が私の寮を決めるとき、レイブンクローに入れようかと真剣に考えたの」ハーマイオニーが明るく言った。「でも、最後にはグリフィンドールに決めたわ。それじゃ、ガリオン金貨を使っていいのね？」

ザワザワと賛成の声が上がり、みな、前に出てバスケットから一枚ずつ取った。ハリーはハーマイオニーを横目で見ながら言った。

「あのね、僕これでなにを思い出したと思う？」

「わからないわ。なに？」

「『死喰い人』の印。ヴォルデモートがだれか一人の印に触ると、全員の印が焼けるように熱くなって、それで集合命令が出たことがわかるんだ」

「ええ……そうよ」ハーマイオニーがひっそり言った。「実はそこからヒントを得たの……でも、気がついたでしょうけど、私は日付けを金属のかけらに刻んだの。団員の皮膚にじゃないわ」

「ああ……君のやり方のほうがいいよ」ハリーは、ガリオン金貨をポケットに滑り込ませながらニヤッと笑った。「一つ危険なのは、うっかり使っちゃうかもしれないってことだな」

「残念でした」自分の偽《にせ》金貨をちょっと悲しそうにいじりながら、ロンが言った。「まちがえたくても本物を持ってないもの」

シーズン最初のクィディッチ試合、グリフィンドール対スリザリン戦が近づいてくると、DA集会は棚上げになった。アンジェリーナがほとんど毎日練習すると主張したからだ。クィディッチ杯を賭けた試合がここしばらくなかったという事実が、きたるべき試合への周囲の関心と興奮をいやが上にも高めていた。レイブンクローもハッフルパフもこの試合の勝敗に積極的な関心を抱いていた。シーズン中にいずれ両方のチームと対戦することになるのだから当然だ。今回対戦するチームの寮監《りょうかん》たちも、上品なスポーツマンシップの名の下にごまかそうとしてはいたが、是が非でも自分の寮を勝たせてみせると決意していた。試合の一週間前にマクゴナガル先生が宿題を出すのをやめてしまったことを見て、どんなに打倒スリザリンに燃えているかがハリーにはよくわかった。

「あなた方には、いま、やるべきことがほかにたくさんあることと思います」

マクゴナガル先生が毅然《きぜん》としてそう言ったときにはみな耳を疑ったが、先生がハリーとロンをまっすぐ見つめて深刻な調子で言った言葉に、はじめて納得できた。

「私はクィディッチ優勝杯が自分の部屋にあることにすっかり慣れてしまいました。スネイプ先生にこれをお渡ししたくありません。ですから、時間に余裕ができた分は、練習にお使いなさい。二人とも、いいですね？」

スネイプも負けずに露骨な依怙贔屓《えこひいき》だった。スリザリンの練習のためにクィディッチ競技場を頻繁に予約し、グリフィンドールは練習もままならない状態だった。その上、スリザリン生がグリフィンドールの選手に廊下で呪いをかけようとしたという報告がたくさん上がったのに、知らんふりだった。アリシア・スピネットが、ぐんぐん眉《まゆ》が伸び繁って視界を遮《さえぎ》り、口まで塞ぐありさまとなって医務室に行っても、スネイプは自分で「毛生え呪文」をかけたのにちがいないと言い張った。アリシアが図書室で勉強しているときにスリザリンのキーパー、マイルズ・ブレッチリーが後ろから呪いをかけたと十四人もの証人が証言しても、聞く耳を持たなかった。

ハリーはグリフィンドールの勝利を楽観視していた。結局マルフォイのチームには、一度も敗れたことはなかった。ロンは技量がまだウッドの域に達していないことは認めるが、上達しようと猛練習していた。一番の弱点は、へまをやると自信喪失する傾向があることで、一度でもゴールを抜かれると、あわてふためいてミスを重ねがちになる。その反面、絶好調のときは、物の見事にゴールを守るのをハリーは目撃している。その記念すべき練習で、ロンは箒《ほうき》から片手でぶら下がり、クアッフルを味方のゴールポストから蹴り返し、クアッフルがピッチの反対側まで飛んで、相手の中央ゴールポストをすっぽり抜くという強打を見せた。チーム全員が、これこそ、アイルランド選抜チームのキーパー、バーリー・ライアンが、ポーランドの花形キーパー、ラディスロフ・ザモフスキーに対して見せた技にも匹敵する好守備だと感心した。フレッドでさえ、ロンが我々双子の鼻を高くしてくれるかもしれない、そして、これまでの四年間、ロンを親戚と認めるのを拒否してきたけれど（とロンに念を押した）、いよいよ本気で認めようかと考えていると言った。

ハリーが一つだけ本当に心配だったのは、競技場に入る前から動揺させようとするスリザリン・チームの作戦に、ロンがどれだけ耐えられるかということだった。ハリーはもちろん、この四年間、スリザリンのいやがらせに耐えなければならなかった。だから、「おい、ポッティ、ワリントンがこの土曜日には、必ずお前を箒《ほうき》からたたき落とすって言ってるぞ」とささやかれても、血が凍るどころか笑い飛ばした。「ワリントンは、どうにもならない的外れさ。僕の隣のだれかに的をしぼってるなら、もっと心配だけどね」ハリーがそう言い返すと、ロンとハーマイオニーは笑い、パンジー・パーキンソンの顔からはにやにや笑いが消えた。

しかし、ロンは容赦なく浴びせられる侮辱《ぶじょく》、からかい、脅しに耐えた経験がない。スリザリン生が——中には七年生もいて、ロンよりずっと体も大きい生徒もいたが——廊下ですれちがいざま、「ウィーズリー、医務室のベッドは予約したか？」とつぶやいたりすると、ロンは笑うどころか顔が微妙に青くなった。ドラコ・マルフォイが、ロンがクアッフルを取り落とすまねをすると（互いに姿が見えるとそのたびに、マルフォイはそのまねをした）、ロンは、耳が真っ赤に燃え、両手がぶるぶる震え、そのとき持っているものがなんであれそれを落としそうになった。

十月は風のうなりと土砂降りの雨の中に消え、十一月がやってきた。凍てついた鋼のような寒さ、毎朝びっしりと降りる霜、むき出しの手と顔に食い込むような氷の風を連れてやってきた。空も、大広間の天井も真珠のような淡い灰色になり、ホグワーツを囲む山々は雪をいただいた。城の中の温度が急激に下がり、生徒の多くは教室を移動する途中の廊下で、防寒用の分厚いドラゴン革の手袋をしていた。

試合の日は、寒いまぶしい夜明けだった。ハリーは目を覚ますとロンのベッドを見た。ロンは上半身を直立させ、両腕で膝《ひざ》を抱え、空を見つめていた。

「大丈夫か?」ハリーが聞いた。

ロンはうなずいたが、なにも答えなかった。ロンが誤って自分に「ナメクジげっぷの呪い」をかけてしまったときのことを、ハリーは思い出さざるをえなかった。ちょうどあのときと同じように、ロンは蒼《あお》ざめて冷や汗をかいている。口を開きたがらないところまでそっくりだ。

「朝食を少し食べれば大丈夫さ」ハリーが元気づけた。「さあ」

二人が到着したとき、大広間には次々に人が入ってきていた。いつもより大きな声で話し、活気にあふれている。スリザリンのテーブルを通り過ぎるとき、ワーッとどよめきが上がった。ハリーが振り返って見ると、いつもの緑と銀色のスカーフや帽子のほかに、全員が銀色のバッジをつけていた。王冠のような形のバッジだ。どういうわけか、みながどっと笑いながらロンに手を振っている。通りすがりにハリーはバッジに書いてある文字を読もうとしたが、早くロンを通り過ぎさせるほうに気を使うあまり、立ち止まって読んではいられなかった。

グリフィンドールのテーブルでは、熱狂的な大歓迎を受けた。みな、赤と金色で装っていた。しかし、ロンの意気は上がるどころか、大歓声がロンの士気を最後の一滴まで搾《しぼ》り取ってしまったようだ。ロンは、人生最後の食事をとるかのように、一番近くのベンチに崩れ落ちた。

「僕、よっぽどどうかしてた。こんなことするなんて」ロンはかすれ声でつぶやいた。「どうかしてる」

「ばか言うな」ハリーは、コーンフレークを何種類か取り合わせてロンに渡しながら、きっぱりと言った。「君は大丈夫。神経質になるのはあたりまえのことだ」

「僕、最低だ」ロンがかすれ声のまま言った。「僕、下手くそだ。絶対できっこない。僕、いったいなにを考えてたんだろう？」

「しっかりしろ」ハリーが厳しく言った。「この間、足でゴールを守ったときのことを考えてみろよ。フレッドとジョージでさえ、すごいって言ってたぞ」

ロンは苦痛に歪《ゆが》んだ顔でハリーを見た。

「偶然だったんだ」ロンが惨《みじ》めそうにつぶやいた。「意図的にやったんじゃない――だれも見ていないときに僕、箒《ほうき》から滑って、なんとか元の位置にもどろうとしたら、クアッフルをたまたま蹴ったんだ」

「そりゃ」ハリーは一瞬がっくりきたが、すぐ立ちなおった。「もう二、三回そういう偶然があれば、試合はいただきだ。そうだろ?」

ハーマイオニーとジニーが二人の向かい側に腰掛けた。赤と金色のスカーフ、手袋、バラの花飾りを身につけている。

「調子はどう?」ジニーがロンに声をかけた。

ロンは、空になったコーンフレークの底に少しだけ残った牛乳を見つめ、本気でその中に飛び込んで溺《おぼ》れ死んでしまいたいというような顔をしていた。

「ちょっと神経質になってるだけさ」ハリーが言った。

「あら、それはいい兆候だわ。試験だって、ちょっとは神経質にならないとうまくいかないものよ」ハーマイオニーが屈託なく論評した。

「おはよう」二人の後ろで、夢見るようなぼーっとした声がした。ハリーが目を上げると、ルーナ・ラブグッドがレイブンクローのテーブルからふらりと移動してきていた。大勢の生徒がルーナをじろじろ見ている。何人かは指をさしてあけすけに笑っていた。どこでどう手に入れたのか、ルーナは実物大の獅子《しし》の頭の形をした帽子を、ぐらぐらさせながら頭の上に載せていた。

「あたし、グリフィンドールを応援してる」

ルーナは、わざわざ獅子頭《ししがしら》を指しながら言った。

「これ、よく見てて……」

ルーナが帽子に手を伸ばし、杖《つえ》で軽くたたくと、獅子頭がカッと口を開け、本物顔負けに吠えた。まわりのみなが飛び上がった。

「いいでしょう？」ルーナがうれしそうに言った。「スリザリンを表す蛇を、ほら、こいつに噛《か》み砕かせたかったんだぁ。でも、時間がなかったの。まあいいか……がんばれぇ。ロナルド！」そう言うとルーナはふらりと行ってしまった。

二人がまだルーナ・ショックから抜け出せないでいるうちに、アンジェリーナが急いでやってきた。ケイティとアリシアが一緒だったが、アリシアの眉《まゆ》はありがたいことに、マダム・ポンフリーの手で普通にもどっている。

「準備ができたら」アンジェリーナが言った。「みんな競技場に直行だよ。コンディションを確認して、着替えをするんだ」

「すぐ行くよ」ハリーが約束した。「ロンがもう少し食べないと」

しかし、十分経っても、ロンはこれ以上なにも食べられないことがはっきりした。ハリーはロンを更衣室に連れていくのが一番いいと思った。テーブルから立ち上がるとハーマイオニーも立ち上がり、ハリーの腕を引っ張って脇に連れていった。

「スリザリンのバッジに書いてあることをロンに見せないでね」ハーマイオニーが

切羽詰まった様子でささやいた。

ハリーは目で〝どうして？〟と聞いたが、ハーマイオニーが用心してと言いたげに首を振った。ちょうどロンが、よろよろと二人のほうにやってくるところだった。絶望し、身の置きどころもない様子だ。

「がんばってね、ロン」ハーマイオニーは爪先立ちになって、ロンの頰にキスした。「あなたもね、ハリー――」

出口に向かって大広間を進みながら、ロンはわずかに意識を取りもどした様子だった。ハーマイオニーがキスしたところを触り、不思議そうな顔をした。なにが起こったのか、よくわからない様子だ。心ここにあらずのロンはまわりで起こっていることに気がつかないが、ハリーはスリザリンのテーブルを通り過ぎるとき、王冠形のバッジが気になってちらりと見た。今度は刻んである文字が読めた。

ウィーズリーこそ我が王者

これがよい意味であるはずがないと、いやな予感がして、ハリーはロンを急《せ》かし、玄関ホールを出口へと向かった。石段を下りると、氷のような外気だった。

競技場へと急ぐ下り坂は、足下の凍りついた芝生が踏みしだかれ、パリパリと音を立てた。風はなく、空一面が真珠のような白さだった。これなら、太陽光が直接目に入らず、視界はいいはずだ。道々、こういう励みになりそうなことをロンに話してみたが、ロンが聞いているかどうかは定かでなかった。

二人が更衣室に入ると、アンジェリーナはもう着替えをすませ、他の選手に話をしていた。ハリーとロンはユニフォームを着た（ロンは前後逆に着ようとして数分間じたばたしていたので、哀れに思ったのか、アリシアがロンを手伝いにいった）。それから座って、アンジェリーナの激励演説を聴いた。その間、城からあふれ出た人の群れが競技場へと押し寄せ、外のガヤガヤ声が確実に大きくなってきた。

「オーケー、たったいま、スリザリンの最終的なラインナップがわかった」

アンジェリーナが羊皮紙《ようひし》を見ながら言った。

「去年ビーターだったデリックとボールはいなくなった。しかし、モンタギューのやつ、その後釜《あとがま》に飛び方がうまい選手じゃなく、いつものゴリラ族を持ってきた。クラッブとゴイルとかいうやつらだ。私はこの二人をよく知らないけど――」

「僕たち、知ってるよ」ハリーとロンが同時に言った。

「この二人、箒《ほうき》の前後もわからない程度の頭じゃないかな」アンジェリーナが羊皮紙をしまいながら言った。「もっとも、デリックとボールだって、道路標識なしにどうやって競技場にたどり着けるのか、いつも不思議に思ってたけどね」

「クラッブとゴイルもそのタイプだ」ハリーが請け合った。

何百という足音が観客席を登っていく音が聞こえた。歌詞までは聞き取れなかったが、ハリーには何人かが歌っている声も聞こえた。ハリーはどきどきしはじめたが、ロンの舞い上がり方に比べればなんでもないことだ。ロンは胃袋のあたりを押さえ、まっすぐ目の前の宙を見つめている。歯を食いしばり、顔は鉛色。

「時間だ」アンジェリーナが腕時計を見て、感情を抑えた声で言った。

「さあ、みんな……がんばろう」

選手が一斉に立ち上がり、箒《ほうき》を肩に、一列行進で更衣室から輝かしい空の下に出ていった。ワーッという歓声が選手を迎えた。応援と口笛に呑《の》まれてはいたが、その中にまだ歌声が交じっているのをハリーは聞いた。

スリザリン・チームが並んで待っていた。選手も王冠形の銀バッジを着けている。新キャプテンのモンタギューはダドリー・ダーズリー系の体型で、巨大な腕は毛むくじゃらの丸ハムのようだ。その後ろにのっそり控えるクラッブとゴイルも、ほとんど同じくらい大きく、知性を感じさせない瞬きをしながら新品のビーター棍棒《こんぼう》を振り回していた。マルフォイはプラチナ・ブロンドの髪を輝かせて、その横に立っていた。ハリーと目が合うと、にやりとして胸の王冠形バッジを軽くたたいてみせた。

「キャプテン同士、握手」

審判のマダム・フーチが号令をかけ、アンジェリーナとモンタギューが歩み寄った。アンジェリーナは顔色一つ変えなかったが、モンタギューがアンジェリーナの指を砕こうとしているのがハリーにはわかった。

「箒にまたがって……」

マダム・フーチがホイッスルを口にくわえ、吹き鳴らした。

ボールが放たれ、選手十四人が一斉に飛翔《ひしょう》した。ロンがゴールポストに向かって勢いよく飛び去るのを、ハリーは横目でとらえた。ハリーはブラッジャーをかわしてさらに高く飛び、金色のきらめきを探して目を凝らし、フィールドを大きく回りはじめた。ピッチの反対側で、ドラコ・マルフォイがまったく同じ動きをしていた。

「さあ、ジョンソン選手――ジョンソンがクアッフルを手にしています。なんというよい選手でしょう。僕はもう何年もそう言い続けているのに、あの女性はまだ僕とデートをしてくれなくて――」

「ジョーダン！」マクゴナガル先生が叱りつけた。

「――ほんのご愛嬌《あいきょう》ですよ、先生。盛り上がりますから――そして、アンジェリーナ選手、ワリントンをかわしました。モンタギューを抜いた。そして――あいたっ――クラッブの打ったブラッジャーに後ろからやられました……モンタギューがクアッフルをキャッチ。モンタギュー、ピッチをバックします。そして――ジョージ・ウィーズリーからいいブラッジャーがきた。ブラッジャーが、それっ、モンタギューの頭に当たりました。モンタギュー、クアッフルを落とします。ケイティ・ベルが拾った。グリフィンドールのケイティ・ベル、アリシア・スピネットにバックパス。スピネット選手、行きます――」

リー・ジョーダンの解説が、競技場に鳴り響いた。耳元で風がヒューヒュー鳴り、観衆がさけび、野次り、歌う喧騒《けんそう》の中で、ハリーは解説を聞き取ろうと必死で耳を傾けていた。

「――ワリントンをかわした。ブラッジャーをかわした――危なかった、アリシア――観客が沸いています。お聞きください。この歌はなんでしょう?」

リーが歌を聞くのに解説を中断したとき、スタンドの緑と銀のスリザリン陣営から、大きく、はっきりと歌声が立ち上がった。

♪ウィーズリーは守れない　万に一つも守れない
だから歌うぞ、スリザリン　ウィーズリーこそ我が王者

♪ウィーズリーの生まれは豚小屋だ　いつでもクアッフルを見逃しだ
おかげで我らは大勝利　ウィーズリーこそ我が王者

「──そしてアリシアからアンジェリーナにパスが返った」リーがさけんだ。

ハリーはいま聞いた歌に腸《はらわた》が煮《に》えくり返る思いで、軌道を逸《そ》れてしまった。歌が聞こえないようにリーが声を張り上げているのがわかった。

「それ行け、アンジェリーナ──あとはキーパーさえ抜けば！──シュートしました──シュ──────ぁぁぁー……」

スリザリンのキーパー、ブレッチリーが、ゴールを守った。クアッフルをワリントンに投げ返し、ワリントンがボールを手に、アリシアとケイティの間をじぐざぐに縫って猛進した。ワリントンがロンに迫るに従って、下からの歌声が次第に大きくなった。

♪ウィーズリーこそ我が王者　ウィーズリーこそ我が王者
いつでもクアッフルを見逃しだ　ウィーズリーこそ我が王者

ハリーはがまんできずにスニッチを探すのをやめ、ファイアボルトの向きを変えて、ピッチの一番向こう端で、三つのゴールポストの前に浮かんでいる、ひとりぼっちのロンの姿を見た。その姿に向かって、小山のようなワリントンが突進していく。

「――そして、クアッフルはワリントンの手に。ワリントン、ゴールに向かう。ブラッジャーはもはや届かない。前方にはキーパーただ一人――」

スリザリンのスタンドから、大きく歌声がうねった。

♪ウィーズリーは守れない　万に一つも守れない……

「――さあ、グリフィンドールの新人キーパーの初勝負です。ビーターのフレッドとジョージの弟、そしてチーム期待の新星、ウィーズリー――行けっ、ロン！」

しかし、歓喜のさけびはスリザリン側から上がった。ロンは両腕を広げ、がむしゃらに飛びついたが、クアッフルはその両腕の間を抜けて上昇し、ロンの守備する中央の輪のど真ん中を通過した。

「スリザリンの得点！」

リーの声が、観衆の歓声とブーイングに交じって聞こえてきた。

「一〇対〇でスリザリンのリード――運が悪かった、ロン」

スリザリン生の歌声が一段と高まった。

♪ウィーズリーの生まれは豚小屋だ　いつでもクアッフルを見逃しだ……

「――そしてボールはふたたびグリフィンドールにもどりました。ケイティ・ベル、ピッチを力強く飛んでおります――」

いまや耳をつんざくばかりの歌声で、解説の声はほとんどかき消されていたが、リーは果敢に声を張り上げた。

♪おかげで我らは大勝利　ウィーズリーこそ我が王者……

「ハリー、なにぼやぼやしてるのよ！」ケイティを追って上昇し、ハリーのそばを飛びながら、アンジェリーナが絶叫した。

「動いて、動いて！」

気がつくと、ハリーは、もう一分以上空中に静止して、スニッチがどこにあるかなど考えもせずに、試合の運びに気を取られていた。たいへんだ、とハリーは急降下し、ふたたびピッチを回りはじめた。あたりに目を凝らし、いまや競技場を揺るがすほどの大コーラスを無視しようと努めた。

♪ウィーズリーこそ我が王者　ウィーズリーこそ我が王者……

どこを見てもスニッチの影すらない。マルフォイもハリーと同じく、まだ回り続けている。ピッチの周囲を互いに反対方向に回りながら中間地点ですれちがった際、ハリーはマルフォイが高らかに歌っているのを聞いた。

♪ウィーズリーの生まれは豚小屋だ……

「――そして、またまたワリントンです」リーが大音声で言った。「ピュシーにパス。ピュシーがスピネットを抜きます。さあ、いまだ、アンジェリーナ、君ならやれる――やれなかったか――しかし、フレッド・ウィーズリーからのナイス・ブラッジャー、おっと、ジョージ・ウィーズリーか。ええい、どっちでもいいや。とにかくどちらかです。そしてワリントン、クアッフルを落としました。そしてケイティ・ベル――あ――これも落としました――さて、クアッフルはモンタギューが手にしました。スリザリンのキャプテン、モンタギューがクアッフルを取り、ピッチをゴールに向かいます。行け、行くんだ、グリフィンドール、やつをブロックしろ！」

ハリーはスリザリンのゴールポストの裏に回り、ピッチの端をブンブン飛び、ロンのいる側の端でなにが起こっているかを絶対に見ないようにした。スリザリンのキーパーの横を急速で通過したとき、キーパーのブレッチリーが観衆と一緒に歌っているのが聞こえた。

♪ウィーズリーは守れない……

「――さあ、モンタギューがアリシアをかわしました。そしてゴールにまっしぐら。止めるんだ！　ロン！」――

結果は見なくてもわかった。グリフィンドール側から沈痛なうめき声が聞こえ、同時にスリザリン側から新たな歓声と拍手がわいた。下を見ると、パグ犬顔のパンジー・パーキンソンが、観客席の最前列でピッチに背を向け、スリザリンのサポーターのわめくような歌声を指揮していた。

♪だから歌うぞ、スリザリン　ウィーズリーこそ我が王者……

だが、二〇対〇なら平気だ。グリフィンドールが追い上げるかスニッチをつかむか、時間はまだある。二、三回ゴールを決めれば、いつものペースでグリフィンドールのリードだ。ハリーは自分を納得させながらキラッと光るものを追って他の選手の間を縫い、すばしっこく飛んだ。光ったのは、結局モンタギューの腕時計だった。

しかし、ロンはまた二つもゴールを許した。スニッチを見つけたいというハリーの気持ちが、いまや激しい焦りに変わっていた。すぐにでも捕まえて、早くゲームを終わらせなくては。

「――さあ、ケイティ・ベルがピュシーをかわした。モンタギューをすり抜けた。いい回転飛行だ、ケイティ選手。そしてジョンソンにパスした。アンジェリーナ・ジョンソンがクアッフルをキャッチ。ワリントンを抜いた。ゴールに向かった。それ行け、アンジェリーナ――グリフィンドール、ゴール！　四〇対一〇、四〇対一〇でスリザリンのリード。そしてクアッフルはピュシーへ……」

ルーナの滑稽《こっけい》な獅子《し》頭《がしら》帽子が、グリフィンドールの歓声の最中に吠《ほ》えるのが聞こえ、ハリーは元気づいた。たった三〇点差だ。平気、平気。すぐに挽回《ばんかい》だ。クラッブが打ったブラッジャーがハリーめがけて突進してきたのをかわし、ハリーはふたたびスニッチを探して、ピッチの隅々まで必死に目を走らせた。万が一マルフォイが見つけた素振りを示せばと、マルフォイからも目を離さなかったが、マルフォイもハリーと同じくピッチを回り続けるばかりで、なんの成果もないようだ……。

「――ピュシーがワリントンにパス。ワリントンからモンタギュー、モンタギューからピュシーにもどす――ジョンソンがインターセプト、クアッフルを奪いました。

ジョンソンからベルへ。いいぞ――あ、よくない――ベルが、スリザリンのゴイルが打ったブラッジャーにやられた。ボールはまたピュシーの手に……」

♪ウィーズリーの生まれは豚小屋だ　いつでもクアッフルを見逃しだ
　おかげで我らは大勝利……

　ついに、ハリーは見つけた。小さな金色のスニッチが、スリザリン側のピッチの端で、地面から数十センチのところに浮かんで、パタパタしている。

　ハリーは急降下した……。たちまちマルフォイが矢のように飛び、ハリーの左手につけた。箒《ほうき》の上で身を伏せている緑と銀色の姿が影のようにぼやけて見える。

　スニッチは一本のゴールポストの足元を回り込み、ピッチの反対側に向かって滑るように飛び出した。この方向変換はマルフォイに有利だ。マルフォイのほうがスニッチに近い。ハリーはファイアボルトを引いて向きを変えた。マルフォイと並んだ。抜きつ抜かれつ……。

　地面から数十センチでハリーは右手をファイアボルトから離し、スニッチに向かって伸ばした。ハリーの右側で、マルフォイの腕も伸びる。その指が伸び、探り……。

　二秒間。息詰まる死に物狂いの、風を切る二秒間で勝負は決まった。――ハリーの指が、バタバタもがく小さなボールをしっかと包んだ。――マルフォイの爪が、ハリーの手の甲を虚しく引っかいた。――ハリーはもがくスニッチを手に、箒《ほうき》の先を引き上げた。グリフィンドール応援団が絶叫した……よーし！　よくやった！

これで助かった。ロンが何度かゴールを抜かれたことなどどうでもいい。グリフィンドールが勝ちさえすれば、だれも覚えてはいないだろう――。

ガッツーン。

ブラッジャーがハリーの腰にまともに当たった。ハリーは箒から前のめりに放り出された。幸いスニッチを追って深く急降下していたおかげで、地上から二メートルと離れていなかった。それでも、凍てついた地面に背中を打ちつけられ、ハリーは一瞬息が止まった。マダム・フーチのホイッスルが鋭く鳴るのが聞こえた。スタンドからの非難、どなり声、野次、そしてドスンという音。それから、アンジェリーナの取り乱した声がした。

「大丈夫？」

「ああ、大丈夫」ハリーはアンジェリーナに手を取られ、引っ張り起こされながら、硬い表情で言った。

マダム・フーチが、ハリーの頭上にいるスリザリン選手のだれかのところに矢のように飛んでいった。ハリーの角度からは、だれなのかは見えなかった。

「あの悪党、クラッブだ」アンジェリーナは逆上していた。「君がスニッチを取ったのを見たとたん、あいつ、君を狙ってブラッジャーを強打したんだ。——だけど、ハリー、勝ったよ。勝ったのよ！」

ハリーの背後でだれかがフンと鼻を鳴らした。スニッチをしっかりにぎりしめたまま、ハリーは振り返った。ドラコ・マルフォイがそばに着地していた。怒りで血の気のない顔だったが、それでもまだ嘲《あざけ》る余裕があった。

「ウィーズリーの首を救ったわけだねぇ？」ハリーに向かっての言葉だった。「あんな最低のキーパーは見たことがない……だけど、なにしろ豚小屋生まれだものなぁ……僕の歌詞は気に入ったかい、ポッター？」

ハリーは答えなかった。マルフォイに背を向け、降りてくるチームの選手を迎えた。一人、また一人と、さけんだり、勝ち誇って拳《こぶし》を突き上げたりしながら降りてくる。ロンだけが、ゴールポストのそばで箒《ほうき》を降り、たったひとりで、のろのろと更衣室に向かう様子だ。

「もう少し歌詞を増やしたかったんだけどねえ」ケイティとアリシアがハリーを抱きしめたとき、マルフォイが追討《おいう》ちをかけた。「韻《いん》を踏ませる言葉が見つからなかったんだ。『でぶっちょ』と『おかめ』に——あいつの母親のことを歌いたかったんだけどねえ——」

「負け犬の遠吠えよ」アンジェリーナが、軽蔑し切った目でマルフォイを見た。

「――『役立たずのひょっとこ』っていうのも、うまく韻《いん》を踏まなかったんだ――ほら、父親のことだけどね――」

フレッドとジョージが、マルフォイの言っていることに気がついた。ハリーと握手をしている最中、二人の体が強張《こわば》り、さっとマルフォイを見た。

「放っときなさい！」アンジェリーナがフレッドの腕を押さえ、すかさず言った。

「フレッド、放っておくのよ。勝手にわめけばいいのよ。負けて悔しいだけなんだから。あの思い上がりのチビ――」

「――だけど、君はウィーズリー一家が好きなんだ。そうだろう？　ポッター？」マルフォイがせせら笑った。「休暇をあの家で過ごしたりするんだろう？　よく豚小屋にがまんできるねぇ。だけど、まあ、君はマグルなんかに育てられたから、ウィーズリー小屋の悪臭もオーケーってわけだ――」

ハリーはジョージをつかんで押さえた。一方で、あからさまに嘲笑《あざわら》うマルフォイに飛びかかろうとするフレッドを抑えるのに、アンジェリーナ、アリシア、ケイティの三人がかりだった。ハリーはマダム・フーチを目で探したが、ルール違反のブラッジャー攻撃のことで、まだクラッブを叱りつけていた。

「それとも、なにかい」マルフォイが後ずさりしながら意地の悪い目つきをした。

「ポッター、君の母親の家の臭いを思い出すのかな。ウィーズリーの豚小屋が、思い出させて――」

ハリーはジョージを放したことに気がつかなかった。ただ、その直後に、ジョージと二人でマルフォイめがけて疾走したことだけは憶《おぼ》えている。教師全員が見ていることもすっかり忘れて、ただマルフォイをできるだけ痛い目にあわせてやりたい、それ以外なにも考えられなかった。杖《つえ》を引き出すのももどかしく、ハリーはスニッチをにぎったままの拳《こぶし》をぐっと後ろに引き、思いっ切りマルフォイの腹に打ち込んだ――。

「ハリー！　ハリー！　ジョージ！　やめて！」

女子生徒の悲鳴が聞こえた。マルフォイのさけび、ジョージが罵《のの》る声、ホイッスルが鳴り、ハリーの周囲の観衆が大声を上げている。かまうものか。近くのだれかが、「インペディメンタ！　妨害せよ！」とさけぶまで、そして呪文の力で仰向けに倒されるまで、ハリーはなぐるのをやめなかった。マルフォイの体のどこそこかまわず、当たるところを全部なぐった。

「なんのまねです！」ハリーが飛び起きると、マダム・フーチがさけんだ。「妨害《ぼうがい》の呪い」でハリーを吹き飛ばしたのはフーチ先生らしい。片手にホイッスル、もう片方の手に杖を持っていた。箒《ほうき》は少し離れたところに乗り捨ててあった。マルフォイが体を丸めて地上に転がり、うなったり、ヒンヒン泣いたりしていた。鼻血が出ている。ジョージは唇が腫《は》れ上がっていた。フレッドは三人のチェイサーにがっちり押さえられたままだった。クラッブが背後でケタケタ笑っている。

「こんな不始末ははじめてです――城にもどりなさい。二人ともです。まっすぐ寮《りょう》監《かん》の部屋に行きなさい！　さあ！　いますぐ！」

ハリーとジョージは息を荒らげたまま、互いに一言も交わさず競技場を出た。観衆の野次もさけびも次第に遠退《の》き、玄関ホールに着くころには、なにも聞こえなくなった。ただ、二人の足音だけが聞こえた。ハリーは右手の中でまだもがいているものに気づいた。にぎり拳《こぶし》の指関節が、すりむけていた。手を見ると、スニッチの銀の翼が、指の間から突き出し、逃れようと羽ばたいていた。

マクゴナガル先生の部屋のドアに着くか着かないうちに、先生が後ろから廊下を闊《かっ》歩《ぽ》してくるのが見えた。恐ろしく怒った顔で、大股で二人に近づきながら、首に巻いていたグリフィンドールのスカーフを、震える手で引きちぎるようにはぎ取った。

「中へ！」先生は怒り狂ってドアを指さした。

ハリーとジョージが中に入った。先生は足音も高く机の向こう側に行き、怒りに震えながらスカーフを床にたたきつけ、二人と向き合った。

「さて？」先生が口を開いた。「人前であんな恥さらしな行為は、見たことがありません。一人に二人がかりで！　申し開きできますか！」

「マルフォイが挑発したんです」ハリーが突っ張った。

「挑発？」

マクゴナガル先生はどなりながら机を拳《こぶし》でドンとたたいた。その拍子にタータン柄の缶が机から滑り落ち、ふたがパックリ開いて、生姜《しょうが》ビスケットが床に散らばった。

「あの子は負けたばかりだったでしょう。ちがいますか？　当然、挑発したかったでしょうよ！　しかしいったいなにを言ったというんです？　二人がかりを正当化するような——」

「両親を侮辱しました」ジョージがうなり声を上げた。「ハリーのお母さんもです」

「しかし、フーチ先生にその場を仕切っていただかずに、あなたたち二人は、マグルの決闘ショーをやってみせようと決めたわけですか？」マクゴナガル先生の大声が響き渡った。「自分たちがやったことの意味がわかって——？」

「ェヘン、ェヘン」

ハリーもジョージもさっと振り返った。ドローレス・アンブリッジが戸口に立っていた。巻きつけている緑色のツイードのマントが、その姿をますます巨大なガマガエルそっくりに見せていた。ぞっとするような、胸の悪くなるような、不吉な笑みを浮かべている。このにっこり笑いこそ、迫りくる悲劇をハリーに連想させるものになっていた。

「マクゴナガル先生、お手伝いしてよろしいかしら？」アンブリッジ先生が、毒をたっぷり含んだ独特の甘い声で言った。

マクゴナガル先生の顔に血が上った。

「手伝い？」先生が締めつけられたような声で繰り返した。「どういう意味ですか？　手伝いとは？」

アンブリッジ先生が部屋に入ってきた。胸の悪くなるような笑みを続けている。

「あらまあ、先生にもう少し権威をつけて差し上げたら、お喜びになるかと思いましたのよ」

マクゴナガル先生の鼻の穴から火花が散っても不思議はない、とハリーは思った。

「なにか誤解なさっているようですわ」

マクゴナガル先生はアンブリッジに背を向けた。

「さあ、二人とも、よく聞くのです。マルフォイがどんな挑発をしようと、そんなことはどうでもよろしい。たとえ、あなた方の家族全員を侮辱しようとも、関係ありません。二人の行動は言語道断です。それぞれ一週間の罰則《ばっそく》を命じます。ポッター、そんな目で見てもだめです。あなたは、それに値することをしたのです！　そして、あなた方が二度とこのような――」

「ェヘン、ェヘン」

マクゴナガル先生が「我に忍耐を与えよ」と祈るかのように目を閉じ、ふたたびアンブリッジ先生のほうに顔を向けた。

「なにか?」

「わたくし、この二人は罰則以上のものに値すると思いますわ」アンブリッジのにっこりがますます広がった。

マクゴナガル先生がパッと目を開けた。

「残念ではございますが」笑みを返そうと努力した結果、マクゴナガル先生の口元が不自然に引きつった。

「この二人は私《わたくし》の寮生ですから、ドローレス、私がどう思うかが重要なのです」

「さて、実は、ミネルバ」アンブリッジ先生がにたにた笑った。「わたくしがどう思うかがまさに重要だということが、あなたにもおわかりになると思いますわ。えー、どこだったかしら? コーネリウスが先ほど送ってきて……つまり」アンブリッジ先生はハンドバッグをごそごそ探しながら小さく声を上げて作り笑いをした。「大臣が先ほど送ってきたのよ……ああ、これ、これ……」

アンブリッジは羊皮紙《ようひし》を一枚引っ張り出し、広げて、読み上げる前にことさら念入りに咳《せき》ばらいした。

「ェヘン、ェヘン……『教育令第二十五号』」

「まさか、またですか！」マクゴナガル先生が絶叫した。

「ええ、そうよ」アンブリッジはまだにっこりしている。「実は、ミネルバ、あなたのおかげで、わたくしは教育令を追加することが必要だと悟りましたのよ……憶《おぼ》えているかしら。わたくしがグリフィンドールのクィディッチ・チームの再編成許可を渋っていたとき、あなたがわたくしの決定を覆したわね？　あなたはダンブルドアにこの件を持ち込み、ダンブルドアがチームの活動を許すようにと主張しました。さて、それはわたくしとしては承服できませんでしたわ。早速、大臣に連絡しましたら、大臣はわたくしとまったく同意見で、高等尋問官《じんもんかん》は生徒の特権を剥奪《はくだつ》する権利を持つべきだ、さもなくば彼女は——わたくしのことですが——ただの教師より低い権限しか持たないことになる！　とまあ、そこで、いまとなってみればわかるでしょうが、ミネルバ、グリフィンドールの再編成を阻止しようとしたわたくしがどんなに正しかったか。恐ろしい癇癪《かんしゃく》持ちだこと……とにかく、教育令を読み上げるところでしたわね……ェヘン、ェヘン……『高等尋問官は、ここに、ホグワーツの生徒に関するすべての処罰、制裁、特権の剥奪に最高の権限を持ち、他の教職員が命じた処罰、制裁、特権の剥奪を変更する権限を持つものとする。署名、コーネリウス・ファッジ、魔法大臣、マーリン勲章勲一等、以下省略』」

アンブリッジは羊皮紙《ようひし》を丸めなおし、ハンドバッグにもどした。相変わらずのにっこりだ。

「さて……わたくしの考えでは、この二人が以後二度とクィディッチをしないよう禁止しなければなりませんわ」アンブリッジはハリーを、次にジョージを、そしてまたハリーを見た。

ハリーは、手の中でスニッチが狂ったようにバタバタするのを感じていた。

「禁止？」ハリーは自分の声が遠くから聞こえてくるような気がした。「クィディッチを……以後二度と？」

「そうよ、ミスター・ポッター。終身禁止なら、身に滲《し》みるでしょうね」

ハリーが理解に苦しんでいるのを見て、アンブリッジのにっこりがますます広がった。

「あなたと、それから、ここにいるミスター・ウィーズリーもです。それに、安全を期すため、このお若い双子のもう一人も禁止するべきですわ――チームのほかの選手が押さえていなかったら、きっと、もうお一人もミスター・マルフォイ坊ちゃんを攻撃していたにちがいありません。この人たちの箒《ほうき》も当然没収です。わたくしの禁止令にけっして違反しないよう、わたくしの部屋に安全に保管しましょう。でも、マクゴナガル先生、わたくしはわからず屋ではありませんよ」

アンブリッジはマクゴナガル先生に向きなおった。マクゴナガル先生は、いまや氷の彫像のように不動の姿勢でアンブリッジを見つめていた。

「ほかの選手はクィディッチを続けてよろしい。ほかの生徒には別に暴力的な兆候は見られませんからね。では……ごきげんよう」

そして、アンブリッジは、すっかり満足した様子で部屋を出ていった。あとに残されたのは、絶句した三人の沈黙だった。


「禁止」アンジェリーナが虚ろな声を上げた。その夜遅く、談話室でのことだ。「禁止。シーカーもビーターもいない……いったいどうしろって？」

まるで試合に勝ったような気分ではなかった。どちらを向いても、ハリーの目に入るのは落胆した、怒りの表情ばかりだった。選手は暖炉のまわりにがっくりと腰を下ろしている。ロンを除く全員だ。ロンは試合のあとから姿が見えなかった。

「絶対不公平よ」アリシアが放心したように言った。「クラッブはどうなの？　ホイッスルが鳴ってからブラッジャーを打ったのはどうなの？　アンブリッジはあいつを禁止にした？」

「ううん」ジニーが情けなさそうに言った。ハリーを挟んで、ジニーとハーマイオニーが座っていた。「書き取りの罰則《ばっそく》だけ。モンタギューが夕食のときにそのことで笑っていたのを聞いたわ」

「それに、フレッドを禁止にするなんて。なんにもやってないのに！」アリシアが拳《こぶし》で膝《ひざ》をたたきながら怒りをぶつけた。

「僕がやってないのは、僕のせいじゃない」フレッドが悔しげに顔を歪《ゆが》めた。「君たち三人に押さえられていなけりゃ、あのクズ野郎、打ちのめしてぐにゃぐにゃにしてやったのに」

ハリーは惨《みじ》めな思いで暗い窓を見つめた。雪が降っていた。つかんでいたスニッチが、いま談話室をブンブン飛び回っている。みな、催眠術にかかったようにその行方を目で追っていた。クルックシャンクスが、スニッチを捕まえようと、椅子から椅子へと跳び移っている。

「私、寝るわ」アンジェリーナがゆっくり立ち上がった。「全部悪い夢だったたってことになるかもしれないから……明日目が覚めたら、まだ試合をしていなかったってことに……」

アリシアとケイティがそのすぐあとに続いた。しばらくして、フレッドとジョージも、周囲をだれかれなしに睨《にら》みつけながら寝室へと去っていった。ジニーもそれから間もなくいなくなった。ハリーとハーマイオニーだけが暖炉のそばに取り残された。

「ロンを見かけた？」ハーマイオニーが低い声で聞いた。

ハリーは首を横に振った。

「私たちを避けてるんだと思うわ」ハーマイオニーが言った。「どこにいると思――？」

ちょうどそのとき、背後でギーッと、「太った婦人《レディ》」が開く音がして、ロンが肖像画の穴を這《は》い上がってきた。真っ青な顔をして、髪には雪がついている。ハリーとハーマイオニーを見ると、はっとその場で動かなくなった。

「どこにいたの？」ハーマイオニーが勢いよく立ち上がり、心配そうに聞いた。

「歩いてた」ロンがぼそりと言った。クィディッチのユニフォームを着たままだ。

「凍えてるじゃない」ハーマイオニーが気を配る。「こっちにきて、座って！」

ロンは暖炉まで歩いてきて、ハリーから一番離れた椅子に身を沈めた。ハリーの目を避けている。囚われの身となったスニッチが、三人の頭上をブンブン飛んでいた。

「ごめん」ロンが足元を見つめながらぼそぼそ言った。

「なにが？」ハリーが言った。

「僕がクィディッチができるなんて考えたから」ロンが言う。「明日の朝一番でチームを辞めるよ」

「君が辞めたら」ハリーがいらつきながら答えた。「チームには三人しか選手がいなくなる」

ロンが怪訝《けげん》な顔をしたので、ハリーが言い放った。

「僕は終身クィディッチ禁止になった。フレッドもジョージもだ」

「ひぇっ？」ロンがさけんだ。

ハーマイオニーがすべての経緯《けいい》を話した。ハリーはもう一度話すことさえ耐えられなかった。ハーマイオニーが話し終えると、ロンはますます苦悶《くもん》した。

「みんな僕のせいだ――」

「僕がマルフォイを打ちのめしたのは、君がやらせたわけじゃない」ハリーが怒ったように言った。

「――僕が試合であんなにひどくなければ――」

「――それとはなんの関係もないよ」

「――あの歌で上がっちゃって――」

「――あの歌じゃ、だれだって上がったさ」

ハーマイオニーは立ち上がって言い争いから離れ、窓際に歩いていって窓ガラスに逆巻く雪を見つめていた。

「おい、いいかげんにやめてくれ！」ハリーが爆発した。「もう十分に悪いことずくめなんだ。君がなんでもかんでも自分のせいにしなくたって！」

ロンはなにも言わなかった。ただしょんぼりと、濡れた自分のローブの裾《すそ》を見つめて座っていた。しばらくして、ロンがどんよりと言った。

「生涯で、最悪の気分だ」

「仲間が増えたよ」ハリーが苦々しく言った。

「ねえ」

ハーマイオニーの声がかすかに震えていた。

「一つだけ、二人を元気づけることがあるかもしれないわ」

「へー、そうかい？」ハリーはあるわけがないと思った。

「ええそうよ」

ハーマイオニーが、点々と雪片のついた真っ暗な窓から目を離し、二人を見た。顔中で笑っている。

「ハグリッドが帰ってきたわ」

本書は
単行本二〇〇四年九月　静山社刊
携帯版二〇〇八年三月　静山社刊
を四分冊にした2です。

装画　おとないちあき
装丁　坂川事務所

ハリー・ポッター文庫⑪
ハリー・ポッターと不死鳥の騎士団
〈新装版〉5－2
2022年9月6日　第1刷

作者　J.K.ローリング
訳者　松岡佑子

発行者　松岡佑子
発行所　株式会社静山社
〒102-0073　東京都千代田区九段北1-15-15
TEL 03(5210)7221
印刷・製本　中央精版印刷株式会社

ISBN 978-4-86389-690-1　printed in Japan